小津久足の文事

菱岡憲司

ぺりかん社

小津久足の文事＊目次

二部　歌業

はじめに

いったいに、小津久足《おづひさたり》はなぜこれほどまで知られていないのだろうか。これが、本書の根幹をなす問いである。有名ではなく、無名の所以という、いささか変則的な問いかけをする以上、説明が必要となるだろう。

小津久足は知る人ぞ知る存在である。一般の興味からすれば、映画監督小津安二郎の先祖筋にあたるといえば、もっとも耳目を集めるかもしれない。一方、国文学の世界では、古今の稀書を蒐集した西荘文庫の主として、また曲亭馬琴と交流し、評答集と称される一群の著述を残した小津桂窓《けいそう》として知られている。その意味で、けっして無名とはいえず、蒐書や近世小説に興味を持つ者にとっては、やや名を知られた存在といえる。しかし、試みに『日本古典文学大辞典』（岩波書店）を開けば、同じく馬琴の知音である殿村篠斎・木村黙老は立項されているが、小津桂窓の項目はない。もちろん事典への記載をもって絶対の基準とするわけではないが、有名／無名という不確かなことを把握するには、斯界でもっとも行われている事典は、一指標となり得るであろう。その意味で、専門的に関わる者は知っているが、事典に立項するほどではない、というのは、学界における小津桂窓の評価をよくあらわしている。まさに、知る人ぞ知る、である。

しかし、その小津桂窓が、小津久足との名で四十六点もの紀行文を書き残し、生涯で七万首の歌を詠んでいたことは、ほとんど知られていない。もっとも、数の多さは質の高さを保証するわけではなく、七万首の歌を詠んだところで、人口に膾炙する秀歌を一首も残せていない以上、歌人としてほとんど無名であることも、いわば当然といえる。だが、実際にその著述をひもとけば、注目に値する記述がまま見られ、とくに紀行文は、なぜこれほどまでに知られていないのかといぶかしまれるほどの完成度を示している。

もとより、こうして一書をまとめるほどに小津久足に惚れ込んだ筆者の贔屓目を差し引いて考えなければならない。しかし、馬琴や公卿による甚だ好意的な同時代評（本書一部二章「馬琴と小津桂窓の交流」、三部七章「松陰日記」）、そして近世紀行文研究の専家による高評価（板坂耀子『江戸の紀行文』中公新書、二〇一一）など、実際に紀行文を繙読した者は、古今を問わず傑作と評すにやぶさかではない態度を示している。贔屓目を抜きにしても、作品の完成度と無名性がアンバランスに思えてならない。なにより、複数の長編を含む四十六点もの紀行文は、いずれも草稿のみならず、浄書本がつくられ、浄書本の外題には通し番号が振られている。あきらかに後世に残す意図をもって完成度を高めていたことがうかがえる。それにも関わらず、傾注された労力と知名度が釣り合っていない。

小津久足（六代目湯浅屋与右衛門）は三井家と同じく、名にし負う松坂商人である。また、指折りの蔵書家でもあったため、書肆とのやりとりも頻繁である。なにより、馬琴の知遇を得ており、馬琴書簡には、久足の紀行文を出版したい、との文言も見いだせる（本書一部二章「馬琴と小津桂窓の交流」）。つまり、久足の財力とコネクションをもってすれば、紀行文を公刊することも可能だったはずである。しかし、刊行された著作はひとつもなく、すべてが写本、しかも大半が自筆であり、転写本の伝本も甚だ限定的で、旧蔵者のほとんどは、久足の直接的な関係者といっても過言ではない。板本とともに、写本が確固たる世界をかたちづくっていた江戸時代の流通事情を鑑みても、拡散状況があまりに限られている。

ここで一つの仮説が浮かんでくる。久足は、自ら望んで無名を志向したのではないか、と。久足が長らく無名の存在であったのは、名を売ろうとする志が達せられなかったのではなく、世に知られまいとする久足自身の明確な意志がそうさせたのではないか。売文とも売名とも縁遠く、ただひたすら自らのよろこびのため、純粋に文事に生きる――そのような生き方が、江戸時代にはたしかに存在した。畸であり、狂である。そしてその一人に、小津久足を数えることができるのではないか（本書一部三章「一匹狼の群れ」）。

名を求めるべからず、とは古今東西、聞きふるした箴言である。名誉欲が行為の純粋性に影を落とすことを懸念して、この忠告は発せられる。しかし、書く行為は、伝達・残存という結果と不可分な関係にある。書くことが表現の一形態であるかぎり、行為におよんだその瞬間から、伝達・残存のくびきから逃れられず、そして効率的に残し伝えるためには、多くの読者を得るにこしたことはない。そこでは有名であることが、なによりも有利に作用する。つまり、書きながら名を求めないとは、書く行為が本質的に内包する自己顕示欲を、ぎりぎりの自己抑制で切り離し、純粋に行為のよろこびにひたる営みであると言いかえることができる。

久足はその難事を成し遂げたのだろうか。否、本来は小津久足と縁もゆかりもない筆者がその著作物を目にしている以上、究極のかたちでは成功していない。だが、没後百五十年以上すぎて文名を得るのと、同時代に名を求めるのは、やはり異なる。少なくとも、久足が共時的な伝達よりも通時的な残存に重きをおいたことはたしかである。その意味で、生きているうちは無名であることを志向した、とはいえるのではないだろうか。あるいは久足も、馬琴と同じく「百年以後の知音を俟」ったのかもしれない。

書くことだけに注目していては、その検証は行えない。著述を残すことは、人間の文学にまつわる営みの最たるものだが、すべてではない。古跡・歌枕を訪ねての旅、歌会での交流、書物の蒐集、小説に関するやりとり――それぞれ紀行文・歌稿・蔵書目録・評答集として文字資料が残ることがあるが、いずれも氷山の一角であって、水面下には、文字に残ることが約束されない文学的活動が隠れている。とはいえ、文献学的な手法を軸として研究を進める以上、どうしても残存資料の検証が中心にならざるをえないが、その際にも、書かれたものを生み出した背景への配慮を、つねに失わないように心掛けねばならない。このような、必ずしも文字化されない活動を含んだ文学的な営み一切を、本書では「文事」という大きな枠組みでとらえ、水面下に隠れた氷塊を見極めようと試みる。『小津久足の文事』と銘打つ所以である。

そして、文事というまなざしで小津久足の営みを見つめるとき、先の問いかけ、すなわち、小津久足はなぜこれほどまで知られていないのか、との疑問にも有効な手がかりが得られる。たとえば久足は、キリシタン版の『落葉集』を所蔵していたことが、いまでは知られている（現在は天理大学附属天理図書館所蔵）。江戸時代に当該書を所持することの危険はいうまでもなく、キリシタン版を持っていることが知れれば、公の咎めは免れない。つまり知られないからこそ所持できたのであり、稀書蒐集の極みともいえる禁書所持のためには、無名であることが要請されたともいえる。

もちろんこれはいささか特異な一例にすぎないが、蒐書という文事――かならずしも書くことに結びつかない文学的営みに注目することで、無名の所以に有益な示唆を得られることがわかる。同様に、小津久足の生い立ち、歌会での人間関係、商人としての振る舞いなど、いずれも著述に直結する行いではないが、それを丹念にたどることで、なぜ小津久足はこれほど知られていないのか、との問いに答える手がかりが見つかるのではないだろうか。

本書では、小津久足のひととなり（一部「小津久足の人物」）、歌への関わり（二部「歌業」）、紀行文の内実（三部「紀行文点描」）を中心に、小津久足の文事を考察する。共時的・通時的な伝達・残存手段である文字にいささかなりとも関係する者が、自覚のあるなしによらず関わらざるをえない、書くことと名を求めることに対する一回答が、久足の文事をとおして浮かびあがるだろう。この問いかけは、人間社会に文字の存在するかぎり有効であり、当然、現在においても古びない。それは他でもない、筆者自身の問題として、目の前に横たわっている。筆者も、伝達・残存を意図して文をつづる以上、その効率的な達成のため、あるいはもっと世俗的な承認欲求によって、名を求めることから無関係ではいられない。学を究めんとしつつも、名誉欲、自己顕示欲から自由であることは可能なのだろうか。そのような切実な問題意識を抱きつつ、久足の文事に迫りたい。

なお、本書では引用に際し、句読点や清濁、字体の表記を私にあらためた部分がある。

序章──小津久足の文事──

小津久足《おづひさたり》。幼名安吉、名久足、通称新蔵、のち与右衛門、号桂窓、別号に石竹園・蔦軒・雑学庵など、法号桂窓浄夢居士。文化元年（一八〇四）八月十二日生、安政五年（一八五八）十一月十三日没、五十五歳。伊勢松坂の人。江戸店持ちの豪商、干鰯問屋湯浅屋の六代目。松坂西ノ荘に本宅があり、坂内川沿いの立地から「土手新」（土手の新蔵）と称される。墓所は松坂養泉寺。

小津久足の文事には、紀行・詠歌・蔵書・小説受容の四つの柱が見出せる。

久足の紀行文は四十六点の浄書本が現存する。『吉野の山裏』（文政五年〈一八二二〉）にはじまり、没する二年前の『梅の下風』（安政三年〈一八五六〉）までほぼ毎年、生涯にわたって詳細な紀行文をしたためた。いずれも草稿本・浄書本が存在し、全作の外題に通し番号を振るなど、写本ながらも書物としての完成度をもとめ、後世へ残す意識は強い。

また久足は、十四才で本居春庭に入門してより詠歌に心を入れて、晩年にいたるまで、たゆむことなく作歌に精進した。文化十四年（一八一七）から安政四年（一八五七）までの歌稿が四十点現存し、七万首の歌を残した。

蔵書の質・量ともに近世後期を代表する西荘文庫は久足の蒐集による。「西荘文庫」と押印された書物の質の高さと量の多さはよく知られるが、天理図書館・関西大学図書館・小津家に現存する西荘文庫目録からもその威容はうかがえる。また、馬琴書簡や石水博物館に残る川喜田遠里宛久足書簡から、ただ集めるだけではなく、知己と数多の蔵書を貸借した様子が知れる。

小説受容においては、馬琴の日記・書簡から、馬琴作を中心とした読本・合巻・中国白話小説に関するやりとりが見出せ、それらは評答集（『馬琴評答集』八木書店、『馬琴評答集』早稲田大学出版部）というかたちで結実する。茶を愛し、平曲を学ぶなど、文学・文化にまつわる久足の興味は多方面に及ぶものの、右の四つの営みが文事の中心といえるだろう。これまで久足は、西荘文庫の主として、また馬琴の知友として著名であった。すなわち蔵書・小説受容の二つの営為に関心が注がれてきたといえる。一方で紀行・詠歌については長らく等閑に付されてきたものの、紀行作家としての小津久足にも少しずつ光があたりはじめた。詠歌においても、近年ようやく研究の端緒についた。本書では、右の四つの柱のうち、とくに研究の蓄積のすくない紀行・詠歌に焦点をあてる。各論の叙述に先立ち、はじめに小津久足の研究史を概観しよう。

久足はまず馬琴の知友、また「江戸時代の後半に、学者ではなくて、数寄者として和漢書を多数蒐集した随一は伊勢松阪の小津桂窓」（川瀬一馬『日本における書籍蒐蔵の歴史』ぺりかん社、一九九九）と評される西荘文庫の主として知られた。はやくから天理図書館所蔵の久足宛馬琴書簡や西荘文庫旧蔵本の紹介を通して、この方面の研究を牽引してきたのは木村三四吾であり、その成果の多くは『滝沢馬琴――人と書翰』（八木書店、一九九八）に収まる。また、古書肆沖森直三郎「西荘文庫のことども」（天理図書館善本叢書『馬琴評答集』月報、八木書店、一九七三・三）も必読であり、近年では関西大学図書館に収まった『西荘文庫目録』の紹介・翻刻も備わる（山本卓「新収『西荘文庫目録』――小津桂窓と西荘文庫――」『関西大学図書館フォーラム』一〇、二〇〇五・六。中尾和昇「関西大学図書館蔵　小津桂窓『西荘文庫目録』――解題と翻刻――」『千里山文学論集』八五、二〇一一・三）。馬琴と久足との関係については筆者も論及した（本書一部二章「馬琴と小津桂窓の交流」）。

また、小津家代々の事跡を記した『小津氏系図』『家の昔かたり』を翻刻紹介することで、商人としての久足の姿をあきらかにしたのが小泉祐次である（「小津久足自筆稿本『小津氏系図』と『家の昔かたり』について（一）（二）」

『鈴屋学会報』四〈一九八七・七〉・五〈一九八八・七〉）。右翻刻および小泉による解題は、久足の人物研究の基本文献であり、同論文末尾に付属する「小津久足（桂窓）略年譜稿」も有用である。また、当時天理図書館に在職し、同館所蔵の西荘文庫旧蔵本や久足自筆稿本を調査して右略年譜の作成に協力した髙倉一紀には、「小津久足」（『松阪学ことはじめ』おうふう、二〇〇二）の項目執筆があり、商人としての久足をはじめ、西荘文庫や久足の著述にも言及する。

紀行家としての久足については、日本大学図書館の所蔵する久足紀行文の書誌紹介がある（大沢美夫「小津桂窓稿本「記行」の部」『語文』二〇、一九六五・三）。また板坂耀子は、近世紀行文の史的把握のなかで、はやくから小津久足の紀行文に注目しており（「近世紀行文紹介　その三」〈『福岡教育大学紀要』四〇、一九九一〉以下、連載中に複数の久足作品を紹介する）、近刊『江戸の紀行文』（中公新書、二〇一一）のなかで、久足『陸奥日記』を「江戸時代の紀行の代表作」と位置づける。筆者も翻刻紹介を含めて久足紀行文に言及しており（本書三部「紀行文点描」）、『小津久足紀行集』（神道資料叢刊十四、皇學館大学神道研究所、二〇一三〜）の刊行もはじまった。また、青柳周一「天保期、松坂商人による浜街道の旅――小津久足『陸奥日記』をめぐって――」（平川新編『江戸時代の政治と地域社会』二、清文堂出版、二〇一五）は、久足紀行文に歴史学的手法でアプローチし、あらたな価値を見出している。

その他、桜井祐吉『松阪文芸史』（夕刊三重新聞社、一九七四）も小津久足に触れ、足立巻一『やちまた』（河出書房新社、一九七四）は評伝の体裁ながら、本居春庭の事跡を追う過程で小津久足へも筆がおよび、大いに参考になる。また筆者は小津久足と『近世畸人伝』との関係にも触れた（本書一部三章「一匹狼の群れ」）。

以上の研究状況を概観すると、久足和歌への言及が、ほとんどなされていないことがわかる。唯一、『文政元年久足詠草』（『松阪市史』七、一九八〇）の翻刻が備わるが、その後、まったく進捗がなかった。近年、宣長の流れを汲む地方歌壇の研究は進む一方で（中澤伸弘『徳川時代後期出雲歌壇と国学』錦正社、二〇〇七）、松坂において鈴屋を継ぐ後鈴屋《のちのすずのや》の詠歌活動の具体は詳らかではなく、ましてや歌人として無名の小津久足の和歌については、言及がなかったことが当然ともいえよう。しかし評価の高まりつつあるその紀行文と同等かそれ以上の労力をもって、久足は詠歌に打ち込んだ。著述・蔵書等、多岐にわたる小津久足の文事の全容把握のためにも、また後鈴屋の日常の営みをうかがう意味でも、小津久足の詠歌活動の解明は、避けては通れない問題だといえる。

以上のような現状認識のもと、以下、小津久足の人物（一部）、歌業（二部）、紀行文点描（三部）の三つの部を立てて論じていく。いずれも研究の蓄積が少ないものの、小津久足の文事の本質に関わるものである。久足を、馬琴の友人や蔵書家ととらえるのはけっして間違いではないが、あくまで一側面に過ぎない。本書をとおして、久足文事の多層的な姿を浮かびあがらせたい。

一部　小津久足の人物

一章　若き日の小津久足

一　小津久足出生時の家族構成

小津久足は文化十四年（一八一七）、本居春庭に入門する。松坂に住む裕福な商人の子息として、本居の門戸をたたくことは自然であったと考えられるが、文政十一年（一八二八）に春庭が没した折は、その息有郷の後見人になるなど、後鈴屋門の重鎮にまで成長する。しかし本章では、春庭入門後の足取りを追う前に、入門前の久足が、いかに生まれ、いかに育ち、いかに学んだかを確認するべく、まずその生い立ちを検討する。

文化元年（一八〇四）八月十二日、小津徒好《ともよし》と室ひなの子として、安吉は生まれた。後の久足である（以後、幼名安吉の折も、混乱を避けて久足と称す）。出生時、松坂百足町の坂内川沿いにある小津家には七人が居住していた。すなわち曾祖母るい、祖母ひで、大叔父理香《まさか》、大叔母りせ、叔父亀蔵、父徒好、母ひなである。各人の経歴および人となりは、『家の昔かたり』『小津氏系図』（小泉祐次「小津久足自筆稿本『小津氏系図』と『家の昔かたり』について（一）（二）」『鈴屋学会報』四〈一九八七・七〉・五〈一九八八・七〉）および『略系譜』（本居宣長記念館所蔵複写参照）に詳しい（以下、本章一・二節においては、特に断らないかぎり引用は『家の昔かたり』による）。右の資料をもとに出生時の家族構成を確認すると、次のようになる。

久足出生時（文化元年八月十二日）の家族構成

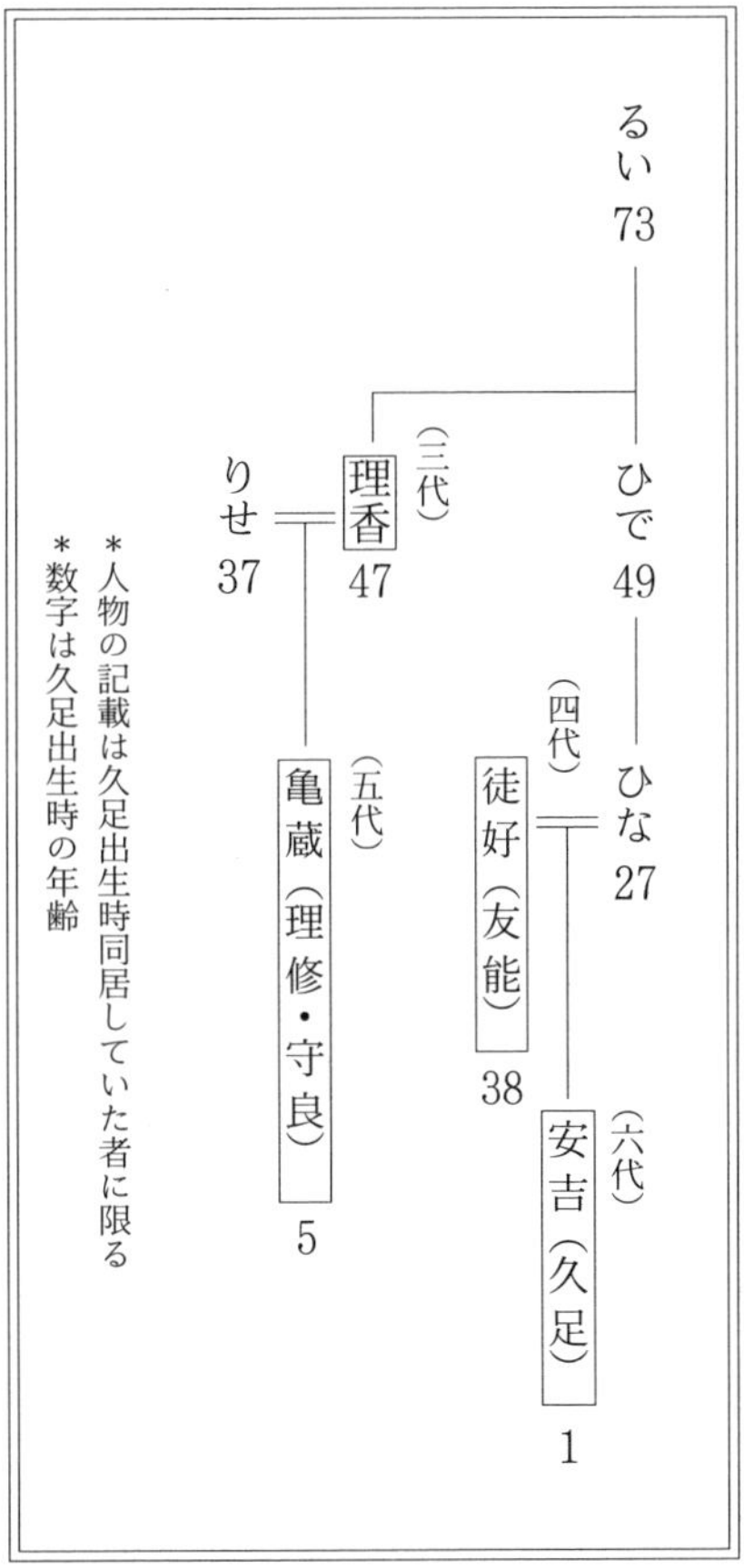

以下、久足との続柄・名・久足出生時の年齢を示し、久足出生までの略歴を記す。

○曾祖母　るい　七十三歳

るいは、初代新兵衛の三女である。初代は三人の娘をもうけるも、男子に恵まれなかった。よって長女ぎんの婿を二代目新兵衛として養子に迎える。三女るいは、他家に嫁ぐことになり、結納も済ませたところで、姉ぎんが亡くなる。そこで急遽、約束をたがえ二代新兵衛の継室となった。その後、るいは一男五女を産む。姉ぎんも二女をもうけたが、それぞれ八歳、一歳にて没したため、るいの子が家を継ぐことになる。

○祖母　ひで　四十九歳

ひでは、初代新兵衛と継室るいの長女である。初代とるいの子は順に、長女ひで、次女さい、長男新蔵、三女たか、四女りか、五女きぬ。次女は十二歳、四女は三歳（『略系譜』による。『小津氏系図』では五歳）にて没するも、長男新蔵は無事成人して家を継ぎ三代与右衛門理香となる。長女ひで、三女たか、五女きぬもそれぞれ他家に嫁ぐのだが、長女ひでは「二女ヲ産、其後有故懐妊ニシテ離別」（『略系譜』）する。そして実家で生まれたのが、ひなである。

すでに『夕刊三重新聞』の記事（二〇一二・三・一九。本居宣長記念館吉田悦之館長ご教示）に指摘があるが、ひでが嫁ぎ、妊娠の身で離縁となった相手とは、西町の山村次郎兵衛、すなわち『宝暦ばなし』（文化八年〈一八一一〉序、文政十一年〈一八二八〉まで加筆。桜井祐吉校注『松阪宝暦ばなし』夕刊三重新聞社、一九七三）で知られる森壺仙である。それは、早稲田大学図書館所蔵（古典籍総合データベース参照）の『壺仙翁記行』（五巻五冊）巻末にある次の識語から裏づけられる。

この記行どもは西町山村次郎兵衛といふ人の作にて、自筆にてその家につたへたるをうつしたる也。この人はわが実の外祖父なれど、ゆゑありてゆきかひはたえたりしが、この人にかゝるくせのありしをうけつぎて、われも諸国に漫遊して記行をつくるくせのあなるにもあるべくやと、むかしなつかしさのまゝ筆とりてしるすことしかり。

嘉永七年三月　　小津久足

久足の「実の外祖父」つまり祖母ひでの夫は森壺仙こと山村次郎兵衛であり、「ゆゑありてゆきかひはたえたり」とは、離縁による両家の不通を指す。これにより、「妻は不明なるも、子は男一人、女二人なり」（桜井祐吉

『松阪宝暦ばなし』解題）と、不明とされた森壺仙の妻はひでのこと、嫡男は誰の産であるか不詳であるものの、「女二人」とは、ひでの産んだ長女みし、次女こと（『家の昔かたり』）であるとわかる。久足は、「幼にして文筆に堪能、俳諧を嗜み、絵を善くす。又煙霞の僻ありて、屢々東西に旅行し」「文筆に堪能の余り、その著述に関するもの極めて多く」「俳人としては天明以降の松阪俳人中にて抜群の誉あり」「戯文に巧みにて落首、浄瑠璃文句等の作品もあ」ると桜井祐吉が評する森壺仙の血を引いている。また「この人にかゝるくせのありしをうけつぎて、われも諸国に漫遊して記行をつくるくせのあなる」と意識する点、久足紀行文の研究においても、見逃すことのできない関係である。なお、同じく西町に在住し、『近世畸人伝』に載る山村通庵の山村家とは関係がない。

ひではその後、縁あって再婚するも、また離縁となって家にもどった（『略系譜』による。『家の昔かたり』には山村次郎兵衛（森壺仙）と離縁する際、「たがひに一生鰥寡にてくらすべきの約有しよしにて、再縁をもとめず没し」とある。その他、両者の記述が食い違う箇所もままあるが、基本的に『略系譜』の記述が正しいと判断される）。

○大叔父　理香《まさか》　四十七歳

理香は、初代新兵衛と継室るいの長男で、久足出生時は、三代与右衛門理香として家を継いでいる。久足からすれば、祖母ひでの弟、すなわち大叔父にあたる。若年より大酒呑みで、家督を継いだ後も放蕩はおさまるどころか拍車を加え、俳名を梅子と称し、竹本佐代太夫と戯称して浄瑠璃を語り、贔屓の役者・角力取りを近づける。囲碁・拳に興じ、鳥・金魚はおろか孔雀まで飼い、土地を買い入れては山をつくり、池を掘り、橘を賞し、菊づくりに精を出す。米相場に手を出して大損し、たまりかねた江戸店の支配人が意見のため松坂まで出向いたこともある。また登楼を好み、はては妓女を請け出し妾宅を構えた。呑む打つ買う、まさに絵に描いたような道楽の三代目である。

姉ひでの元夫、森壺仙の『宝暦ばなし』（前掲）には、「松坂おごり人」の一人として名を残す。

一、小津新蔵。梅枝と名乗。昼夜のおごり、角力取をひいき仕、「旦那〳〵と」云ふもてはやしにのり、様々とおごりをなし、殊に米商大好きにて、出入之中買にたぶらかされ、大手になしたる故、此出入、甚身上よく成たる也。しかれども新蔵は甚短命なり。

新蔵は理香の幼名。「新蔵は甚短命なり」というが、享年五十一。八十七歳まで生きた森壺仙とくらべると短命だが、江戸時代としては「甚短命」というほどでもない。覚書や書留の類には一度使った障子紙を再利用したほどの倹約家であった森壺仙（桜井前掲解題）の、腹に一物ある書きぶりが知れ、理香の姉ひでと離縁したのも、あるいは理香の放蕩が影を落としていたかもしれない。

しかし、これほど蕩尽しながら身代をつぶすことはなく、家業はいよいよ栄えた。

○大叔母　りせ　三十七歳

りせは、三代与右衛門理香の室。度会郡船江の森三郎右衛門の娘で、天明五年（一七八五）四月に入嫁するが、婚後十年を過ても子に恵まれなかった。そこで実家にもどった義姉ひでの娘、すなわち久足の母ひなを養女とし、江戸店勤めで見所のあった杉山徳次郎を入婿させて養子に迎えた。それが久足の父、後の四代新右衛門徒好《ともよし》である。しかし、その後りせは妊娠し、婚後十六年、齢三十三にして亀蔵を生んだ。後の五代新兵衛理修《まさのり》である。

○叔父　亀蔵（理修《まさのり》・守良《もりよし》）　五歳

亀蔵は、三代与右衛門理香とりせの子。三代とりせとがもうけた唯一の子であり、家を継ぐべき嫡男。亀蔵出生時、三代理香は四十三歳、りせは三十三歳。りせは八十四歳まで生きたが、五十一歳で没した理香にとっては、晩年の子である。

○母　ひな　二十七歳

ひなは、山村次郎兵衛（森壺仙）とひでの三女。ひなを妊娠中、母ひでは山村次郎兵衛と離縁し、ひなは実家にて生まれる。ひな二十三歳の時、同居の叔父三代与右衛門理香とりせに子がないため、その養女となり、同時に婿を迎える。後の四代新右衛門徒好である。その後、三代とりせには亀蔵が生まれた。

以上は『家の昔かたり』の記述にしたがったが、ここでひとつ不審がある。右書によると、三代とりせには「婚後十年余、子なき」ため徒好・ひなを養子縁組し、その後、待望の男子亀蔵出生とするが、『略系譜』の四代徒好の項には、「寛政十二年庚申三月為養子。名徳次郎」と頭注がある。だが三代とりせの息亀蔵は「寛政十二年庚申正月廿八日出生」。つまり実際は養子縁組より、亀蔵の出生が先立つことになる。さらに不審なのは、右『略系譜』亀蔵の「正月廿八日出生」の「正」字の右に「四」と傍記されること。

右の理由は、亀蔵が三代理香の晩年の子であることに求めることができる。亀蔵出生時に四十三歳であった理香は、息子が成人し、家を継ぐ十五六歳頃に、自分は六十歳近き老年であることを当然予期したであろうし、実際、十五歳になった亀蔵が五代新兵衛理修として家督を相続した文化十一年（一八一四）には、理香はすでに世を去っている。養子縁組も簡単には整わないであろうから、寛政十一年（一七九九）、りせの妊娠が判明した時点で、自分の子が家督を相続するまで家を守らせるべく、養子縁組を考えたのであろう。それが、寛政十二年正月亀蔵出生、三月養子縁組の理由であり、「正月」横の「四」の傍記は、三月養子縁組の辻褄あわせと考えられる。

このような事情のもと結婚したひなであるが、縁談に難儀したろうことは、松坂でも指折りの富商の娘が二十二歳まで未婚であることからうかがえる。おそらく原因は妊娠の身で母が離婚し、実家で生まれたことによるのだろう。ともあれ、結婚の翌享和元年（一八〇一）には長男房次郎が生まれるのだが、生後九十六日にして亡くなってしまう。その悲しみのあまり母ひでとともに松坂を離れ江戸店に身を寄せていたところ、享和三年に江戸で次男を出産するが、またしても俗名もつかない七日足らずで亡くなってしまう。しかし同年、三たび子を宿して、妊娠のまま松坂に帰り、文化元年八月十二日、三男を産む。それが安吉、後の久足である。

○父　徒好《ともよし》（友能《ともよし》）　三十八歳

徒好は、杉山嘉蔵の二男で、ひなに入婿した。十歳より江戸店に勤め、器量ある働きぶりのため他家よりも養子に望まれたが、三代与右衛門理香の目にかない、理香の姪ひなを養女とするとともに、その婿として養子となった。しかしそれは理香の長男亀蔵が成人するまでの配慮であったことはすでに述べたとおりで、そのことは「養子に貰請る時、下村杉山氏は縁家といふまじき証文をとりおかれし」との経緯から裏づけられる。つまり、嫡流の亀蔵を守るための入婿、養子縁組である。この理香—亀蔵の嫡流を守るという意識は、久足にも受け継がれる。

享和元年、享和三年と立て続けに生後間もない子を亡くし、文化元年の久足誕生にいたる。

二　生い立ち

右の家族構成のもと、安吉こと小津久足は生まれた。久足の二人の兄は、それぞれ生後九十六日、七日で亡くなったため、久足の誕生に際し、細心の注意が払われたろうことは想像にかたくない。とくに母ひなは、長男を亡くして「その歎のあまり、浄香大姉（＊ひで）同道にて江戸に下られたる間に、二男真弓童子をうむ。こは七夜にたらざる間に没して、俗名なし。深川本誓寺に葬」ったというのであるから、その悲嘆は察するにあまりある。そして三男久足を宿すのであるが、妊娠の身でありながら江戸からはるばる松坂に帰って出産する。ひなは長男を松坂で亡くしたのち江戸に身を寄せており、同じく次男を亡くした記憶の残る江戸を離れるという配慮であったろうが、これが裏目に出た。遠い旅路は母体への負担が少なくなかったらしく、ひなは久足を出産するも、一月後の文化元年九月十三日、二十七歳にして亡くなってしまう。久足は、母の記憶も温もりも覚えることなく、幼少期を過ごすことになる。

ひなの母ひでの嘆きはひとかたではなかった。山村次郎兵衛（森壺仙）と離縁の後、手元に残った唯一の子であり、ひなが長男を亡くした後は、ともに江戸に赴くほど愛情を注いだ娘の死である。「そのなげきのあまりに、浄香大姉（＊ひで）発願にて、月々十三日に家内出入中をあつめ、百万遍いたしたきとの願ありしを、道秀居士（＊理香）は不承知なれど、黙止がたき意味も有て、三ケ年を限りゆるし給ふが、三年過て後も、その誡なほざりになりし」という。さらにその愛着は、三十八歳にて妻を失った久足の父徒好をも縛ることになる。「浄謙居士（＊徒好）はさのみ老年ならぬを、十年余妾をもおかせず、独身にておられし始末、甚いかゞ也」と、さすがに後年（『家の昔かたり』は弘化三年成）の久足も批判的に記すほど、亡くした娘への思いは深く、「浄香大姉は性たゞしき人なりしかど、かたくなにねたみふかきかたなりしかば、女にわかれての後、執着心ふかく、心得違甚おほかりき」「わが女のことにつき、私おほく、執着ふかゝりし」と、終生ひなへの哀惜の念を断ち切ることができなかった。

ひでからすれば、久足は娘ひなの忘れ形見である。しかも二人つづけて当歳のうちに孫を亡くしている。そして久足も「わがみうまれいでてほどなく、いとおもき病にかゝづらひて、すぐに命もあやふかりしかば、母と祖母なりける人とふかくなげき給ひて、はるぐ\とこの御神（＊多賀大社）にしもねぎごとし給ひたるに、たふとくもしるしありて病もこゝろよくな」（『石走日記』文政七年）ったという。久足は近江の多賀大社の別当弟子分として、十歳まで髪を置かせずに育てられた。

久足の生まれた文化元年、母ひなが死に（九月十三日）、さらに追いうちをかけるように同年十一月十八日（『略系譜』による。『小津氏系図』では十九日。当家では忌日を増やさないため、表向きの死亡日を十九日にまとめる）、七十三歳にて曾祖母るいが亡くなる。しかし、かくも不幸続きながら三代理香は健在で、家を継ぐべき理香の息亀蔵も無事五歳を過ごした。

三代理香は、久足の父徒好を養子に迎えた折、実家の「杉山氏は縁家といふまじき証文」をとっている。さらに「新右衛門（＊徒好）養子となる時、もし道秀居士（＊理香）に実子出来なば、わが実子出来たりとも家をつがすまじき証文」もとったというのであるから念が入っている。もっとも先述したように、理香の妻りせが妊娠した段階で、実子が跡を継ぐまで家を守るべく養子縁組みを進めたことが確認できるため、徒好としても、十分承知のうえでの入婿であった。

しかし、ひでの思惑はまた別にあった。「浄香大姉（＊ひで）遺志には、株を分、家をたて、浄雪大姉（＊ひな）を先祖とすべき心がまへ」であったらしく、結局分家はならなかったけれども、久足が十八歳の折、実際に分家する動きがあったため、ただの「心がまへ」にとどまらない。故ひなを先祖とせんとするところに、ひでの愛着の深さが知れ、また久足幼少期においては、自分は嫡流ではなく、いずれは分家するのだとの雰囲気が、陰に陽に意識されていたものと忖度される。

さて久足。祖母ひでの溺愛をうけて育ったと思しいが、教育面では二代小津新七に手ほどきを受けたらしい。小津新七家は分家で、本家を助けて干鰯問屋「湯浅屋」をとりしきる（なお映画監督小津安二郎も新七家の出である）[1]。本家成立にも関わる紀州湯浅、岩崎家の血統が継ぐのが通例で、二代新七も岩崎に縁がある。本家三代理香の妹たかの婿となり、安永九年（一七八〇）に二代新七を継いだ。天明六年（一七八六）まで本家に同居していたというからその近しさも知れ、分家の後も商用のため頻繁に訪れる。その二代新七から久足は「幼年に、四書五経などの素読をうけ」たという。新七は「名ある師にかゝりて、学問せられし事もきか」ないけれども、「一くせありて、へんくつなる老翁なりしが、性甚綿蜜（密）にて、書もつたなからず、俗牘などは、所謂文者ともいふべく、詩歌連俳の心がけはなけれど、仮字の俗文などもつたなからぬ」という。独学ながら商家にふさわしい実用的な教養を身につけた人物のようである。

久足が五歳になった文化五年（一八〇八）九月二十日（『略系譜』による。『小津氏系図』では十九日）、三代理香が五十一歳にて逝去する。その息亀蔵はいまだ九歳であったが、約束にしたがい、亀蔵が成人して相続がかなうまで家をつなぐべく、徒好は翌文化六年二月四日（『略系譜』による。『小津氏系図』には「文化五年戊辰相続」とある）、家督を相続し四代新右衛門となった。「道秀居士（＊理香）没後も家業をよくつとめ、いさゝかの隙なく、守良居士（＊亀蔵）に世をゆづられしまでは、類すくなき人也」と久足は父を評するが、「守良居士に世をゆづられしまでは」との奥歯に物が挟まったような物言いの理由は、後述する再婚をめぐる確執にある。

久足十一歳の文化十一年（一八一四）、無事十五歳にて成人した亀蔵は、五代新兵衛理修《まさのり》（後守良）として家督を相続する。徒好は約束どおり六年間家を守った。

四代徒好の子ながら、五代理修が家督を相続したいま、名実ともに部屋住あつかいとなった久足だが、父子ともども理香―理修の嫡流を守るという意識が強く、分をわきまえて、叔父理修とも睦まじく暮らしたことは、『家の昔かたり』の行文から察せられる。かくして徒好五十一歳、理修十八歳、久足十四歳の文化十四年（一八一七）、三人ともに本居春庭に入門する。年齢からして、理修・久足の入門に徒好も付き合ったと忖度される。しかし、その入門の様を検討する前に、いまひとつ触れておかなければならないことがある。

春庭入門二年前の文化十二年六月六日、久足の祖母ひでが没し、翌文化十三年、久足の父徒好に再婚話が持ち上がる。久足に四書五経の素読を行った二代新七の息、三代新七教賢《のりかた》は、ひでと同じ文化十二年の七月四日に三十二歳で亡くなる。妻せゐは寛政五年（一七九三）生というから、二十三歳にして寡婦となった。このせゐを徒好の後室として迎え入れようというのである。娘ひなの婿ということに執着するひでは、ひな没後十年余、徒好に再婚はおろか妾をも許さなかったため、こうした状況をつくった根本的な原因はひでにあるともいえるが、ひでが没するとこれ幸いとばかりに、しかも三代新七の後家を継妻として迎えることに、久足は強く反発した。

その時六代与右衛門（＊久足）、十三歳にていまだ幼年ながら、ふかくこばみしかど、無理に浄謙居士（＊徒好）に入家して、隠宅のごとく、昼は本家にかよはれたり。それにより不和といふほどのこともなけれど、親子の間むつまじからず。与右衛門成長におよびては、浄謙居士よりも自然心配あり。与右衛門よりは不足の念たえず、いとおもしろからぬとし月をへたり。これまつたく浄香大姉（＊ひで）の久しく独身にておかれしより害を生じたるにて、しかしながら、浄謙居士の志たゞしからぬにもよれり。

継母をめぐる父子の感情のもつれは後年になっても解消することはなく、久足は家庭において、「いとおもしろからぬとし月」を過ごすことになった。

そのような家庭的な問題を抱えつつ、久足は春庭に入門した。

三　春庭入門から家督相続まで

春庭門人録（『国学者伝記集成』）の「文化十四丑年」の項をみると、その年入門したのは十四名。その冒頭に三人は名をつらねる。

伊勢松坂　小津新右衛門　徳好《ママ》
同　同　小津新兵衛　理修
伊勢松坂　小津安吉　久足

このとき徒好五十一歳、理修十八歳、久足十四歳である。入門後は、春庭の講義に列し、歌の指導を受けたのであろうが、詳細はこれまで不明であった。

しかし、本居宣長記念館が所蔵する後鈴屋社中の歌合と歌会の記録、また日本大学図書館が所蔵する小津久足歌稿類を参照することで、その春庭入門後の久足の足跡をたどることができる。前者の資料は、『本居宣長記念館蔵書目録（五）』に『月次歌合』『月次会歌集』として分類され、『月次歌合』は二十三点、『月次会歌集』は八点を数える。このうち『月次会歌集』については、本書二部二章「後鈴屋社中の歌会」において、その資料の性格と歌会の具体について検討を加える。また後者については、同二部一章「小津久足の歌稿について」にて書誌紹介をとおして久足歌稿の全体像を示す。よって、後鈴屋の歌会や久足歌稿そのものについてはそちらを参照していただき、本章では、両資料群より見出せる久足の事跡にしぼって検証を進めたい。

叙述の都合上、後鈴屋の歌会について簡潔に触れておく。本居春庭は、文化六年に本居大平が和歌山に移った際、松坂に残って後鈴屋社中を結成し、殿村安守等、在松坂の宣長門下を中心に月次の歌会を行う。その後、春庭の門人も続々加わり、文化十四年までは基本的に月一回の興行をしていたが、翌文政元年より、月次歌会と月次順会歌会の二つに別れ、それぞれ月一回行うようになる。月次順会歌会とは月ごとに社中の主要メンバーが会主をつとめ、会主宅を会場に催される歌会のこと。月次歌会にくらべ、花見や七夕、月見の折に催されるなど、イベント性が高い。月次歌会は兼題二題当座一題、月次順会歌会は兼題当座各一題という違いもある。常連組を中心に会は営まれ、各人は兼題・当座ともに複数の歌を詠じ、春庭が添削・選出した秀歌を歌会記録に残したと推定される。また、歌会記録に歌と名が残るからといって出席したとはかぎらず、兼題はもちろんのこと、探題形式の当座においても、会の前後に歌だけを寄せることも少なくない。その後、文政八年には月次順会歌会がなくなるものの、春庭の没する文政十一年十一月まで、後鈴屋社中の月次歌会の記録は残る。

さて、文化十四年（一八一七）、先に見たように徒好・理修・久足は春庭に入門する。三人の名は正月兼題から見られ、以降も熱心に出詠して常連となっていく（理修は、この年正月から理修として出詠し、五月十日には岩麿《いわまろ》と名を変えるも、十月には理修にもどす）。しかし、じつは月次歌合では、前年の文化十三年から三人の名前が見える。本章において、月次歌合に詳しく言及することは避けるが、入門の経緯にも関わるため、こちらも簡単に触れておく。

本居宣長記念館には、文化十三年八月以降の月次歌合の記録が残る。文化十三年七月以前についても、少なくとも同年中の記録が残されていたことは、足立巻一『やちまた』（河出書房新社、一九七四）の記述からわかるが、いまその所在は知れない。よって文化十三年八月以降をみると、八・九・十一月に徒好・理修の名が、九・十一月に久足の名前が見いだせる（なお、十・十二月は歌合の記録自体がない）。つまり文化十四年の入門以前に、春庭に歌の指導を受けているわけで、文化十四年の入門と月次歌会の出詠が春庭との関係のはじまりとは、単純にいい切れないようである。入門するにも、それなりの下準備が必要ということか。

以上の経緯があるものの、月次歌会にはじめて残る久足の歌は、文化十四年正月兼題（沢若菜・梅薫風）の次の二首である。

あし引の山とはみづのうす氷わかれつむべきけふやとくらむ

たちこめてかすみにいろはみえねども吹くる風にしるきうめがゝ

文政元年（一八一八）、月次順会歌会がはじまる。友能（徒好）・守良（理修）・久足の三人は前年の参加時からほとんど休むことなく出詠し、すでに常連となっている。徒好・理修をそれぞれ友能・守良としたのは、徒好は八月十日から友能、理修は九月五日から守良に名を変えて出詠するようになるからである。

またこの年、古くからの常連のうち、中津元義の出詠が減ったことが気にかかる。その後も月次順会歌会にて会主をつとめるなど、後鈴屋に関わりが深いことは察せられるが、こと月次歌会に関しては、文政二年以降は、文政三・九年の正月にそれぞれ出詠するのみで、すっかり無沙汰になってしまう。

この中津元義に対し、久足は思うところがあった。文化十三年の父友能（当時徒好）の再婚により「親子の間むつまじからず」し、久足は「不足の念たえず、いとおもしろからぬとし月を」過ごしたことは先に確認したが、この再婚を取り持ったのは、他ならぬ中津元義であった。久足の祖母ひでが没した同年、小津新七も没し、「後家せい（＊せゐ）といふが有」ったため、「配偶させなばよからんと、中津伴右衛門（＊元義）など世話にて、相続有しを、浄謙居士（＊友能）もすゝみ」し、婚姻を結んだ。再婚に強く反発した久足は、この話を進めた中津元義に対しても恨み骨髄であった。

中津伴右衛門もいかなる人也。道秀居士（＊理香）懇意なりしことは上にいへり。浄謙居士も懇意也しかど、この一条よりして、六代与右衛門（＊久足）ふかく恨をふくみしかば、近来かの家没落せしも快おもふのみ、いさゝか助成をもなさゞりしはこの意味によりて也。

（『家の昔かたり』）

中津家が不如意になったのはいつか知れないけれども、あるいはこのころから、歌会参加に支障をきたす状況にあったのかもしれない。

この年、守良は十九歳で妻うのを迎え、同年十一月一日には長男虎蔵が生まれる。しかし同年、「守良居士十九のとし、江戸にて眼疾にて一眼となる。松坂にかへり、播州の眼科谷川氏の大阪出張に療をこひしが、さしたる功もなし」(『家の昔かたり』)と、上田秋成の治療をしたことでも知られる「神医」谷川氏にかかるが、眼病にて片目を失明してしまう。この眼病は後年再発し、分家のつもりであった久足を六代当主の地位につけることになる。しかしこの時点では、隻眼にはなったものの、五代守良には跡取り虎蔵も誕生し、久足は、家を継ぐとの意識もなく詠歌に打ち込みはじめる。

この頃、歌会記録だけを見ていては、友能・守良・久足の三人は仲よく歌会に出ているように思えるが、文政元年でいまだ十五歳の久足は、二年前に再婚した父に大いに反抗心をいだいていたであろうし、歌会にて中津元義の顔を見ては恨みを新たにしただろう。その元義も欠席がちになり、いよいよ題を前にして歌を詠じる歌会という営みに、久足は格別の魅力を感じはじめたとも忖度される。それほど、その後の久足の出詠数は群を抜いており、最終的には、古参の殿村安守・三井高匡《たかまさ》さえも抜き、すべての月次歌会・月次順会歌会を通じて、春庭をのぞいて一番の出詠数を誇るまでになる。

文政二年(一八一九)四月二十三日、松坂に来訪した本居大平を迎えて歌会が開かれ、大平も兼題当座ともに歌を残す。この折、久足(十六歳)ははじめて大平に対面したようで、「藤垣内の大人、おもひかけずはじめてとぶらひたまふに、いとうれしくて」(『己卯詠稿』文政二年)との記述が、そのよろこびを伝えている。

久足と守良は相変わらず精力的に出詠をつづける。この頃、年の瀬は商用のため江戸店で迎えることが通例であったようで、文政二年の冬も江戸にいたことが確認できるが(「江戸にありける初春に」『庚辰詠稿』文政三年)、不在の折も歌会に出詠することは欠かさない。一方、父友能は常連であることには変わりないものの、二人にくらべ休みが目につくようになる。ひとつは文政二年七月二日、久足の反対を押し切って迎えた後妻せゐとの間に女児が生まれるも、すぐに亡くなってしまったためであり、さすがに七月には名前が見えない（久足・守良は出詠）。しかし翌文政三年六月八日にも女児くすのが生まれ、こちらは無事に育って後に四代小津新七の妻となる。

文政三年（一八二〇）、「伊勢松坂小津守良宅当座（八月五日）」（清水浜臣『遊京漫録』、日本随筆大成新装版二期一七、一九九五）との記録から、清水浜臣が松坂を訪れ、小津家にて歓迎の当座歌会が開かれたことがわかる。それぞれ別題で、順に岡山正興・小津守良・常念寺啓廓・小津友能・殿村安守・中津元義・長谷川元貞・本居春庭・三井高匡・小津久足・長谷川秀経・清水浜臣の歌が残る（探題のため順序と後鈴屋における序列とは無関係）。後鈴屋の主だったメンバーが応接にあたったとみえる。またつづけて「送別歌」と題し、春庭・安守・正興・高匡・守良の歌が記される。当座と送別歌のいくつかを抄出しよう。

萩露　　守良
たわみても露おもしろき花の枝は風ともうけず宮ぎのゝはぎ

朝萩　　友能
あかざりし夕暮よりも朝つゆのおきいでゝ見る庭の秋はぎ

萩映水　　春庭
影ばかりうつらふ花に猶あかでなみや萩こそ野路の玉がは

故郷萩　　久足
おのれなほにしきとみえて高円や故郷しらぬ野べのあきはぎ

雨中萩　　浜臣

むら雨のふる枝の萩のぬれ色にながれにあらふ錦かと見ゆ　春庭

送別歌

別れては又いつかはと思ふにもいとゞ名残のをしきけふ哉　守良

（＊同）

大淀のまつによりこしうれしさもなかく〳〵つらくかへる浦浪

久足は、自身の歌稿にも「故郷萩　清水浜臣出席臨時会当／おのれなほにしきとみえて高まどやふるさとしらぬ野辺の秋萩（＊他八首）」（『庚辰詠稿』文政三年）と記録する。

清水浜臣を自宅に迎えたことで、久足は浜臣の知遇を得たようで、その年の暮れ、例によって江戸店に赴いた折、上野の泊洦舎《さざなみのや》を訪れている。

清水浜臣さゞなみの屋をとぶらひて

あさからぬ君がこゝろをたのみにてたえずよりこむさゞなみの宿

かれよりかへし

さゞ波のより〳〵とひて池水のふかさあさしもともにかたらへ　（『庚辰詠稿』）

浜臣をしたってこれからも交友を結びたいとする久足に対し、関係の深浅を問わず、ともに語らおうと迎える社交的な浜臣の姿が目に浮かぶ。その年のうちに、久足は「雪のふるさゞなみの屋をとぶらひて」と浜臣を再訪したらしい。また「十二月二日泊洦舎納会兼題」（『庚辰詠稿』）「泊洦舎正月兼」（『辛巳詠稿』文政四年）と、江戸滞在中は泊洦舎の歌会にも積極的に参加する。浜臣は文政四年正月の後鈴屋月次歌会（兼題）に歌を寄せるのだが、あるいは帰郷した久足がもたらしたのかもしれない。

文政四年（一八二一）も相変わらず一度も欠かさず出詠する久足に対し、守良は八月まですべて出詠するのだが、九月以降は名前がない。友能にいたっては、一・二・六月に兼題を出すのみである。ここにきて三人の歌への取り組みに温度差が生じたようである。この年三月二十五日、守良には長女ゐのが生まれる。
文政四年十二月十五日、「蔦軒」の会主にて月次順会歌会が行われる。この蔦軒とは、久足のことである。久足の号としては桂窓がもっとも知られるが、桂窓号は文政十一年八月十五夜にはじめて用いられた。

八月十五夜に窓より月を見ていとおもしろくおぼえければ書屋の名を桂窓と名づけて
言の葉の花は手にとる身どもかな月の桂の窓につとめて（＊他五首）　（小津久足『戊子詠稿』文政十一年）

蔦軒については、久足の歌稿『庚辰詠稿』（文政三年）に「家の名を蔦の軒とつけて」とあり、また『丙戌詠稿』（文政九年）には、次の文言がみえる。

おのが家の名をもとは石竹園といひたるを、ゆゑありて蔦軒とあらためたるを、又さきつとし石竹園とあらためたれば、蔦軒といふ名のかたは笠因清雄にゆづり、石竹園といふかたをこたび又、久世庭民にゆづるとて

歌会記録には「文政六年癸未正月順会／催主／石竹園／兼題／初鶯」とあり、この石竹園とは、右に見える久足の別号のこと。ここから「ゆゑありて蔦軒とあらためたるを、又さきつとし石竹園とあらため」とあった「さきつとし」とは、文政四年十二月十五日より後、文政六年正月より前、すなわちおそらくは文政五年であったと想定される。また「おのが家の名字もとは蔦軒といひたるを、ゆゑありてさきつころすゞ室とあらためたれば、蔦軒という名字をこたび笠因清雄の家の名にゆづるとて」（『丙戌詠稿』）とも見出せる。
以上より、文政二年以前は石竹園、文政三年に蔦軒、文政五年に一端、石竹園にもどし、文政九年にすゞ室、文政十一年に桂窓と号したことがわかる。よって文政四年に会主として記される「蔦軒」とは久足のことを指す

（春庭『後鈴屋集後篇』下には「ある人の家の名をつたの軒とつけて歌こひけるに／松がえの千代にあまりて末ながくかゝる軒ばのつたかづらかな」との歌が収まる）。

ところでこの文政四年十二月十五日の記録は、正確には「十二月十五日兼題／於深野屋／蔦軒」と記されている。文政四年時、久足は十八歳。「十八の歳、分家すべきあらまし定りし」（『家の昔かたり』）とあるように、この時久足には、亡き祖母ひでの遺志により分家の話が進んでいた。しばしば月次順会歌会の会主になる友能・守良の折は場所の注記はないのに、ここで特に「於深野屋」（深野屋は、『伊勢人物志』を発刊した松坂の書肆深野屋利助）で開催したことを記すのは、分家せんとする久足が当主守良に遠慮して自宅を避けて歌会を世話したからか。ともあれ、十八歳にして会主をつとめた久足は、後鈴屋社中の将来をになう有望な青年として認められたといえる。

文政五年（一八二二）、久足は人生の岐路に立たされる。叔父の五代守良が没したのである。

> 廿三歳の春眼疾再発し、なやみはとみにいへしかど、なごり快からざりしかば、その秋播州医師のもとにゆかれし帰路、痢疾になやみ給へり。その前うの（＊守良室）大病にて、りせ（＊理香室）同道京に出、養生せられしかば、その旅居までかへり、療用（ママ）せられしが、脚気の気味さへ有て、文政五年八月二日京にて没。
>
> （『家の昔かたり』）

文政元年十九歳の折、守良は眼病をわずらい、以降片目での生活を強いられていたが、この年、その眼病が再発し、治療のため播磨の谷川家に赴いた帰路、京にて療養中に諸病重なり、ついに八月二日、二十三歳にして客死してしまう。月次歌会への出詠は四月兼題、月次順会歌会へは六月二十七日当座が最後となった。同当座の歌は次のとおり。

夕蛍　　守良

夕やみもおのがひかりに照しつゝつきをもまたでゆく蛍哉

守良の歌を、久足はこう評す。

十八歳のころより、本居春庭翁門人となり、和歌をよむ。達吟にはあらず、遅吟なりしかど、よみ口は甚たくみにして、おもしろきうたもありき。詠歌今に存在せり。長生したまはゞ必上手の名あるべきに、夭死はをしむべし。（『家の昔かたり』）

同年に春庭に入門し、ともに詠歌に励んだ年の近い叔父の死は、久足に深い悲しみを与えたらしく、「八月二日、守良大人の都にて身まかり給ひけるおもひにこもりゐけるほど、よみたる歌ども」（『壬午詠稿』文政五年）として多くの痛切な挽歌を残す。

守良大人の身まかりけるをかなしみて
かなしさもなかく〳〵人やしりぬらんわれは夢かとたどる別に（＊他十五首）

以下、「都よりおくり来たる骨をみて」から「守良大人にかはりて」まで十五題二十四首の歌が記される。また、春庭の『後鈴屋集後篇』下にも、守良の死を悼む歌が見出せる。

八月朔日頃京にて小津守良の身まかりけるをかなしみておもひいづるまゝによみける歌どもを書あつめて久足のもとにつかはす
言の葉の玉を此世にのこしおきて身はしら露ときえし君かな（＊他四首）

春庭も守良の死を大きな喪失感とともに受けとめたことがうかがえ、またわざわざ歌をつかわすところに、久足を気遣う春庭の配慮が知れる。

久足は分家どころではなくなった。守良の嫡男虎蔵はいまだ五歳。ちょうど父友能が、守良が成人するまで家をつないだように、久足も「虎蔵成長までしばらく相続すべし」（『家の昔かたり』）と、九月十四日に六代として家督を継いだ。しかし、「嫡流ならねば、心配して新蔵名前にて相続したり」と、あくまで自分は虎蔵への橋渡しなのだとわきまえる。分を重んじる久足らしいが、亡き守良を敬慕する思いも混じっていよう。

ところで友能は、守良没後、歌会とはいよいよ縁がなくなる。十二月には、後妻せゐとの間に男子豊吉が生まれる。この時点で久足（十九歳）と同居する家族は、父友能（五十六歳）・継母せゐ（三十歳）・異母妹くすの（三歳）・異母弟豊吉（一歳）・大叔母りせ（五十五歳）・叔母うの（十九歳）・従弟虎蔵（五歳）・従妹ゐの（二歳）の八名である。

また、文政五年の歌会においては、閏正月二十三日の月次順会歌会より、春庭の息有郷が出詠しはじめ、そのまま常連となっていく。有郷は久足と同年生まれの十九歳であるが、歌会に初参加した閏正月二十三日に長谷川源右衛門元貞の養子となる。しかし同年中に縁組は解消され、六月九日に小津清左衛門長澄の養子となるが、翌年には実家にもどる。

四　家督相続から有郷後見まで

文政六年（一八二三）は、後鈴屋社中にとって多くの混乱が生じた年である。前年から松坂で学んでいた富樫（本居）広蔭が、この年に大平との養子縁組を解消し、本格的に春庭の元に身を寄せる。また、和歌山を経て平田篤胤も松坂を訪れ、さまざまな波紋を投じた。若き日の久足の事跡を追うことを主眼とする本章において、両者の文政六年の動向を詳細に追跡することは控えるけれども、久足とも関連することに限って言及したい。

この年四月十日には、筑前の古学者伊藤常足と大隈言足も松坂を訪れている。その様子は『大熊《（ママ）》言足紀行』（前田淑『筑前の国学者伊藤常足と福岡の人々』弦書房、二〇〇九。なお引用に際して、東京大学史料編纂所蔵本により翻刻を補訂した）に詳しく、記述から後鈴屋社中の歌会の様子も垣間見える（本書二部二章「後鈴屋社中の歌会」）。この日、広蔭（この時点ではいまだ大平の養子本居広蔭）の寄宿する西ノ庄の毘沙門寺にて歌会が開かれており、そこに加わった常足・言足も探題にて歌を残す。翌十一日、常足と言足がまた広蔭のもとを訪ねると、近所に住む（久足の蔵書「西荘文庫」の西荘とは、地名の西ノ庄《（荘）》に由来する）久足もあらわれた。

十一日。今日も雨をやまねばとゞまる。また毘沙門寺の広蔭主を訪。よべのうたども鈴屋のもとにつかはして、わざ〳〵いできたればとて、かきてあたへらる。また久足ぬしきたりて吾輩のもてなしにとて県居の翁のみづからかける『浅間記』、東満の懐紙、故鈴屋翁のかけるなど、数幅みせらる。また海の中道をいひ込て別をゝしむうたよめれば、言足、

よる波の立わかるとも君をまた二見の浦の名をやたのまん

といへば、久足

君と我二見かはらで浦なみのまたよりあわんをりをこそまて

広蔭も、

わかれなばあふに心をつくしがたいつしらぬひの立しとあれば

常足、

あすよりは君みるふさのよるときを心つくしの島にまたばや

言足も、

（歌なし）

（『大熊言足紀行』）

「もてなしにとて県居の翁のみづからかける『浅間記』、東満の懐紙、故鈴屋翁のかけるなど、数幅みせらる」とある点、久足の蔵書家・蔵幅家としての萌芽が見える。また同じ状況を、久足も自身の歌稿に残している。

筑前国人伊藤常足・大熊言志（ママ）とひ来てわかるゝをり
言志が「よる波のたちわかるとも君を又二見の浦の
名をやたのまむ」とよめるかへし
君とわがふた身かはらで浦波のまたよりあはむをりをこそまて
おなじをり馬の餞の心を
かつらうた海の中道なか〳〵にあはずはつらき別せましや　（『癸未詠稿』文政六年）

言志は言足の養子であるため、何かの錯誤が生じているらしいが、『大熊言足紀行』には記されない久足の送別歌も確認できる。

『21世紀の本居宣長』（図録、本居宣長記念館、二〇〇四）には、文政六年五月十八日付の富樫広蔭書簡（荒井真清宛）が掲載される。解題に「文頭に和歌山に行き殿村安守取扱で諸事を大体済ませたとあるのは大平養子を辞することであろう。続いて、松坂西ノ庄にある毘沙門寺に寄留し春庭の下で学問に勤しむ様子が詳細に記される」（吉田悦之）とあるように、本書簡により松坂での広蔭の様子を垣間見ることができる。そのなかに「被仰聞候品々、左之通さし上申候」と、『詞の八衢』『門の落葉』を記した後、次のようにつづける。

一、故翁手跡石ずり
一、春庭翁詠懐紙　同たんざく
一、みの子〳〵　同たんざく
一、安守ぬし〳〵
一、久足ぬし〳〵
○一、去年中歌合うつし

是者、小子去年中うつし置候也。
御一覧済候はゞ、御かへし可被下候。又々引かへ
懸御目可申候。

この頃には、春庭・美濃・安守に伍して、久足の詠草も贈答する価値が出てきたと認められる。また、歌合の写本の貸借の様も興味深い。

十一月、平田篤胤が和歌山での大平面会を経て、松坂を訪れる。夢の中で宣長に入門したとする篤胤に対し、宣長直系の弟子に褒貶のあることは諸氏の論じるところである。その篤胤を、松坂では殿村安守・殿村常久・富樫広蔭・小津久足の四人が歓待した。その模様は『やちまた』（前掲）に詳しい。『やちまた』刊行の時点では『毀誉相半書』（平田鉄胤編）が基本資料であったが、その後、平田篤胤『上京日記』が紹介・翻刻され（『国立歴史民俗博物館研究報告』一二八、二〇〇六・三。中川和明「平田篤胤の文政六年上京一件と国学運動」『鈴屋学会報』二三、二〇〇六・一二。中川和明・宮地正人「文政六年平田篤胤上京日記（続）」『国立歴史民俗博物館研究報告』一四六、二〇〇九・三）、面談の模様が詳しく知れるようになった。久足と関わる箇所を抄出する。

○　十一月一日。天気。七時出立。三里来て六軒屋にて髪月代。松坂に入る。扇子筥とゝのへ、百疋と歌をそへて、本居（＊春庭）へ持参してあひ、また殿村万蔵（＊常久）へもよる。……

○　三日。天気也。……日ぐれに松坂へ着く。健亭（＊春庭）、万蔵へ案内す。万蔵・とがし弘蔭・大津《ママ》久足三人来りて九時まで語る。○為田へまた三百文。

○　四日。天気。くもり。朝飯後より富樫・小津・万蔵共に山室へ参る。弁当大馳走也。七時帰りに鈴屋へより、御自筆の御像二ふくをがむ。四十四才の御像・ふでもらふて宿に帰り、食後にあんまとらせる所へ、また三人の人々来り、同道して安守方へ行く。種々馳走也。八時すぎに帰る。小川地親子来ル。

（中川和明・宮地正人「文政六年平田篤胤上京日記（続）」前掲）

十一月一日、篤胤は春庭と常久に面会するのみだが、伊勢参宮の後、三日にまた松坂に立ち寄る。その折は、春庭・常久・広蔭・久足が応接する（当地の発音では小津はオーズとなるため、初対面の記録では「大津久足」となっている）。翌四日も久足は、常久・広蔭とともに篤胤を案内して宣長奥墓に参り、春庭と面会後、宿にもどった篤胤を先の三人でふたたび訪ね、ともに安守宅に赴いて供応する。春庭の後見人安守、安守異母弟で古参の常久、もと大平の養子で後に春庭『詞の通路』の校正を任される広蔭、そうした面々に混じり二十歳の久足がともに篤胤を応対することに、社中において着実に地歩を固めつつある姿が看取されよう。

さて、文政五年に思いがけず家督を相続した久足だが、これまでどおり熱心に出詠をつづける。対して友能は月次歌会への出詠をやめ、たまたま久足が会主となって自宅で開かれた月次順会歌会に、付き合いで歌を寄せる程度である。

文政六年から七年への年の瀬、久足は例によって江戸に出て、清水浜臣を尋ねる（「雨降る日、浜臣とともに上野の岡の国みにまかりて」『甲申詠稿』文政七年）。浜臣は文政七年閏八月十七日に没するため、これが最後の面会となった。

文政七年（一八二四）、小津家はまた不幸に見舞われる。十一月十八日、守良の忘れ形見虎蔵が七歳にして世を去ったのだ。かくして、虎蔵が成人するまで家を守るとの久足の思いもむなしくなった。しかし後年（天保八年）、故虎蔵の妹ゐのを自身の養女とし、ゐのに入婿させるかたちで川井甚四郎の次男を養子に迎え、七代忠三郎克孝《よしたか》として家督を譲るのであるから、久足の律儀さと、守良の嫡流を守るとの意識が知れる。

この頃、後鈴屋社中の常連にも変化がみられる。久足・壱岐・有郷はほとんどの歌会に出詠して歌会を盛り立てるが、古参の殿村安守・三井高匡・小津美濃は、まだ出詠は多いものの、久足等とくらべるとあきらかに見劣りがする。他の常連も、綾戸寿貞はすでに文政八年に、長井定澄・向井繁房は文政九年に、長谷川元貞は文政十年に出詠をやめてしまう。変わって、文政八年末から笠因清雄・久世庭民（安庭）、文政十年から関屋景之・野口茂安・岡村幸保、文政十一年には笠因諸親と、その入門時期に先後はあるけれども、入門まだしい春庭の門人が常連になっていく。後鈴屋社中は順調に世代交代が行われているようである。

元貞・定澄・繁房等、往時の月次順会歌会を支えた面々は引退するものの、安守・高匡・美濃という古参が折に触れて顔を出し、久足・有郷・壱岐の中堅が柱となって歌会を維持し、年ごとに若い活力が加わっていく。なかでも、壱岐は春庭の妻、有郷は実息といずれも身内であるから、小津久足こそ、世代をつなぎ、歌会を運営するための要であり、もはや後鈴屋になくてはならない存在へと成長を遂げたといえる。

そうした、後鈴屋をになう人間という自覚が生まれたからであろうか、文政九年（一八二六）初頭に江戸に滞在した折に、久足は次のような歌を残している。

今の世の歌人のさまをみて
かたくなにこゝろきそひてやはらぐる歌は名のみの今のよみ人
我たけてなど人ごとにきそふらむちからもいれぬ歌をよむとて
江戸の歌人のさまをみて
われをおきて人はあらじとほこらへどおほきはいかに江戸のうしども
（『丙戌詠稿』文政九年）

清水浜臣なきあとの江戸の歌人は、むやみに競争心が強く、自らを誇る者ばかりに久足には感じられたようである。

この文政九年、『家の昔かたり』や系図には載らないものの「妻をむかへけるを、ほどなくさはりありてかへしつかはすとて／わたすべきことゝおもはで千引石うごかぬ中と何おもひけむ」（『丙戌詠稿』）との記述がみられるため、久足は結婚したが、何らかの事情ですぐに離別したようである。翌文政十年四月二十一日、こちらは系図にも載る妻るい（元ていであったが、入嫁とともに久足曾祖母の名を得て改める）を娶った。

文政十一年（一八二八）十一月七日、本居春庭が亡くなる。一月前の十月十日にも月次歌会が開かれているため、突然の死であるといえよう。春庭逝去時、久足は例によって江戸店に赴いていた。

十一月七日に師の大人の身まかり給へるよしをきゝて江戸にてよめるなげきの歌ども

たのみこしめぐみの蔭の冬枯に言の葉草をいかゞしのがむ（＊他四十九首）

（『戊子詠稿』文政十一年）

すでに『本居宣長記念館蔵書目録（五）』に翻刻されているが、『柏屋様板木帳』の紙背文書として、春庭急死の知らせを受けた久足が、有郷（健蔵）と壱岐に出した悔やみの手紙が残っている。

一筆啓上仕候。然者、先生御事御急症に而、御養生不相叶、終に御世去被遊候由承之、扨々驚入申候。御一統、嘸御愁傷之段、奉察候。右御悔申上度、如斯に御座候。恐惶謹言

小津新蔵

久足（花押）

十一月十九日

本居健蔵様

おいき様

貴下

（端裏）平田先生　久足

要用

型どおりの弔文である。じつは右書簡に先立つ十一月十六日、久足は平田篤胤に春庭の訃報を伝えている。

先日者得拝顔、大慶仕候。其後、弥御安健可被遊御座、珍重奉存候。然者、松坂本居春庭大人御事、久々持病気に有之候処、当月七日急変之症に而、同夜五つ時死去被致候趣、社中より申参、尤貴家江御達申上候様と、社中より申参候。依之御達申上候。悔状御遣に候はゞ、小子方江向御遣し可被下候。以上

十一月十六日

尚々、前文に申上候義、誠に不存寄御事に而、大に当惑仕候。誠に愁傷此上もなく奉存候事、難申尽候。御憐察可被下[候]。大平翁とかはればよい事をと無益之事迄存出申候。無益之人は跡へ残、有益之先生死去之事、殊更残念之至被存候も御察可給候。以上

（国立歴史民俗博物館所蔵、平田篤胤関係資料、書翰一六―九一―四）

折しも江戸にいた久足が後鈴屋社中を代表して篤胤に連絡したらしいが、それにしても「大平翁とかはればよい事を」「無益之人は跡へ残、有益之先生死去之事」とは、春庭を悼むにしてもあまりに激しく、あまりに不謹慎な書きぶりである。後年の紀行文に顕著な歯に衣着せぬ物言いが、すでにここでは見受けられる。また篤胤に信頼を置いて述べたというよりも、篤胤に大平『三大考弁』を批判した『三大考弁々』の著があることを承知したうえで気を許したと思われる。篤胤とはその後も書簡の往来があったことが『気吹舎日記』（『国立歴史民俗博物館研究報告』一二八、二〇〇六・三）に確認でき、天保三年三月二十九日には「『玉だすき』所々へ出す。故大人御霊前へ献備。藤垣内翁へ壱ツ、殿村佐五平、小津新蔵へ各一ッ余分に四部」と篤胤は久足に『玉襷』を贈呈したことが知れる。しかし久足は「平田あつたねがあらはしたる『玉襷』といふ書をみて」との詞書で「きよき道おのれけがして玉だすきかけたがへたる人あはれなり」（『壬辰詠稿』天保三年）と詠んでおり、両者の関係は慎重に考えねばならない。

さて、江戸から松坂にもどった久足は、後見人として有郷を相続させるのだが、この後見に関して一悶着あっ

たようである。富樫広蔭の弟子筋にあたる（『やちまた』参照）三浦双鯉のまとめた評伝「鬼島広蔭」（『国学院雑誌』一九〇〇・一〇〜一九〇一・五。一部『国学者伝記集成』に再録）によれば、広蔭は春庭の遺族一同から後継者として推されたのだという。

家人と等しく、規定の喪に籠りけるが、嫡子有郷は未だ幼少にして、本居家の学統を継ぐに堪へざりければ、一族等は広蔭を推して、三代の鈴屋先生とあがめ、ひたすら家名を堕さゞらむと欲し……

右に「有郷は未だ幼少にして」とあるが、有郷は久足と同年であるから、当時二十五歳。幼少というには、あまりに年を重ねているように思う。ともあれ、そうした状況のなか江戸から帰った久足が、自分が有郷の後見をすると言い張ったのだという。

歳末に至り、江戸より帰れる春庭翁の弟子、某（＊久足）の当時広蔭に比したらんには、人望学識は、遥かに及ばざりしも、我れ有郷の後見せむといひけるが、本居家の之を辞する能はざりし事情の有りしを以て、一度本居家を出でゝ、独立する事とはなりぬ。

「当時広蔭に比したらんには、人望学識は、遥かに及ばざりし」とあるが、たしかに当時三十六歳で、春庭の難解な文法説を理解し、講義してまわる広蔭にくらべては、いまだ二十五歳の久足の学識は劣る。だが見てきたように、後鈴屋社中の歌会において、いまや久足は中心人物の一人であり、「人望」において「遥かに及ば」ないとは断言できないように思う。

また、右の評伝に「歳末に至り、江戸より帰れる」とあるが、「ことし江戸にありければ」「二月十四日、江戸をたちて故郷にかへらむとする」（『己丑詠稿』文政十二年）との記述から、松坂に帰ったのは年を越してからだとわかる（文政十一年十二月四日、久足は江戸にて馬琴とはじめて面会する）。「有郷は未だ幼少にして」云々もそうであるが、三浦による評伝は師匠筋にあたる広蔭を顕彰せんとするため、勢い利害の対立する人物への評価がきびしくなる傾向にある。よって広蔭が「三代の鈴屋先生とあがめ」られたとの記述もいささか割り引いて読まねばならないが、もし記述のとおり「一族」に広蔭を後継とする流れがあったとするならば、最終的に有郷と同年で「未だ幼少」の久足が後見したことを考慮すると、これは久足の独断というよりも、安守・高匡など、春庭および後鈴屋社中を物心両面で支えてきた松坂生え抜きの豪商連が、学識抜群とはいえ新参者の広蔭が後継となることに難色を示し、後鈴屋社中の次代を担う久足に白羽の矢を立て、有郷を後見させたとも推測される。もっとも春庭訃報を伝えるに「大平翁とかはればよい事を」としたためた久足である。「我れ有郷の後見せむ」とは、いかにも久足らしい発言にも思える。

ともあれ、いまだ経緯に不明な点は残るが、最終的に久足が有郷を後見したことは動かない。春庭に入門してより十三年、歌会・歌合にほとんど欠かさず出詠する研鑽がみのり、久足は後鈴屋社中の重鎮となったと認めてよいだろう。

五　おわりに

以上、小津久足の生い立ちを述べ、春庭入門から有郷後見までの事跡を追いかけてきた。江戸店を持つ富商の家に生まれるも、家を継ぐとの意識もなく育ち、春庭入門後は、熱心な歌会参加をとおして徐々に後鈴屋社中で頭角をあらわし、ついには有郷を後見するにいたる過程を示すことができたのではないだろうか。

その後の久足の足跡は、紀行文・歌稿類にて追うことができる。ことに本書二部一章「小津久足の歌稿について」で書誌紹介をする日本大学図書館所蔵の歌稿群につけば、馬琴との交遊に関しても、未紹介の知見を数多く見出すことができる。しかし本章の目的は、「馬琴の友人」として著名な小津久足は、馬琴と出会う以前から、後鈴屋社中での活動を背景として、豊かな文学的世界を涵養していたと知ることであるため、ここではもう触れまい。

注

（1）千葉伸夫『小津安二郎と20世紀』（国書刊行会、二〇〇三）には、「小津の祖父・猪蔵（与右衛門家の分家は新七を名乗り、五代新七にあたる）は、六代与右衛門（注省略）の異母弟だった」とあり、猪蔵―寅之助―安二郎とつづく。すなわち、久足と小津安二郎は血がつながっていることになる。

二章　馬琴と小津桂窓の交流

一　〈勧懲正しからざる〉馬琴

合巻執筆を厭い、積極的に随筆を著そうとする馬琴は、必ずしも戯作者であることを潔しとしなかった。それでも戯作の筆を擱かなかったのは、まず経済的な理由が挙げられよう（濱田啓介「馬琴に於ける書肆、作者、読者の問題」日本文学研究資料叢書『馬琴』有精堂、一九七四）。しかし言うまでもなく、内的な動機づけなくしてあの長大な作品群の成立はないと見るのが適切であり、よって馬琴は戯作の筆を執るにあたり、経済環境に由来するような消極的ではない、強い内的動機を抱いていたと考えなければなるまい。

序文に勧善懲悪を掲げるのはいずれの読本でも見られることながら、「善人を誣て悪人に作かへず、悪人をたすけて善人に作りかへず」（『苅萱後伝玉櫛笥』文化四年刊）との基準に適合することを、独自の語法で「懲悪勧善を正くする」（『燕石雑志』文化八年刊）と述べた馬琴の行いは、濱田啓介「〈勧善懲悪〉補紙」（『近世小説・営為と様式に関する私見』京都大学学術出版会、一九九三）に詳しい。この〈勧懲が正しい〉ことこそ、馬琴が戯作者の分に甘んじ、読本執筆に積極的な意義を見出すために設けた創作上の規範であった。馬琴は『傾城水滸伝』執筆のため『水滸伝』を読み返した文政十一年（一八二八）頃より、〈勧懲が正しい〉という物言いを頻繁に行う。『水滸伝』観とともにあらわれるこの言辞は、馬琴の小説作法の根幹をなす重要な規範であったことは疑いない（拙稿「馬琴の

「水滸伝」観の形成と読本執筆」『語文研究』一〇六、二〇〇八・一二）。

読本様式の定着に寄与した馬琴の史的役割は小さくなく、この規範を馬琴個人のものとして軽々に退けることはできない。馬琴は、歴史上の人物の善悪を見定め、その事実に齟齬しない範囲で読本を執筆することを、自分自身の規範とするだけにとどめず、読本様式のあるべき姿だと考え、自作以外へも適応しようとする。馬琴は〈勧懲が正しい〉ことを他者批判の基準としても用いた(1)。

しかしながら、他の作者を批判するためにも、おのれはどこまでも厳格でなければならないその規範を、馬琴は期せずして破ってしまった。『開巻驚奇侠客伝』（以下『侠客伝』）において、本来ならば主人公、館小六・姑摩姫の最大の味方として描かれるべき南朝方の北畠満雅を、北畠親能（満泰）と同一人物として省き、しかもその親能（満泰）を暗愚な君主として描出してしまったことを大高洋司は指摘する（「『開巻驚奇侠客伝』の骨格」新日本古典文学大系八七『開巻驚奇侠客伝』解説、一九九八）。これは南朝の忠臣を愚昧な人物に貶めたわけであり、馬琴としては致命的な〈勧懲正しからざる〉行いであった。大高は続けて、誤りに気づいた馬琴が「当時伊勢の国司は愚物にあらず」と見解を修正し、「古人の作例故意《ワザト》史に合ぬやうにせしもあれば」（「『侠客伝第二集　桂窓評答」十八回、早稲田大学蔵資料影印叢書『馬琴評答集　四』早稲田大学出版部、一九九〇）と自己矛盾をきたすがごとき苦しい言い訳を述べていることにも言及する。

この致命的な過ちに馬琴はいかにして気がついたのか。そこには、馬琴と読本に関する評答を交わした殿村篠斎・小津桂窓・木村默老のいわゆる「馬琴三友」(2)、なかでも小津桂窓との交流が、大きな役割を果たしている。本章では、馬琴と小津桂窓との交流を追いながら、〈勧懲正しからざる〉過ちを馬琴に気づかせるにいたった桂窓の文学的営為をあきらかにし、両者の文筆に関わる交流が、評答集からうかがえるような馬琴からの一方的な小説読解法の教授だけではなく、一見識を有した人物同士が得意とするところを伝え合う相補的な関係であったことを示したい。なお、本章における馬琴書簡の引用は、すべて『馬琴書翰集成』（柴田光彦・神田正行編、八木書店、二〇〇二〜二〇〇四）に拠る。

二　馬琴と小津桂窓の出会い

桂窓が、馬琴とはじめて面会したのは、文政十一年（一八二八）十二月四日である。その模様は、木村三四吾「竹清書留『雁来魚往』所収馬琴書翰」（『滝沢馬琴——人と書翰』八木書店、一九九八）に詳しい。また服部仁が「桂窓は文政十一年十二月四日に馬琴を訪ね、翌年二月十日にも馬琴に対面しているものの、天保三年春に再度馬琴宅を訪問するまでは直接交渉はなく、精々篠斎を通しての付き合いであったと思われる」（「馬琴の〈隠微〉という理念」『曲亭馬琴の文学域』若草書房、一九九七）と指摘するとおり、馬琴は篠斎の体面を保つための最低限の応対に終始している。また、天保三年（一八三二）に商用で江戸に出た桂窓は、二月四日にはじまり、五度も馬琴を訪ねる。今度は馬琴も時に食事を饗して長時間膝をつき合わす。この天保三年の再会について、木村三四吾は「桂窓も歓迎されざる客の一人だったといわねばならぬ」（「天保三年四月二十六日付桂窓宛馬琴書翰と西荘文庫旧蔵本「八犬伝」（初篇—七篇）」木村前掲書）と評するが、服部仁は、同一人物に五度も対面を許す破格の待遇より「馬琴は随分桂窓が気に入ったものと推察できる」（服部前掲稿）と述べる。もっとも、年少（天保三年当時、馬琴六十六歳、篠斎五十四歳、桂窓二十九歳）で新参者の桂窓は、この時点で、馬琴との交流も長い篠斎と同等の位置を与えられたわけではもちろんない。

三　馬琴の桂窓評価の転換

そのことは、天保三年四月二十八日に、篠斎に宛てた馬琴の次の手紙からもうかがえる。

一、右には、同書九輯には、貴詠長歌など、思召も候はゞ、加入可致間、此義、桂窓子へも申談候趣、申上候へば、御承知被成、桂窓子長歌つゞられ候て、跋文御認も可被成哉之思召のよし被仰下、是又承知仕候。……桂窓子の御歌、定て御上手に可有之候へども、いまだ一歌も見不申候。御同人の口ぶりにては、尤御得意の御様子に付、不斗右之ものがたりにも及び候事に御座候。乍失礼、君と同様に存候て、此談に及び候には無之、桂窓子の長うたは入レ不申候とても、申わけは可有之候。これは極内まくの事、御他言無用御座候。右に付、愚衷無覆蔵申試候。

同年五月刊の『南総里見八犬伝』八輯上帙には「いはのやのかにまろおぢが八犬伝をめでよろこびてよみたる八うた」が載る。続けて「蟹麻呂者、伊勢松阪ノ人。殿村常久ノ一称」であり「文政十三年、庚寅ノ秋七月十六日病没ス」と、殿村常久が文政十三年に死去したことを悼み、八首の歌を掲載した旨を馬琴は記す[3]。天保三年に桂窓が馬琴を訪ねた際、「稿本一より四ノ上迄、手前に有之分は、皆小津氏に見せ候」（篠斎宛、天保三・二・一九）と馬琴は成稿間もない『八犬伝』八輯上帙を桂窓に閲覧させる。その折、話題は殿村常久の歌におよび、篠斎に「八犬士の長歌」の詠作を依頼した[4]ことにも触れて、勢い桂窓にも依頼を口にしたようである[5]。桂窓は多くの歌稿を残しており（本書二部一章「小津久足の歌稿について」）、「御同人の口ぶりにては、尤御得意の御様子」と揶揄気味に記されるぐらい、馬琴の前でも自信のほどを示したようである。しかし「不斗右之ものがたりにも及び候」と篠斎宛の手紙に記すように、馬琴はあくまで社交辞令で依頼を口にしたのであり、篠斎をとおして歌に跋文が必要かどうか問い合わせるほど、桂窓が本気にするとは思ってもみなかった。そして、「乍失礼、君と同様に存候て、此談に及び候には無之、桂窓子の長うたは入レ不申候とても、申わけは可有之候」と篠斎にだけ「極内まく」「御他言無用」の心づもりを知らせる。馬琴は、桂窓の歌才、引いては文才にまったく信用を置いていないことがわかる。

しかしこの評価が、同じ天保三年、十二月十一日の篠斎宛書簡では、百八十度転換する。

桂窓主、ちか比ハ小説物ニ身を入られ候よし。大才子ニ候へバ、吾党の人、末たのもしく奉存候。彼人の評、先便見せニ参り候。適大出来、実ニ才子ニ御座候。

めったに人を褒めぬ馬琴が「大才子」と最大限の評価をしたうえで、「吾党の人」と桂窓を同好の士ととらえている。木村三四吾は、「鈴の屋風の和学好みより次第に小説好きに成長して行く桂窓の将来に対し、馬琴は心から好感を示している様子が窺えよう」(「二十回本「平妖伝」のことⅡ」木村前掲書)と、中国白話小説を読む同好の士へと成長していることが、この評価の高まりに大きく寄与していると指摘する。また、右の書簡中に「彼人の評、先便見せニ参り候。適大出来」とあり、また同年十二月八日の篠斎宛書簡にも「先便、桂窓子よりハ、評書一通被指越候。至極よく見られ候て、評論行とゞき、甘心不少候」とあるように、馬琴は桂窓の読本に対する批評も高く評価している。この背景には、得丸智子が検証したように、『犬夷評判記』(文政元年刊)に続く衆議評刊行に向けて、批評家グループを組織するという馬琴の意向があったことは疑いない(得丸智子「曲亭馬琴の稗史法則——重復から照応へ——」日本文学研究論文集成二二『馬琴』、若草書房、二〇〇〇)。

すなわち、馬琴の桂窓評価の高まりには、一つは中国白話小説に傾倒しはじめたこと、もう一つは馬琴の読本作品へのすぐれた批評を行ったこと、この二つにあると従来指摘されていた。それはそれで正しい。しかし本章では、馬琴が桂窓を高く評価するようになった直接的な契機は、桂窓の蔵書家・紀行家としての見識を、馬琴が高く評価したからだとあきらかにしたい。

四　蔵書家・紀行家としての小津桂窓

本章のはじめに紹介したように、馬琴の小説作法には、歴史上の悪人を善人に、善人を悪人に作り替えることはけっしてしない、という規範が存在する。しかし『俠客伝』において、善玉であるべき北畠満雅を、悪玉として描いた北畠親能（満泰）と同一人物にしてしまうという人物造形上の〈勧懲正しからざる〉誤りを馬琴は犯してしまった。そして、この決定的な誤りに気づかせるきっかけとなったのは、他でもない、桂窓との交流にあった。

服部仁は「馬琴の地図」（『馬琴研究資料集成』五、クレス出版、二〇〇七）において、「『開巻驚奇俠客伝』第二集執筆のための地名所在調べに、馬琴は『大東国郡分界図』と『四程指南車』とを用いたが、どうも曖昧であるので、正確なところを教えて欲しいと篠斎に依頼している」ことを、天保三年十月十八日の篠斎宛書簡[6]から確認し、馬琴所持の地図が『大東国郡分界図』および『大日本道中行程指南車』であったことをあきらかにした。この十月十八日付書簡の段階では、「桂窓子ト御面会之節、御噂可被下候」と、馬琴は篠斎に質問したついでに桂窓への伝声を頼んでおり、「彼方への書状中ニハ書加へ不申候」という箇所からも、回答の期待は篠斎にあったことがうかがえる。

しかし、同年十一月二十五日の篠斎宛書簡からは、そうした桂窓に重きを置かない態度が一変する。

　譬ば、北畠満泰卿は、『南朝紀伝《(記)》』其余の古書、『読史余論』『南朝公卿補任』にも、みな満泰《ヤス》と有之候。然に、『いせの巻』、幷に『北畠系図』『北畠記』等には、満雅と有之候。いづれが是なる哉、迷ひ起り候。是迄は、満泰とのみ覚候故、『侠客伝』初集にも二集にも、満泰トいたし候が、此間、桂窓子より借され候書を見て、いよ〳〵いぶかしく成候。此外にも、南朝之事、古書にて彼是比校いたし見候へば、彼は伝聞のあやまり、これは後人のひが事、これは実事ならんと思ふ事多く、とかく読書は、著述引用の眼を以よく見ざれば、うか〳〵と見過し候。御蔭にて、此筋大学問いたし、大慶不過之候。

これまで架蔵本にもとづいた知識では疑いを抱かなかったものの、桂窓から『北畠系図』『北畠記』等の書を貸借したことにより、はじめて北畠満泰に関する歴史的事実に「迷ひ」が生じた。書簡中「御蔭にて、此筋大学問いたし」と述べるのは、「小説の趣向する処、巧拙はとまれかくまれ、作者に大学問なくては、第一勧懲正しからず」（『羇鞭』前掲）との小説観を前提としており、この言葉づかいからも、創作上の規範を揺るがす指摘を桂窓所蔵本によりもたらされ、『侠客伝』における〈勧懲正からざる〉書きぶりを自覚した馬琴の衝撃のほどがうかがえる。さらに桂窓は、篠斎と申し合わせて「いせの地図」を贈与したうえ、満泰に関連する土地、多気を旅行した際の見聞を馬琴に伝えた。(7) これに馬琴は「大に益を得」て、「多気の事・北畠の事、『侠客伝』二集三の末より四五の巻に書あらはし候。引書あとにて集り、後悔不少候」と、いよいよ自分の間違いを悟る。

それまで桂窓への連絡は篠斎への書状に言づける程度であったが、この一件以降、篠斎宛書簡と同内容の記述でも、煩を厭わず桂窓にも長文の書簡をしたためるようになる。同年十一月二十六日付の桂窓宛書簡がそうである。書中の以下の記述より、桂窓が三度にわたって馬琴の質問に答える書簡を送っていることが知れる。

十月廿五日之御細翰、十一月五日着、忝拝見仕候。〇又十一月十二日之貴翰、同廿一日ニ到着。〇十一月三日之貴翰・同紙包は、同廿三日ニ到着、無相違相達、何レも忝拝見致候。

この三度の書簡に桂窓は、書物から得た知識、実際に当地を旅した見聞を披瀝して、馬琴に致命的な誤りを気づかせることになった。

五　桂窓の紀行文と交流関係の再考

ところで、「多気の事、御尋申候処、一両年前、桂窓子、彼地江遊行被致」（篠斎宛、天保三・一一・二五）とある多気の旅行について、桂窓は『御嶽の枝折』と題する紀行文を書き残している（本書三部二章「御嶽の枝折」）。なお、紀行文では「小津久足」と署名するため、ここでは桂窓というより久足と称するのが適当であろうが、馬琴との交流を論じる本章では呼称を桂窓に統一する。

桂窓は、馬琴との面会が叶った文政十一年十二月までに、『吉野の山裏』（文政五年）『江門日記』（文政七年）『石走日記』（同年）『柳桜日記』（文政十一年）の四点の紀行文を綴っており、さらに馬琴から「大才子」の評を得た天保三年までに、『月波日記』（文政十二年）『御嶽の枝折』（文政十三年）『花染日記』（天保二年）の紀行を残す（本書三部一章「小津久足の紀行文」）。「おのれはやく倭魂みがきしをりは、『式』の神名帳に注をせまほしくおもひしことあり」（『班鳩日記』天保七年）と後年ふり返るように、桂窓は天保三年にいたるまで『延喜式』神名帳に注釈を加えるべく各地をめぐっていた。従来の「馬琴の友人」という小津桂窓の理解では、馬琴と知遇を得ることによってはじめて見識が高まったかに思え、もちろんその側面も筆者は否定しないが、松坂における桂窓を取り巻く人間関係を知り、生涯で七万首の歌と四十六点の紀行を残した桂窓の文事を踏まえるならば、馬琴と知り合う以前から高い見識を有し、後鈴屋門で重きをなした人物であったことが看取されよう（本書一部一章「若き日の小津久足」）。そして、こうした地理に詳しい紀行家として側面は、馬琴読本に対する批評にも反映されている。

いわゆる評答集とは、馬琴読本を中心とする諸作に対して、篠斎・桂窓・黙老等が批評を書き送り、それに馬琴が答評を返すことで成立した著述群である。その性格上、馬琴の顔色をうかがうような批評が多いなかで、地名に関してだけは、桂窓は強い筆致で間違いを指摘する。

> 五ノ二十オ、正行墓を往生院としるされたり。同丁ウに「正行墓猶当国に二三ヶ所あり」としるされたれば子細なけれど、往生院の墓は後人の作にて、苅屋村にあるが真の墓也。こは予も参詣せり。苅屋村は飯盛山城跡の麓にて、四条縄手のほとりなれば、地理もよくあへり。往生院は四条縄手にほどゝほし。
>
> （「侠客伝二集　桂松評」第廿回、『馬琴評答集　四』前掲）。

「こは予も参詣せり」などの記述から、実地を踏んで確かめたことによる地理知識に関する桂窓の矜持が感じられる。これは作品全体から見れば細かい指摘のようであるが、先の服部稿（「馬琴の地図」）からも看取されるように、馬琴は地名の正確さに細心の注意を払っている。馬琴読本の壮大な世界観を読者に共有させるためには、人名・地名などの細部で現実感を損わないよう、事実を踏まえた正確な描写を心がける必要があり[8]、特に地名に関しては、「地名の相違ハ、俗人もしる事故、まちがひあれば、いひわけいたしがたく候条、尤心配に存候」（桂窓宛、天保三・一二・八）と、知識人でなくとも間違いを指摘しやすく、人名と同じ慎重さで正確を期している。よって馬琴も「正行墓往生院云々は実に貴評のごとし」（「侠客伝第二集　桂窓評答」第二十回）と認めるしかなく、地名に関するその他の指摘も含めて「これらの御指摘は殊に辱く覚候」と素直に感謝の言葉を述べる。そして先に確認したように、桂窓の蔵書や見識によって誤りに気づいた北畠満泰については、「但し本伝には北畠を貶して作りたれば満雅としたらんよりは満泰の方しかるべし。古人の作例故意《ワザト》史に合ぬやうにせしもあれば也」と、さすがに〈勧懲正しからざる〉箇所であるため軽々しく誤りを認めるわけにはいかず、意図的に改変したのだと匂わせるような発言までして釈明をしている。

馬琴と桂窓との交流を考えるにあたって、これまではあまりに馬琴視点の認識に偏っていた。それは馬琴宛来簡の残存が往簡にくらべて著しく少ないなど、両者の交流関係をあきらかにする資料が、馬琴筆の日記、馬琴筆の書簡と、いずれも馬琴の手による資料に偏っていたことにも由来する。しかし馬琴による「通信教育」という印象さえ与える評答集においても、蔵書と紀行文執筆という桂窓の文事に着目すれば、従来の認識からはずれる右のような事実が見出せるのであって、その意味でも、桂窓の残した紀行文諸作は、馬琴の言説を相対化する資料として有用である。

たとえば『ぬさぶくろ日記』（天保九年）において桂窓は、次のように述懐する。

もとよりわがさがとして、歌人のみならず、儒者にまれ、法師にまれ、画工にまれ、何によらず、よに名聞えたる人にはかならず対面して、その人々の見解をきくことをたのしめり。されば、名をさきにきゝて面をしらざる人には、こなたより対面をこひ、名をきかざるにかなたより対面をこふ人には、辞して対面せず。名をさきにしたる人は、かならず人なみにすぐれたる徳あり。名と面とひとつに見きく人は、いづれもよの常なるものなれば也。

著名人には自分から面会を乞うが、尋常な人物とは対面しないという、あまりにしたたかな処世訓を桂窓が持っていることを知ると、先に確認した馬琴との面会の様子も、また異なって見える。すなわち、馬琴筆の資料にもとづくかぎり、両者の交流は、馬琴が桂窓をすこしずつ認めていく過程に見えたものも、右のごとき桂窓の言説を知ったうえでは、桂窓が馬琴に、おのれの存在・実力を認めさせていく過程とも見ることができる。そう認識することではじめて、幾度も居留守を使われながらもくりかえし馬琴宅を訪問し、馬琴の地名に関する質問を篠斎づてに耳にするや、機を逃さじとばかりに、三度にわたって詳細な手紙を送り、みずからの実力を示していった桂窓の行動が理解できる。さらに桂窓紀行文は、馬琴視点の認識からはうかがえない桂窓像を示すにとどまらず、直接的に、馬琴と桂窓の交流にも関わっている。

六　桂窓紀行文に対する評価

天保四年（一八三三）二月五日より三月三日にかけての旅を、桂窓は『梅桜日記』として綴った。この『梅桜日記』を馬琴に送ってより、過去の諸作も含めて、桂窓は馬琴にしばしば自作の紀行文を送る。このことについて、木村三四吾は「彼は自作の筆文を送って馬琴の批正を乞うのが常であった」（「二十回本「平妖伝」のことⅡ」前掲書）と述べるが、桂窓が「批正を乞う」というよりは、いま少し馬琴側に積極的な姿勢があったように見受けられる。

馬琴より「大才子」評価を得た翌年の天保四年二月五日、桂窓は松坂を出立し、梅の名所、月が瀬を経て大坂・京・和歌山をめぐり、桜の咲く吉野を通って三月三日に帰宅した。その旅の予定を前もって馬琴に伝えていたらしく、「よき折の御旅行羨しく、さこそと想像いたし候。御旅中、折からの異聞、幷ニ御詠歌も多かるべく候。いかで、御帰郷後、御手透之節、御聞せ被下候様奉希候」（桂窓宛、天保四・三・九）と、馬琴は旅の模様を知らせるよう手紙で述べる。そして桂窓がその折の紀行を綴っていることを知ると「御紀行も御出来のよし、致拝見候ハヾ、なをくハしくわかり可申候間、御浄書出来の上、拝見ねがハしく奉存候」（桂窓宛、天保四・五・一）と、浄書本を借覧したい旨を書き送る。浄書本が完成した折には「御紀行御出来之節、御見せ可被下候よし、只今よりたのしミニ存候」（桂窓宛、天保四・七・一四）と、あらためて紀行の到着を心待ちにする。しかし「大才子」評価の後とはいえ、これら書簡中の文言は、社交辞令の類である可能性も否定できず、どこまで本気で馬琴が紀行文の繙読を望んでいたか測りがたい。

しかし、届いた『梅桜日記』を一読するや、馬琴は桂窓の紀行文を絶賛する。天保四年十二月十一日付の篠斎宛書簡で、馬琴は次のように述べる。

尚々、桂窓子の『梅桜日記』出来、早速被致恵借候間、熟読、尤甘心不少候。御地は、鈴の屋翁の余沢にや、追々才子被出候て、珍重ニ奉存候。文も達意ニて、誰ニもよく聞え、歌もよろしきが多く見え候。定て被成御覧候半。この貴評も、来陽承りたく奉存候。小子抔、あの年齢の折抔ハ、中々及ぶべくもあらず候。実に、後生おそるべしに御座候也。

容易に人を褒めぬ馬琴にして、最大級の評価を桂窓は得ている。ここからも、中国白話小説への傾倒と馬琴読本への批評だけではなく、紀行家としての見識、および紀行文を馬琴が高く評価し、それをもって桂窓を「大才子」と認めたことが裏づけられる。

この篠斎宛と同日付の桂窓宛書簡には、「此節、筆工追々手透ニ成候故、早速写させ、昨日うつし出来」とあり、馬琴が筆工に依頼して『梅桜日記』の写本を作らせたことが知れる。さらに「黙老子ニも見せ候様被仰越、承知仕候。彼仁へハ、此度写し取候を、製本出来次第、かし候つもりニ御座候」と、ただ自分の手元に留めるだけではなく、木村黙老にも回覧する。そして天保五年二月八日付の桂窓宛書簡に、黙老も『梅桜日記』に感心したことを伝えるのだが、黙老の評価が嘘でないことを証明するため、わざわざ黙老書簡の切り抜きを付すという念の入れようである。

黙老もことの外の甘心ニて、此書、但風流の事のミならず、有益の事多く御座候間、一本写し留申度よし被申越、当春写し出来、いぬる日、原本を被返候。拙方共、江戸ニて写し二本出来いたし候間、追々広り可申候。

ここから、『梅桜日記』に感心した黙老も別に写本をつくったこと[9]、また馬琴は二本の写本を作ったことが知れる。馬琴は続けて「千里の駒なきにあらず。只伯楽の得がたきに御座候」とも述べ、写本というかたちではあるものの、桂窓を一人の文章家として認めた感がある。(10) 以上のような、馬琴および黙老の賞讃が社交辞令でないことは疑いようもないが、たとえば同じ紀行文でも、木村黙老『帰郷日記』（柴田光彦「翻刻　木村亘『帰郷日記』」『早稲田大学図書館紀要』一六、一九七五・三）については「尤、さしたる奇事も無之書ニ候」（篠斎宛、天保六・閏七・一二）と、さほど芳しくない評価を下していることとくらべても、馬琴が桂窓の文才を高く評価していることが知れる。

この『梅桜日記』を皮切りに、馬琴、そして木村黙老は、桂窓の紀行文を閲覧することを希望し、それに応じて桂窓は幾度も馬琴に紀行文を送る。その度に馬琴および黙老は、「乍失礼、後生怕るべき御大才、只感心之外無之候」（桂窓宛、天保五・五・一二）と賛辞を送る。日記・書簡により馬琴の手にわたったことが確認できる桂窓紀行文は、『月波日記』（文政十二年）『花染日記』（天保二年）『梅桜日記』『姨捨日記』（天保七年）『真間の口ずさみ』（天保七年）『浜木綿日記』（天保十年）『志比日記』（天保十五年）の七点である。馬琴は天保四年より眼病を患い、天保十一年には完全に失明してしまうため、『浜木綿日記』『志比日記』の繙読は叶わなかったであろうが、桂窓紀行文は天保四年にはじめて馬琴の披閲を得たことを鑑みれば、読書量の衰えた馬琴に、これほどの著述がわたっていることの意味は小さくない。

七　桂窓紀行文の変容

本書三部で改めて論じるが、桂窓は紀行文中に「廿あまりのほどは、かたはら古学にも志ふかゝりしかども、ふとうたがひおこりて、古学といふことは、むかしより聞えぬことなるを、近来つくりまうけたるみちなりと、おもひあきらめし」（『陸奥日記』天保十一年）との〈古学離れ〉を示している。この〈古学離れ〉は、ただ桂窓が古学研鑽を放擲したにとどまらず、その紀行文に質的な変化をもたらした。『柳桜日記』（文政十一年）などでは、積極的に『延喜式』神名帳に載る式社を訪問する半面、仏寺や俳諧への言及には消極的であった。しかし、〈古学離れ〉後の紀行文では、それまで憚ってきた黄檗寺を積極的に評価し、俗として遠ざけていた俳諧を認めるなど、古学を学ぶ身として律してきた和漢雅俗に関する自主規制が取り払われ、見たまま感じたままを素直に記す姿勢が前面にあらわれるようになる。

この〈古学離れ〉は、書簡や仲間内での会話では知らず、少なくとも紀行文においては、天保五年の『花鳥日記』にて、はじめて言表化される。「おのれやまとだましゐとかいふ無益のかたくな心は、さすがにはなれたれば」との記述がそうであり、このことは本書三部三章「花鳥日記」で詳述する。では、この〈古学離れ〉は何によってもたらされたのか。その答は、『花鳥日記』の前年にしたためられた紀行文こそ、馬琴をして「小子抔、あの年齢の折抔ハ、中々及ぶべくもあらず」と言わしめた『梅桜日記』であることからあきらかであろう。桂窓は旅を重ねるにつれて、実際の地名と齟齬する宣長の説に疑問を抱くようになり、語学方面における春庭の説にも懐疑的であった。

もとよりこの『やちまた』てふ書は、わが師なる人のあらはされたるなれど、おのれはかりにも信ずることなく、常にいみきらふことはなはだしく、ちかきころ本居風をたふとみおもはざるは、これらよりきざしたるなり。（『班鳩日記』天保七年）

宣長の説、および春庭の説に素直にしたがうことができなくなっていた桂窓にとって、当代第一の戯作者馬琴に、おのれの紀行文を激賞されたことは、「かたくな」なる古学を離れる理由としては充分すぎるものであった。

以上見てきたように、馬琴は、『俠客伝』の〈勧懲正しからざる〉誤りを気づかせるにいたった桂窓の見識を高く評価し、友人として認めた。さらに桂窓の紀行文を珍重し、「雅俗共に大才子、たのもしき若人」（桂窓宛、天保五・二・八）とまで評した。対して桂窓は、馬琴と知遇を得るべく積極的に働きかけ、自己の蔵書家・紀行家としての見識を誇示する。そして馬琴から紀行文を激賞されるや、本居有郷の後見人でありながら古学研鑽を放擲し、以後は家業のかたわら風流（詠歌と紀行）に歳月を重ね、和漢雅俗の自主規制を廃して、思うがままに紀行文を綴る。

桂窓の指摘が『俠客伝』に影響を与え、馬琴の評価が桂窓の紀行文を変容させる。そこに見出せるのは、それぞれ一見識を持った人物同士が、得意とするところを伝え合う関係であり、まさに交流の名に値する。

注

（1）「無名氏云、小説の趣向する処、巧拙はとまれかくまれ、作者に大学問なくては、第一勧懲正しからず。今の小説は比々として皆これ也。将人情を穿つにも才のしなあり。寔に情を穿つこと、小説にはいとなしがたし。情を穿ち趣をつくさゞれば見るに足らず。今の小説は比々として皆これ也。嗚呼」（『羈鞭』文化七年頃成。早稲田大学図書館所蔵『惜字雑箋　夏』所収。古典籍総合データベース参照）。

（2）「馬琴三友」という呼称がいつから一般的に用いられるようになったのか詳かにできないものの、それが「唯遠方に二三子在る有り。所謂和歌山の篠斎、南海の黙老、松阪の桂窓〔名は久足〕是のみ」（原漢文「八犬伝第九輯下套下引」『南総里見八犬伝』第九輯下帙之下甲、天保十年刊）「御三友ハ年来の御知音也」（篠斎宛馬琴書簡、天保九・一〇・二二）といった馬琴自身の言に源を発していることは疑いない。また、石川畳翠を加えて「四友」ともいう。

（3）同歌は国芳画「曲亭翁精著八犬士随一」にも載ることを、服部仁氏にご教示いただいた。

（4）「『八犬伝』も、遠からず満尾に成可申候。満尾の節は、八犬士の長歌御加入の思召も候はゞ、そろ〳〵御案じ置可被下候。其段、小津氏へも致示談置候。満尾の節は、惣巻の賛心に、左様之もの有之候もおかしかるべくやと奉存候故に御座候」（篠斎宛、天保三・二・一九）。

（5）後年、「八犬伝第九輯下套下引」（『八犬伝』第九輯下帙之下甲、天保十年刊）に「里見八犬士をほむる長歌」（小津久足）「八犬伝跋文にかへてよめる長歌みしか哥」（篠斎野叟）が載る。

(6)「一、北畠満泰卿ハ、伊勢国阿射賀在城候。子息俊雅ハ、大河内の城にあるよし、旧記ニ見え候。已前ハ多気にありし也。此阿射賀、并ニ大河内の城迹、つまびらかならず候。多気郡ニ多気あり、『和名鈔』に見えたり。朝開郡ニ朝開、并ニあさけ川あれど、『大東国郡分界図』によれバ、多気ハ飯高郡ニあり、国見岳ト大坂山の間也。又大河内トいふ地所なし。『四程指南車』ニ、多気ハ大和海道ニて、三輪の宿つゞき、ひつ坂より多気ニ至る也。又、大河内、地名入らず。伊勢の惣図御所持ならバ、御かし可被下候。阿射賀并ニ大河内の古城迹、御考も被成御座候ハヾ、詳ニ御示教可被下候。『侠客伝』ニ入用ニ御座候。二篇ニ入用候ひしが、事急候故、多気ニいたし置候。
○此義、桂窓子ト御面会之節、御噂可被下候。貴兄へ御頼、得貴意候間、彼方への書状中ニハ書加へ不申候」(篠斎宛、天保三・一〇・一八)。

(7)「一、多気の事、御尋申候処、一両年前、桂窓子、彼地江遊行被致、案内書、同人より御教示可被下よし、忝承知仕候。今般、桂窓子よりくはしく被申越、大に益を得、大慶仕候」(篠斎宛、天保三・一一・二五)。

(8)「作り物語の事なれバ、さばかり吟味せでも事済候へども、例のせんさく癖もあり、且骨組をかたくして、永く行れ候様との心がけにて、人しらぬほね折候甲斐ありて、大学問いたし、妙造化と悦び候事ニ御座候」(桂窓宛、天保三・一一・二六)。

(9)黙老旧蔵『梅桜日記』は、現在多和文庫に収まる。その巻末には、馬琴による識語(原漢文)が付されている。

『梅桜日記』一巻。吾が友、伊勢松坂の人氏、小津桂窓の紀行也。其の稿を脱する日、速やかに郵附、以て余に示し、可否を問はる。桂窓と余と同好、其の才、亦た此の如し。即便、筆工をして謄写せしめ畢る時、

天保四年癸巳歳杪念一　著作堂老禿

(10)後日『月波日記』を閲読した馬琴は、次のように桂窓に書き送る。「『月波日記』よみ見候てハ、戯墨三昧はづかしく、いよ〱筆渋り候て、これが為に、著述の筆を擲ちたく成候こゝちせられ候。いかで、御日記ハ印本にして、世に公にせまくほしき物ニ御座候」(桂窓宛、天保五・五・一一)。

三章　一匹狼の群れ

本居春庭に十四歳で入門し、後に春庭の息有郷の後見人になる——この略歴だけを抜きだしてみると、その人物は真摯な古学の徒であるかと思われる。しかし同人はその著作のなかで、「すぐにゆく人をなか〳〵まよはしてちまたといへる里の名もうし」との歌に続けて、次のような述懐を記す。

かくよめるは『詞のやちまた』といふ書ありて、歌よむ人のためには、いともさまたげおほきものなるを、常にうれひおもふことをふとおもひよせたる也。もとよりこの『やちまた』てふ書は、わが師なる人のあらはされたるなれど、おのれはかりにも信ずることなく、常にいみきらふことはなはだしく、ちかきころ本居風をたふとみおもはざるは、これらよりきざしたるなり。さりとて師の恩をわすれたるにはあらねど、とにかく心にかなはぬをしへおほきをいかにせむ。

（『班鳩日記』天保七年）

著者は小津久足。馬琴の知友、そして蔵書家の小津桂窓として著名であり、天理図書館に現存する上田秋成『春雨物語』（いわゆる文化五年本のひとつ西荘文庫本）を所持し、馬琴に該書の存在を知らしめたのも久足である。また、板坂耀子『江戸の紀行文』（中公新書、二〇一一）では、貝原益軒『木曾路記』、橘南谿『東西遊記』に伍して、久足の『陸奥日記』を「江戸時代の紀行の代表作」と評するなど、近年、紀行作家としても高く評価されつつある。

その久足は、賀茂真淵・本居宣長に対しても「両翁は、英雄人をあざむくの説ありて、おしつけたることゞもばかりにて、ふかくそのみなもとをきはむれば、うけがたきがおほし」（『難波日記』弘化四年）と辛辣であり、松坂に住みながらも古学への遠慮は微塵もない。

久足の転機は、馬琴との親密な交流がはじまった天保四・五年ごろであり、十四歳より学んできた古学からの離反を、私に〈古学離れ〉と評して本書三部で言及する。ここで扱いたいのは古学を離れてからの久足の思想の拠りどころである。

久足は、「私のみおほきその古学の道は、ふつにおもひをたちて、その後は、としひさしく、たゞ歌よむことと、風流をのみ、むねとたのしめり」（『陸奥日記』天保十一年）と述べるが、ここでいう風流とは名所古跡を訪ねて紀行を綴る営みのこと。しかし歌を詠み、紀行を綴ることならば、むしろ古学者のよくするところであり、事実、久足も以前から多くの歌稿と紀行を残しているため、詠歌と紀行文執筆が〈古学離れ〉の影響とはいいがたい。

注目したいのは、紀行文の質的な変容である。

京極黄門（＊藤原定家）は「諸道一致」といはれたるが、われは又、今古和漢雅俗もみな一致とおもへば、今古和漢雅俗のわかちなくつゞりしこの日記にて達意をむねとせれど、なほ意の通じがたきは、わが文のつたなきなり。（『浜木綿日記』天保十年）

これは紀行を綴る文体について述べたものだが、今古和漢雅俗にこだわらないとは、ただ文章だけではなく、〈古学離れ〉後の久足の基本的な姿勢でもあり、以降久足は古学の門人として律してきた自主規制をようやく廃し、自由闊達で歯に衣着せぬ物言いを紀行文中に書き記すようになる。このことは、「もとよりわがさがとして、歌人のみならず、儒者にまれ、法師にまれ、画工にまれ、何によらず、よに名聞えたる人にはかならず対面して、その人々の見解をきくことをたのしめり」（『ぬさぶくろ日記』天保九年）などの文言からも確認できる。

しかしこれでは、古学を離れて今古和漢雅俗の別にこだわらなくなっただけであり、新たな思想的な拠りどころを獲得したとはいえぬようにも思える。そうした立場の曖昧さゆえか、久足は自身を「なまものしり」「ことこのむひがもの」と卑下し、「わがごとく世の人なみにたがひて風流にふけり、ことこのむ狂人」（『桜重日記』天保十四年）と世間に馴染めぬ変わり者だと自認する。しかしこの世を拗ねた物言いには、俗世のことわりにしばられない一己の見識を持つ、という裏返しの矜持も見てとれる。そして、この特殊に思える姿勢も、時代に徴してみれば、「狂」「畸」という概念に包摂される。

江戸時代における「狂」については、中野三敏『江戸狂者伝』（中央公論新社、二〇〇七）に詳しい。同書劈頭「狂者論――雅俗・文人・狂者」において中野は、「狂者」を「進取の精神に富み、志も高く、言う事も大きいが、行動に度はずれな所があって、バランスがとれない」と説明する。『孟子』において「中行の士」に次ぐと位置づけられる「狂者」は、陽明学左派の現実的な努力目標となり、さらには儒・仏・老の三教一致へと波及する。

久足も古学を離れてより、それまで遠ざけてきた儒・仏を積極的に評価する。とくに黄檗禅への憧憬は強く、天保七年に宇治万福寺を訪れた折、「そのむかし此寺にまうでしをりは、からめきたるが心あしくて心とゞめても見ざりしを、今はそれにひきかへて、いとおもしろくおぼゆ。倭魂をみがきしは、はやくも一むかしにて、今の見識はかたくなゝらねば、これらもかくは心にかなふ也」（『班鳩日記』）と記す。

以上を踏まえたうえで、あらためて古学を離れた久足には、どのような思想的拠りどころがあるかを考えてみる。今古和漢雅俗の区別なく、とは思想的無秩序を示すかと思われたが、そこに「狂」という補助線を引くと、自ずと浮かびあがってくるものがある。

われは儒者・僧・画工・俳人をはじめ、其ほかも何にまれ、世に名をのこせる人は、その徳をしたふの意ありて、かたはらよにことなりし人をもしたふ意あれば、『近世畸人伝』に出たる人どもは、なべてあとなつかしくおもふによりて也。こゝろざすところの同じからぬも、こゝろざすところのおなじくて、かいなでな

る人より、はるかにまされるこゝちす。（『青葉日記』天保十三年）

〈古学離れ〉以降、久足の紀行文には『近世畸人伝』への言及が頻繁に見られる（天保十五年には「畸人詠二百十四首」も詠む。本書二部一章「小津久足の歌稿について」）。『近世畸人伝』正編は寛政二年（一七九〇）刊、伴蒿蹊編。続編は寛政十年（一七九八）刊、三熊花顚の編ながら伴蒿蹊が補う。高僧・学者・隠遁者から市井の義夫・節婦まで様々な人々をとりあげるが、共通する選択基準は、人並みならぬ生き方を貫いたこと。方向性はおのおの違えど、皆どこかしら突き抜けた性格を持つ。久足は「畸人」に心惹かれてその古跡を訪ね、『畸人伝』を編んだ伴蒿蹊を慕う。続編「僧卍山」項に載る、鉄眼和尚が一切経の板木を彫刻させた挿話を引いて、次のように述べる。

わがみちならぬことは、功あるもあしくいふが古学者てふものゝくせなれど、われは何わざにまれ、人のおよばざる大業は甚渇仰の意あり。塙保己一が『群書類従』をえりたる功はかしましくいひながら、一切経の功はそのすぢの人ならではいはぬに、閑田老人は私なき人にて、かゝることまでかきあらはせるは、なか〳〵にをかしければ……（『青葉日記』天保十三年）

閑田老人とは伴蒿蹊のこと。「何わざにまれ、人のおよばざる大業」を顕彰する『畸人伝』というカテゴリーは、〈一匹狼の群れ〉とでもいうべき矛盾を成り立たせる。今古和漢雅俗の区別を排そうとする久足にとって、「畸人」とは、古学という中心を失い、各方向に拡散する興味を統べる、このうえなく便利な概念だといえよう。久足が「わが性ひがみて世のまじらひをきらひ、たゞ山水をこのむくせあり。されば人にきらはるゝはもとよりなれ」（『浜木綿日記』天保十年）、「隠士をこのむわがくせ」（『桜重日記』天保十四年）と隠遁を志向するのも「畸人」の一つのステレオタイプである。自ら「狂人」をもって任じ、「隠遁」を志向した久足の意識も、やはり「畸人」につらなる。

この「畸人」なる概念を提供したのは、『荘子』である。

子貢曰わく、「敢《なにと》ぞ畸人を問《おし》えられよ。」と。曰わく、「畸人とは、人に畸《ことな》りて天に侔《ひと》しきものなり。故に曰わく、天の小人は、人の君子。人の君子は天の小人なり。」と。　（『荘子』大宗師篇第六。書き下しは福永光司『中国古典選　荘子』朝日新聞社、一九五六）

福永光司の言を借りると「畸人というのは、「人に畸なり」―世俗の人間とは何処かピントのはずれている、然し「天に侔し」―天すなわち自然の理法とは見事にバランスのとれている人間のこと」である。『荘子』における「畸人」とは「荘子的絶対者」（福永）の一表現であり、死生観をも内包した絶対的な価値基準を背景に持つ。

利瑪竇《りまとう》ことマテオ・リッチは、明朝において活躍したイエズス会士であるが、彼に『畸人十篇』という書物がある。該書はキリスト教が国禁であった江戸時代にもしばしば舶来して、荻生徂徠が目を通し、平田篤胤の著述にも影響を与えた（柴田篤「『畸人十篇』研究序説」『哲學年報』六五、二〇〇六・三）。柴田によると、マテオ・リッチがキリスト教の著作に「畸人」の語をもってしたのは、「十篇の中で死の問題が多く取り上げられているから」であり、また「死をどのように捉えるかということにおいて、中国人との間で交わされた問答が、まさに「人に畸なる」内容を持っていた」からだという。つまりマテオ・リッチは「荘子的絶対者」の意を汲んだうえで「畸人」の語を用いていると確認できる。

では翻って『近世畸人伝』はどうか。伴蒿蹊がとりあげる多彩な人物をみるに、思想的な定義づけは曖昧だといわざるをえない。しかしそのことは、伴蒿蹊も先刻承知であった。

吾党の人此草案を見て曰、「『荘子』にいはゆる畸人も、自《おのづから》畸人の一家也。此記は始に藤樹、益軒二先生をあげ、次々にも徳行の人おほし。こは畸人をもて目《なづく》べからず。人のなすべき常の道ならずや、いかに」と。予曰、「然り。しかれどもおのれが録せるところの意、子がおもへる所に少しく異《ことなる》也。……たとひ題名に負《そむ》くの誚《そしり》を負《おふ》もまた辞せざる所なり」。

（『近世畸人伝』題言）

蒿蹊は、『近世畸人伝』にいう「畸人」は、『荘子』における「畸人」に必ずしも合致しないこと、そしてそれを承知したうえで本書を編んだことを述べ、論難への予防線を張る。つまり蒿蹊は、『荘子』における「畸人」を敷衍して、意図的に奇人や君子、ひいては市井の義夫・節婦の類をも「畸人」に内包したわけである。これにより、江戸時代における「畸人」は、源は『荘子』に発しながらも、思想的には老荘以外をも許容する語となった。久足の用法もこれにしたがう。

かくして本居門の異端児小津久足も、「狂」「畸」という概念を手がかりに、正しく時代に位置づけることが可能となった。彼の歯に衣着せぬ物言いは、その特異なパーソナリティーもさることながら、日本近世において拡大解釈され、それゆえに一般性を獲得した近世的「畸人」の姿に類を求めることができる。久足もまた、「畸人」を拠りどころに〈一匹狼の群れ〉に加わったのである。

二部　歌業

一章　小津久足の歌稿について

板坂耀子『江戸の紀行文』（中公新書、二〇一一）は、近世紀行文学史を概観するなかで、小津久足『陸奥日記』を次の様に位置づけた。

江戸時代の紀行の代表作は松尾芭蕉の『おくのほそ道』ではなく、初期の貝原益軒の『木曾路記』と中期の橘南谿の『東西遊記』、後期の小津久足の『陸奥日記』である。

新書という体裁により、一般読者にもその紀行文が紹介された結果、小津久足の名が全国紙の紙面に登場することになった。

板坂氏が最後に挙げている小津久足という紀行作家は、版本がないせいもあって私は存在を知らなかった。要を得た紹介文のなかで、私は一個の近代精神に出会った、という気がした。これにくらべれば、明治以降の近代作家の紀行文のほうが衰退しているのではないか。（湯川豊、毎日新聞書評、二〇一一・四・二四）

近世文学という枠を越えて久足紀行文の魅力が伝わることを知り、その紹介に努めてきた筆者は欣快に堪えない。

ただ、こうして紀行文に注目が集まりつつある状況だからこそ、紹介しておきたい資料がある。それは、日本大学図書館に現存する小津久足の歌稿群である。長編も含め、小津久足は生涯で四十六点の紀行文を残したが、自作の詠歌を収載した歌稿類も、少なくとも四十点が確認できる。「としひさしく、たゞ歌よむことと、風流（＊名所古跡を訪ねること）をのみ、むねとたのしめり」（『陸奥日記』天保十一年）と述べるように、久足にとって詠歌と紀行は、その文事における二つの柱であった。それは久足に限らず、他の古学の徒にもいえることで、とくに詠歌に関しては、歌を詠まない古学者というものは存在しない。久足も、生涯に多くの歌を残した。

本章では、現存の確認できた小津久足歌稿の書誌を紹介し、その全体像を示したい。本章における正確な書誌紹介のためにも、まずは久足歌稿の残存状況に触れておこう。

日本大学図書館（以下「日大」と略す）には、三十八点の小津久足紀行文と、三十七点の歌稿が所蔵される。どちらも自筆稿本で、推敲を経た浄書本にあたる。

この歌稿群は、文化十四年（一八一七）から安政四年（一八五七）にいたる全三十七冊の久足自筆の歌稿である。日大の久足自筆稿本では、外題に通し番号を付すのが通例であり、歌稿群も『丁丑詠稿　一』（文化十四年）から『丁巳詠稿　四十一』（安政四年）まで、それぞれ外題下に一から四十一の表記がある。年内に詠んだ歌をまとめて採録したのがこの歌稿群であり、いずれも一年分が一冊に収まる。久足は、一冊目『丁丑詠稿』をまとめた文化十四年に春庭に入門し、安政五年（一八五八）十一月十三日、五十五歳にて没するため、この歌稿群により、春庭入門を契機としてはじめた詠歌の、最初期から晩年にいたる活動を確認することができる。この大部の歌稿群は、それぞれ「小津桂窓（久足）文庫」と題した帙に収まる。帙の表紙裏には購入の経緯がうかがえる印が押される。たとえば「小津桂窓（久足）文庫　13」には「金文堂購入／昭和39・5・22／C／081.8／N／0.99a／V／1〜5／日本大学図書館」とあり、他の帙の印も「金文堂購入／昭和39・5・22」は共通する。すなわち、これら一群の歌稿は昭和三十九年（一九六四）五月二十二日に金文堂より購入されたことが分かる。学術情報管理課によると、歌稿群は、久足紀行文とともに一括購入されたと考えられるが、詳細な経緯は不明であるという。

しかし、日大蔵の歌稿群のうち、二十九・三十一・三十五・三十七が欠番となっている。そして、その欠番に対応するのが、三重県立図書館所蔵の『丁未詠稿　三十一』『辛亥詠稿　三十五』『癸丑詠稿　三十七』の三冊である。なお、干支からして、おそらく『乙巳詠稿　二十九』と題したであろう歌稿の行方は現在確認できない。

ここで、久足歌稿の基本的な記録様式を確認する。筆者の翻刻の備わる『丁未詠稿』（拙稿「小津久足「丁未詠稿」翻刻と解題（上・下）」『有明工業高等専門学校紀要』四六〈二〇一〇・一〇〉・四七〈二〇一一・一〇〉）を例に説明すると、『丁未詠稿』奥書には、「惣計九百八十五首／難波日記六十一首／橘日記　三十九首／千首詠／合二千八十五首」と記されている。すなわち、「惣計九百八十五首」とあるのは、題詠や折に触れての詠歌など、歌題・詞書を付して本書に筆録した歌の総数であり、おおむね四季・雑の順で配列される。つづく「難波日記六十一首／橘日記　三十九首」は、それぞれ弘化四年の紀行文『難波日記』『橘日記』中の歌数であり、歌そのものは『丁未詠稿』には記載されない。「千首詠」も同様に本書には載らない。以上、『丁未詠稿』所収歌と未記載の歌を併せて、その年に読んだ歌の総数が「合二千八十五首」となる。なお、実際に『難波日記』中の歌を数えると六十一首であり、記録に誤りがないことが確認できる。

日大蔵歌稿群の奥書をたよりに確認すると、少ない年でも四百十三首（『戊寅詠稿　二』文政元年）、多い年には八千八百首（『壬寅詠稿　二十六』天保十三年）もの歌を一年で詠む。もちろん時期により多寡はあり、久足の二十代後半から三十代に該当する天保期は、とりわけ歌数も多い。奥書の記録をすべて合計すると、六九三五四首であるが、『甲午詠稿』（天保五年）の不備、および弘化二年分の所在不明等を考慮して、生涯に概ね七万首の歌を詠んだとするのが適当であろう。

以下、この未紹介歌稿群の今後の活用のためにも、日大と三重県立図書館所蔵本の書誌を報告する。なお、下記の書誌情報はすべての歌稿に共通するため、煩瑣を避けて各項目では省略する。

一冊。仮綴・袋綴。共表紙。一〇行書。

また、「日本大学図書館蔵」等、現所蔵元の印記も省略し、三重県立図書館所蔵本は識別のため通し番号を□で囲む。

1　丁丑詠稿　文化十四年（一八一七）　十四歳

日大 081.8./0.99a/1。二四・四×一七・三糎。外題「丁丑詠稿　一」と左肩に打付書。内題「文化十四年丁丑詠稿　小津久足」。訂正あり。一七丁。奥書「以上百八十三首」。

2　戊寅詠稿　文政元年（一八一八）　十五歳

日大 081.8./0.99a/2。二四・〇×一六・五糎。外題「戊寅詠稿　二」と左肩に打付書。内題「文化十五年戊寅」。二五丁。付紙・付箋あり。訂正あり。奥書「惣計三百六拾三首　五十首詠一度／合四百十三首」。

3　己卯詠稿　文政二年（一八一九）　十六歳

日大 081.8./0.99a/3。二四・五×一七・五糎。外題「己卯詠稿　三」と左肩に打付書。内題「文政二年己卯詠　小津久足」。六二丁。付箋あり。訂正あり。奥書「惣数九百三拾首　外〔百首詠一度／五拾首詠三度〕／合千百八拾首」。

4　庚辰詠稿　文政三年（一八二〇）　十七歳

日大 081.8./0.99a/4。二四・六×一七・三糎。外題「庚辰詠稿　四」と左肩に打付書。内題「文政三年庚辰

詠　小津久足」。三八丁。付箋あり。訂正あり。奥書「惣数　五百四拾一首」。

5　辛巳詠稿　文政四年（一八二一）　十八歳

日大 081.8./0.99a/5。二四・五×一七・四糎。外題「辛己《（ママ）》詠稿　五」と左肩に打付書。内題「文政四年辛己《（ママ）》詠　小津久足」。三三丁。付箋あり。訂正あり。奥書「惣計　四百六拾二首　百首詠／合五百六拾二首」。

6　壬午詠稿　文政五年（一八二二）　十九歳

日大 081.8./0.99a/6。二四・二×一七・三糎。外題「壬午詠稿　六」と左肩に打付書。内題「文政五年壬午詠　小津久足」。三七丁。付箋あり。訂正あり。奥書「惣計五百四十首　古風十三首／吉野山裏百三首　古風十七首　長歌三首／都合六百七拾三首」。

7　癸未詠稿　文政六年（一八二三）　二十歳

日大 081.8./0.99a/7。二四・四×一七・五糎。外題「癸未詠稿　七」と左肩に打付書。内題「文政六年癸未作　小津久足」。二五丁。付紙あり。訂正あり。奥書「惣計三百四拾一首　古風三首　旋頭歌壱首／花月二百首／都合五百四十五首」。

8　甲申詠稿　文政七年（一八二四）　二十一歳

日大 081.8./0.99a/8。二四・六×一七・五糎。外題「甲申詠稿　八」と左肩に打付書。内題「文政七年甲申作　小津久足」。三四丁。付箋あり。奥書「惣計四百拾三首　古風八首／江門日記百七首　古風九首　長歌四首／石走日記百五十六首　古風十九首　長歌五首／都合七百十二首」。

9　乙酉詠稿　文政八年（一八二五）　二十二歳

日大　081.8./0.99a/9。二四・四×一七・四糎。外題「乙酉詠稿　九」と左肩に打付書。内題「文政八年乙酉詠　小津久足」。二六丁。奥書「惣計三百六十一首　古風八首／半夜百首／都合四百六十九首」。

10　丙戌詠稿　文政九年（一八二六）　二十三歳

日大　081.8./0.99a/10。二四・四×一七・四糎。外題「丙戌詠稿　十」と左肩に打付書。内題「文政九年丙戌詠　小津久足」。一〇二丁。奥書「惣計千四百七十七首／百首詠／惣計千七百二十三首／合三千二百首」。

11　丁亥詠稿　文政十年（一八二七）　二十四歳

日大　081.8./0.99a/11。二四・五×一七・三糎。外題「丁亥詠稿　十一」と左肩に打付書。内題「文政十年丁亥詠　小津久足」。三三丁。奥書「惣計五百三十首／百首詠二百十三首／合七百四十三首」。

12　戊子詠稿　文政十一年（一八二八）　二十五歳

日大　081.8./0.99a/12。二四・七×一七・三糎。外題「戊子詠稿　十二」と左肩に打付書。内題「文政十一年戊子詠　小津久足」。四九丁。奥書「惣計七百七十一首／柳桜日記歌数三百七十四首／河口百首百六十七首／春月八十首／草枕七十首／合千四百六十二首」。

13　己丑詠稿　文政十二年（一八二九）　二十六歳

日大 081.8./0.99a/13。二四・五×一七・二糎。外題「己丑詠稿　十三」と左肩に打付書。内題「文政十二年己丑詠　小津久足」。八八丁。奥書「惣計千四百二十八首／百首詠惣計六百五十一首／月波日記歌数百五十首／全歌数二千二百二十九首」。

14　庚寅詠稿　天保元年（一八三〇）　二十七歳

日大 081.8./0.99a/14。二四・四×一七・二糎。外題「庚寅詠稿　十四」と左肩に打付書。内題「文政十三年庚寅詠　小津久足」。八七丁。奥書「惣計千三百六十三首／伊勢名所五十首／半夜百首／みたけのしをり六十六首／合千六百九首」。

15　辛卯詠稿　天保二年（一八三一）　二十八歳

日大 081.8./0.99a/15。二四・五×一七・三糎。外題「辛卯詠稿　十五」と左肩に打付書。内題「天保二年辛卯詠　小津久足」。六八丁。奥書「惣計千五十首／花染日記歌百廿二首／平家物語歌百九十五首／合千三百六十七首」。

16　壬辰詠稿　天保三年（一八三二）　二十九歳

日大 081.8./0.99a/16。二四・二×一七・三糎。外題「壬辰詠稿　十六」と左肩に打付書。内題「天保三年壬辰詠　小津久足」。七六丁。奥書「惣計千百十九首／百首詠惣計三百五十首／恋歌八百五十首／合歌数二千三百十九首」。

17　癸巳詠稿　天保四年（一八三三）　三十歳

日大 081.8/0.99a/17。二五・〇×一七・三糎。外題「癸己《ママ》詠稿　十七」と左肩に打付書。内題「天保四年癸己《ママ》詠　小津久足」。五八丁。奥書「歌数七百廿八首／詩題二百首／述懐百首／梅桜日記百十七首／合千百四十五首」。

18　甲午詠稿　天保五年（一八三四）　三十一歳

日大 081.8/0.99a/18。二四・八×一七・二糎。外題「甲午詠稿　十八」と左肩に打付書。内題「天保五年甲午詠　小津久足」。三五丁。奥書欠。「時雨」（歌題）の歌で終わるため欠本。

19　乙未詠稿　天保六年（一八三五）　三十二歳

日大 081.8/0.99a/19。二四・八×一七・三糎。外題「乙未詠稿　十九」と左肩に打付書。内題「天保六年乙未詠　小津久足」。五八丁。奥書「惣計七百七十九首／百詠四百首／残楓日記四十五首／合千二百廿四首」。

20　丙申詠稿　天保七年（一八三六）　三十三歳

日大 081.8/0.99a/20。二五・〇×一七・二糎。外題「丙申詠稿　二十」と左肩に打付書。内題「天保七年丙申詠　小津久足」。四一丁。奥書「惣計四百八十四首／班鳩日記百六首／千首詠又一首／六十首詠／姨捨日記百廿五首／真間の口ずさみ十四首／旅路の裏幷ひろひのこり〔八十九首／廿七首〕／合歌数千九百六首」。

21　丁酉詠稿　天保八年（一八三七）　三十四歳

日大　081.8./0.99a/21。二四・五×一七・三糎。外題「丁酉詠稿　二十一」と左肩に打付書。内題「天保八年丁酉詠　小津久足」。四四丁。奥書「惣計五百四十九首／千首詠又一首／詩題百首／煙霞日記百七十六首〔上九十／下八十六〕／雪百首／雑咏百五十首／合歌数二千七十六首」。

22　戊戌詠稿　天保九年（一八三八）　三十五歳

日大　081.8./0.99a/22。二五・〇×一七・三糎。外題「戊戌詠稿　二十二」と左肩に打付書。内題「天保九年戊戌詠　小津久足」。五三丁。付箋あり。奥書「惣計六百四十六首／正月廿二日百首／偸閑百首／一時のすさみ中十八首／神風の御恵中廿八首／四季五百首／茶百首／ぬさぶくろ日記〔上百三十首／下百二首〕／くさ〴〵百首／合千八百廿四首」。

23　己亥詠稿　天保十年（一八三九）　三十六歳

日大　081.8./0.99a/23。二五・一×一七・三糎。外題「己亥詠稿　二十三」と左肩に打付書。内題「天保十年己亥　小津久足」。八八丁。奥書「惣計千百九十六首／月瀬日記中百六十九首／浜木綿日記〔上百六十二中百三十五／下百六十四附録八十二〕／合五百（アキ）十三首／夫木集題五百九十五首／同残歌二百七十首／雑詠百首／合二千八百七十三首」。

24　庚子詠稿　天保十一年（一八四〇）　三十七歳

日大　081.8./0.99a/24。二五・二×一七・三糎。外題「庚子詠稿　二十四」と左肩に打付書。内題「天保十

一年庚子詠　小津久足」。六六丁。奥書「惣計八百五十四首〔内今様一首〕／関東日記百四首／陸奥日記三百廿四首同残詩五十首／帰郷日記六十八首／三栗日記七十首／四季題百首／雑詠百首／合千六百六十六首」。

25　辛丑詠稿　天保十二年（一八四一）　三十八歳

日大　081.8./0.99a/25。二五・〇×一七・二糎。外題「辛丑詠稿　二十五」と左肩に打付書。内題「天保十二年辛丑詠　小津久足」。一一二丁。奥書「惣計千六百六十四首／梅百首／菜花百首／詩経三百六首／雑二百首／四季百首／合二千四百七十首」。

26　壬寅詠稿　天保十三年（一八四二）　三十九歳

日大　081.8./0.99a/26。二四・九×一七・二糎。外題「壬寅詠稿　二十六」と左肩に打付書。内題「天保十三年壬寅詠　小津久足」。五六丁。奥書「惣計七百八十五首／花衣中四十四首／花の枝折中三十二首／青葉日記中三百三十六首／紅葉の枝折中四十一首／くさぐ〳〵百五十首／〔山した水〕類題五千八百十八首〔春弐千二百五十八／夏千九十六／秋二千四百六十四首〕／〔同〕余歌千五百九十四首〔春八百五十一／夏二百六十二／秋四百八十一〕／合八千八百首」。

27　癸卯詠稿　天保十四年（一八四三）　四十歳

日大　081.8./0.99a/27。二五・四×一七・三糎。外題「癸卯詠稿　二十七」と左肩に打付書。内題「天保十四年癸卯詠　小津久足」。一二二丁。奥書「惣計千六百首／桜重日記中弐百六十四首〔上百四十三首／下百廿一首〕／山下水五千七十三首〔冬千二百六十九首／恋千四百七十四首／雑二千百五十八首／公事百三十四

首／補三十八首〕／同余歌四百五十八首〔冬百七十三首／恋百五十二首／雑百廿八首／公事五百〕／一二三歌五十首／くさぐ〵百首／三種のつと百廿四首〔そなれ松廿七首／きよき泉六首／ゆかりの色九十一首〕／合七千六百六十九首」。

28　甲辰詠稿　弘化元年（一八四四）　四十一歳

日大 081.8./0.99a/28。二五・一×一七・三糎。外題「甲辰詠稿　二十八」と左肩に打付書。内題「天保十五年甲辰詠　小津久足」。一一七丁。奥書「惣計千五百三十首／志比日記中三百十七首〔上百十六首／中九十四首／下百七首〕／畸人詠二百十四首〔正百十六首／続九十四首／附四首〕／山下水拾遺春部〔新類九百七十九首／続類四百六首〕／くさぐ〵百首／合三千五百四十六首」。

29　〔所在不明〕

30　丙午詠稿　弘化三年（一八四六）　四十三歳

日大 081.8./0.99a/30。二五・〇×一七・六糎。外題「丙午詠稿　三十」と左肩に打付書。内題「弘化三年丙午詠　小津久足」。五八丁。奥書「惣計七百廿九首／春錦日記九十九首／秋錦日記八十一首／四季題五百首／合千四百九首」。

31　丁未詠稿　弘化四年（一八四七）　四十四歳

三重 L980/オ/10。二五・〇×一七・六糎。外題「丁未詠稿　三十一」と左肩に打付書。内題「弘化四年丁

未詠　小津久足」。七五丁。訂正あり。奥書「惣計九百八十五首／難波日記六十一首／橘日記　三十九首／千首詠／合二千八十五首」。印記「武藤蔵書之印」（朱陽）。

32　戊申詠稿　嘉永元年（一八四八）　四十五歳

日大　081.8./0.99a/32。二五・二×一七・六糎。外題「戊申詠稿　三十二」と左肩に打付書。内題「嘉永元年戊申詠　小津久足」。八一丁。奥書「惣計千七十七首／百重波百廿六首／もろかづら日記四十一首／千首詠／合二千二百四十四首」。

33　己酉詠稿　嘉永二年（一八四九）　四十六歳

日大　081.8./0.99a/33。二五・〇×一八・〇糎。外題「己酉詠稿　三十三」と左肩に打付書。内題「嘉永二年己酉詠　小津久足」。四七丁。奥書「通計六百五十首／遅桜日記廿二首／合六百七十二首」。

34　庚戌詠稿　嘉永三年（一八五〇）　四十七歳

日大　081.8./0.99a/34。二五・〇×一七・八糎。外題「庚戌詠稿　三十四」と左肩に打付書。内題「嘉永三年庚戌詠　小津久足」。四六丁。奥書「通計五百九十五首／松陰日記廿一首／藤川百首題百首／合七百十六首」。

35　辛亥詠稿　嘉永四年（一八五一）　四十八歳

三重　L980/オ/12。二五・二×一八・〇糎。外題「辛亥詠稿　三十五」と左肩に打付書。内題「嘉永四年辛

亥詠　小津久足」。五八丁。訂正あり。奥書「通計八百三十七首」。印記「武藤蔵書之印」（朱陽）。

36　壬子詠稿　嘉永五年（一八五二）　四十九歳

日大 081.8./0.99a/36。二五・一×一八・〇糎。外題「壬子詠稿　三十六」と左肩に打付書。内題「嘉永五年壬子詠　小津久足」。五六丁。奥書「惣計七百九十六首／玉くしげ十四首／合八百十首」。

37　癸丑詠稿　嘉永六年（一八五三）　五十歳

三重 L980/オ/13。二五・二×一八・二糎。外題「癸丑詠稿　三十七」と左肩に打付書。内題「嘉永七《ママ》年癸丑詠　小津久足」。八二丁。訂正あり。奥書「通計千百四十七首／海山日記〔上八十六／下百一／附録三十四〕／合弐百弐拾一首／合千三百六拾八首」。印記「武藤蔵書之印」（朱陽）。

38　甲寅詠稿　安政元年（一八五四）　五十一歳

日大 081.8./0.99a/38。二四・九×一八・〇糎。外題「甲寅詠稿　三十八」と左肩に打付書。内題「嘉永八《ママ》年甲寅詠　小津久足」。八九丁。奥書「通計千二百七十六首」。

39　乙卯詠稿　安政二年（一八五五）　五十二歳

日大 081.8./0.99a/39。二四・九×一七・九糎。外題「乙卯詠稿　三十九」と左肩に打付書。内題「安政二年乙卯詠　小津久足」。九五丁。奥書「通計千三百六十四首／花のぬさ十首／敷島日記八十一首／合千四百五十五首」。

40　丙辰詠稿　安政三年（一八五六）　五十三歳

日大 081.8./0.99a/40。二五・一×一八・二糎。外題「丙辰詠稿　四十」と左肩に打付書。内題「安政三年丙辰　小津久足」。七六丁。奥書「通計千七十首／梅下風廿一首／一日一首三百五十五首／合千四百四十六首」。

41　丁巳詠稿　安政四年（一八五七）　五十四歳

日大 081.8./0.99a/41。二五・〇×一八・〇糎。外題「丁巳詠稿　四十一」と左肩に打付書。内題「安政四年丁巳詠　小津久足」。九〇丁。奥書「惣計千二百四十六首／一日一首三百八十四首／合千六百三十首」。

二章　後鈴屋社中の歌会

一　はじめに

嶺松院歌会は、本居宣長が指導的役割を果たした歌会として知られる。同歌会は享保八年（一七二三）にはじまる。『享保十六年四月月次和歌会よろづのひかへ』には、冒頭に会員名・会則・当番が記され、その会則には「式日は二十五日で、朝食後集まり、弁当持参、当番が茶や炭、塩うち大豆の用意をすること。また所蔵の歌書を持参すること」（鈴木香織・吉田悦之「八雲神社所蔵　牛頭天王宝前和歌百首・奉納和歌百首」『鈴屋学会報』一一、一九九四・一二）が書かれている。宣長が加わったのは宝暦八年（一七五八）からで、その後は宣長を中心に歌会が行われたと思しい。宣長の古典講釈の聴講者がほぼ同歌会の参加者に重なるなど、嶺松院歌会は鈴屋社中の日常活動を考えるうえできわめて重要な存在といえる。宣長参加時、毎月十一日と二十五日を会日とする。ここに毎月十七日の遍照寺歌会、毎月三日の須賀直見家会、毎月十五日の稲掛棟隆家ほかで行われた会が徐々に月次として加わり、盛時には月五回の月次歌会が存在した。いずれの歌会も参加者のほとんどが宣長の門人で、社中興行に等しいものであったという（鈴木淳「国学者における和歌の意味」『論集　和歌とは何か』笠間書院、一九八四）。鈴屋社中において、いかに歌会が重視されていたか察せられる。

宣長没後の松坂でも、跡を継いだ大平を中心に、また大平が和歌山に移ってからは春庭を中心に歌会が行われた。しかし、宣長の関わった歌会にくらべて、没後の歌会の実態についてこれまで十分な検討が加えられてこなかった。宣長学の継承を論じるに、宣長とその門流の著述を読み解き、共通点と相違点を見定めて影響関係を知ることが、まずなされるべき検討であることはもちろんである。しかし、そうした著述を生み出した場——歌会への注視も、宣長の文学的営為の継承を考えるうえで重要な視点といえよう。よって本章では、春庭の結成した後鈴屋《のちのすずのや》社中の歌会の記録を検証し、歌会の具体をあきらかにしたい。

二　歌会記録と二つの歌会

本居宣長記念館には、後鈴屋社中の日常の活動がうかがえる資料が所蔵される。それは『本居宣長記念館蔵書目録（五）』に『月次歌合』（二十三点）『月次会歌集』（八点）と分類される資料群である。それぞれの書誌情報は右目録に詳しいため省略におよび、本章では、その内容・性格の検討を試みるのだが、両者ともに大部にわたるため、ここでは特に『月次会歌集』を対象とする。

目録所載の『月次会歌集』八点（各一冊）は、名前も似通うため、便宜的に番号をつけ外題を示す。

A1『文化四年丁卯／月次歌集』
A2『月次順会歌集／第一帖　従寅年／至己年（ママ）』
B1『第一帖／月次歌会集／従子年／至寅年』
B2『月次会歌集／第二帖／従卯年／至辰年』
B3『月次会歌集／第三帖／従巳年／至午年』

B4『月次会歌集／第四帖／従未年／至酉年』
B5『文政九丙戌年／月次会歌集／第五帖／従戌年／文政十一至子年』
B6『文政十一戊子年／月次会歌集／第六帖終』

ABと分けたのは、A1・2とB1〜6が現在それぞれ別帙に入り、性格の違いと年代の重なりがあるためである。いずれの記録も複数の筆跡が混在し、字が綴じ目にかかり繙読がむずかしい箇所もままあるため、歌会ごとに作成された記録を、のちに合綴したと考えられる。以下、内容を検討するため、各冊の記録する歌会の年月日を示す。なお、開催年月日に（　）で示したのは、開催日に「会主」として名前の記される人物である。

A1『文化四年丁卯／月次歌集』

文化4　1・15、1・25、2・15、2・25、3・15、3・25、4・15、4・25、5・15、5・25、6・15、6・25、7・15、7・25、8・25、10・15、10・25　文化5　1・25、2・25、3・25、4・25、5・25、6・25　文化7　1・11、1・25、2・11、2・25

A2『月次順会歌集／第一帖　従寅年／至己《（ママ）》年』

文政1　2・23（高匡）、3・15（徒好）、4・23（好和）、5・23（安守）、6・20（為貞）、7・7（元義）、8・15（高匡）、9・13（好和）、10・10（守良）、11・22（秀経）、12・19（美濃）　文政2　2・3（為貞）、2・28（安守）、3・20（守良）、4・23（後鈴屋社中）、閏4・22（秀経）、5・3（高匡）、5・24（安守）、6・23（守良）、7・7（元義）、9・13（啓廓）、10・23（定澄）、11・5（元貞）、12・17（長澄）　文政3　2・1（藁蔭舎）、

2・17（高匡）、3・27（鈴屋）、4・27（守良）、5・23（好和）、6・28（定澄）、7・7（社中）、8・15（篠斎）、9・19（元貞）、10・26（呉藍舎）、11・23（松屋）、12・15（凌雲台）［文政4］□・□（□□）＊綴じ目にかかるため難読、2・19（篠斎）、4・3（琴斎）、4・26（梅窓）、5・27（石斎）、6・23（篁斎）、7・7（元義）、8・15（巌軒）、9・13（篠斎）、10月（桂斎）、11・29（梅窓）、12・15（蔦軒）［文政5］閏1・3（長澄）、閏1・23（巌軒）、3・10（高匡）、2・23（繁房）、3・23（篁斎）、2・5（鈴屋）、5・16（六有斎）、6・15（桂蔭舎）、6・27（篠斎）、7・7（中津元義）、8・8（菊舎）、9・13（呉藍舎）、10・29（深野屋）、11・24（傍漣居）、12・23（篠斎）

B1『第一帖／月次歌会集／従子年／至寅年』

［文化13］1月、2・10、3・10、4・25、5・10、6・12、7・4、8・10、8・15（畑垣内会）、閏8・10、9・4、9・13（於玄々堂会）、10・10、11・10、12・10［文化14］1月、2月、3月、4月、5・10、6月、7・20、8月、8・15、9・7、9・13、10月、11月、12月［文政1］1・23、2・10、3・10、4・10、5・10、6・10、7・20、8・10、9・5、10・20、11・10、12・10

B2『月次会歌集／第二帖／従卯年／至辰年』

［文政2］1月、2月、3月、4・10、閏4・10、5・10、6・10、7・23、8・10、8・16（於深野屋）、9・5、10・10、11・23、12・10［文政3］1月、2月、3月、4・10、5・10、6・10、7・23（於常念寺）、8・10、9・5、10・10、11・10、12・10

B3『月次会歌集／第三帖／従巳年／至午年』

文政4 1月、2月カ＊月日記載なし、3月、4・10、4・22（松園翁追善会）、5月、6月、7・20、8・10、9・5、10・10、11・10、12・10 文政5 1月、閏1月、2月、3月、4月、5月、6月、7月、8月、9月、10月、11月、12月

B4『月次会歌集／第四帖／従未年／至酉年』

（月次順会歌会）文政6 1月（石竹園）、2月、3月、4月、5月、6月、7月、8月、9月、10月、11月、12月＊歌未記載 文政7 1月、2月、3月、4月、5月、6月、7月（停雲館）、8月、閏8月、9月、10月＊歌未記載、11月、12月

（月次歌会）文政6 1月、2・10、3月、4月、5月、6月、7月、8月、9月、10月、11月、12月 文政7 1月、2月、3月、4月、5月、6月、7月、8月、閏8月、9月、10月、11月、12月 文政8 1月、1・22（向井繁房家会）、2・10、2月（殿村安守家会）、3・10、3月（三井高匡家会）、4月、4月（小津□□）＊綴じ目にかかるため難読、5月、6月＊歌未記載、7月、8月、9・13（鈴屋会）

B5『文政九丙戌年／月次会歌集／第五帖／従戌年／文政十一至子年』

文政9 1・20（鈴屋）、1・28（繁房）、2月、3月、4月、5・10、6・17、7・23、8・15、9・13、10・10、11・10、12・10 文政10 1・20（鈴屋）、2・10、2・26、3・10、4・10、4・26、5・10、5・25、8・15（鈴屋）、8・25（鈴屋）、9・13、10・10、10・25、11・10、11・25、12・10 文政11 1・20（鈴屋）、2・10、3・25、4・10、4・25、5・10

B6『文政十一戊子年／月次会歌集／第六帖終』

[文政11] 5・25（鈴屋）、6・10、6・25、7・20、8・15、8・25、9・13、10・10

一瞥して、A2の記録は、A1またB1〜6の大半を占める月次歌会の記録とは性格が異なることがわかる。すなわち、『月次順会歌集』と外題にもあるように、A2は、月次順会歌会の記録である。順会とは、月ごとに順次会主（会場）を変えて歌会を催すこと。つまり鈴屋で行う月次歌会とは別に、月次順会歌会では後鈴屋社中の主たる門人の家をめぐったと考えられる。（ ）で示した会主とは、会の主催者・世話役・書記係であるが、さらに会場の提供者も兼ねていたようである。時代ははるかに下るものの、こうした伝統が幕末まで存在したことは、「国学頓に衰へて振はざる松阪も一部歌人有志が主唱して国学所なる輪番の月次又は兼題の歌会を各自宅に開く」（傍点引用者。桜井祐吉『松阪文芸史』夕刊三重新聞社、一九七四）との記述から知れる。試みに文政元年の月次歌会と月次順会歌会を日を追ってならべると、次のようになる（月次歌会を□で囲む）。

[1・23]、[2・10]、2・23、[3・10]、3・15、[4・10]、4・23、[5・10]、5・23、[6・10]、6・20、7・7、
[7・20]、[8・10]、8・15、[9・5]、9・13、10・10、[10・20]、[11・10]、11・22、[12・10]、12・19

月次歌会は基本的に毎月十日の開催を守りながらも、月次順会歌会を七月七日・九月十三日・十月十日に行った折は、七月二十日・九月五日・十月二十日と柔軟に会日をずらしており、両歌会の間隔を考慮して開催していたことがわかる。

月次順会歌会において会主となった人物は、A2の記録順に三井高匡・小津徒好・山路好和・殿村安守・綾戸為貞・中津元義・小津守良・長谷川秀経・小津美濃・常念寺啓廓（慶廓）・長井定澄・長谷川元貞・小津長澄・向井繁房である。いずれも月次歌会の常連で、後鈴屋で重きをなす。また号、あるいは書斎や家屋の名称を自らの号とすることが一般的であるため、人物とも家屋ともとれるのが、藁蔭舎・篠斎・呉藍舎・松厓・凌雲台・琴斎・梅窓・石斎・篁斎・巌軒・桂斎・蔦軒・六有斎・桂蔭舎・菊舎・深野屋・傍漣居である。篠斎とは殿村安守のこと。馬琴の友人としては殿村篠斎の方が通りがよいが、歌を詠む際はもっぱら安守と記すため、ここは書屋の名称としての使用を強く感じる。藁蔭舎は三井高蔭、琴斎は三井高敏、梅窓・六有斎は長谷川元貞、石斎は小津長澄、巌軒は殿村常久、蔦軒は小津久足を指し、深野屋（玄々堂）は書肆深野屋利助（深野公忠）である。

文政2・4・23（後鈴屋社中）とは、この日、松坂に来訪した本居大平を迎えて歌会が開かれたためで、大平も兼題当座ともに歌を残す。文政3・3・27（鈴屋）も、「後鈴屋翁母刀自八十賀」であるため鈴屋にて開かれたと思しい。また文政5・2・5（鈴屋）は、月次とは別の「後鈴屋翁六十賀」の催しである。また文政5・2・23（繁房）は「二月廿三日於虎尾森／会主繁房」とあり、向井繁房が会主ながら、虎尾山の森で歌会が開かれたようである。これは兼題「花衣」から推して、おそらくは花見の歌会と趣向を凝らしたのだろう。このように月次順会歌会は、大平歓迎、春庭母八十賀、春庭六十賀、花見とイベント性が高い。開催日が毎月同じ日ではなく、七月七日、八月十五日、九月十三日などに開かれることが多いのも、その性格をよくあらわしている。しかし、だからといって月次の意識が薄いわけではないようで、たとえば文政四年は4・3（琴斎）、4・26（梅窓）と四月に二回行われるが、「四月三日兼題／三月分／会主琴斎」と注記するように、四月三日は三月分、四月二十六日が四月分と、不規則ながら月次のかたちを守ろうとする。

あくまで現存の資料での判断になるが、以上の月次順会歌会の存在を踏まえたうえで各冊の内容を検討すると、本居宣長記念館所蔵の歌会記録は、大きく四つの時期に区切ることができる。以下、記録の残る歌会にかぎり分類を行う。

第一期は、文化四・五年である（A1が該当）。文化五年七月以降と文化六年の記録が残らないため詳細は不明だが、現存する文化四・五年の記録からは、本居大平が中心となって歌会を行う様子が知れる。会日は基本的に毎月十五・二十五日の二回であるが、十五日は兼題のみ、二十五日は兼当題である。

第二期は、文化七年から文化十四年まで（A1とB1が該当）。文化六年に大平が和歌山に移ると、松坂に残った春庭は後鈴屋社中を結成する。よってこの期間は後鈴屋社中の黎明期といえるが、文化七年の三月以降から文化十二年までの記録が残らないため、こちらも詳細は不明である。文化七年の段階では毎月二回の開催は継承するも、会日は毎月十一・二十五日に変わる。それが文化十三・十四年は、毎月一回に変わる。同時にそれまでの兼当各一題から兼題二題・当座一題となる。これは例会を月二回から月一回に減じたためとも推量される。会日も十日開催が多くなる。また八月十五日と九月十三日の月見の折も歌会は開かれ、文化十三年の場合、それぞれ「畑垣内会」「於玄々堂会」と注記があるため、月次歌会とは場所を変えて行ったことが知れる。

第三期は、文政元年から文政八年まで（A2とB1〜B4が該当）。文政元年から月次歌会とは別に月次順会歌会がはじまるため、第三期は、二つの月次の営みが行われた期間である。会日と場所を変えて行う月見の会など、イベント性の高い歌会も月次順会歌会として定例化し、二つの歌会を行うようになったと推量される。A2の月次順会歌会の記録は文政五年までだが、続きはB4に見出せる。もっともB4の冊は記録の不備が甚だしく、歌会の実情を正確に反映しているとは考えがたい。一例を挙げると、後述する大隈言足の記録では、文政六年四月十日月次歌会の当座に十一名の出詠が認められるものの（出席は八名）、B4の記録ではわずか小津久足の一首が記されるのみである（兼題は五名）。こうした不備を前提としての考察であるが、文政八年から月次歌会は兼題一題に変わる。また一～四月は月次歌会の記録の後に、同月の場所を明示した月次順会歌会と思しい記録が残るものの、五月以降、月次歌会と順会歌会は同じ月に見出せない。もはや月次のかたちで二つの歌会を維持することがむずかしくなっているとも想像されるが、記録の不備である可能性も排除できない。

第四期は、文政九年から文政十一年まで（B5・6が該当）。文政八年途中より月次歌会と月次順会歌会の別がなくなり、兼題が一題になったため、文政九年を一応の画期とする。しかし、文政九年は五月以降、九月をのぞいて十二月まで兼題二題にもどる。文政十年はまた基本的に兼題一題になるのだが、ここには明確な法則性が見出せる。すなわち、この頃は基本的に月二回の歌会が開かれているのだが、兼題二題の場合は月一回の開催となっており、回数が減じた代替処置と考えられる。なお、文政十一年五月二十五日以降はB6に収まるが、これは文政十一年十一月七日に春庭が亡くなったため、分冊の仕方に混乱が生じたのであろう。

三　兼題・当座と出席

ここで歌会の様子について検討しよう。歌会はいずれも題詠で行われ、兼題と当座がある。当座は各人異なる題を得て歌を詠むため、探題形式での出題である。そのことは、「当座」との表記がしばしば「探題」に置き換わることから確認できる。

出詠があれば歌会に参加したと考えられるかというと、かならずしもそうはいえないようである。後から補記したと認められるもの、また行間に無理に追記した例も見受けられるなど、日付をさかのぼっての追加がままあるため、歌会に出席せずとも、後に集まった歌を記録することも少なくなかったようである。もっとも兼題と異なり、探題形式の当座は基本的に出席を認めてよいように思えるが、それも決定的な証拠としがたいことは、歌会記録以外の資料と照合することで、はっきりする。

　小津久足を例にとる。久足は、文化十四年の月次歌会は兼題当座ともにすべて出詠しているが、久足個人の歌稿には「霜月の廿日あまり、東のかたにものせんとて旅立ぬるに、故郷をわかるとて」（『丁丑詠稿』文化十四年）とあるため、十一月二十日には松坂を離れて江戸に赴いたことがわかり、江戸を立ったのは翌文政元年の二月二十日過ぎである（『戊寅詠稿』文政元年）。つまり少なくとも文化十四年十二月から翌文政元年二月まで歌会には参加できないはずである。それが、文化十四年十二月および文政元年正月に兼題当座ともに出詠があり、さすがに二月の当座には名が見えないが、それでも兼題には出詠しているため、兼題はもちろんのこと、当座といえども、出詠即出席とは認められないことがわかる。また歌会の記録には、当座に題だけ記し、名前と歌が空欄になっていることがままある。つまり探題をどのように割りあてたか不明だが、本人不在のまま題を与え、後に提出された歌を補記することが日常的に行われていたのだろう。次の例を見よう。

　文政六年四月十日、九州は筑前より、伊藤常足と大隈言足が松坂を訪れた。その模様は『大熊《ママ》言足紀行』（前田淑『筑前の国学者伊藤常足と福岡の人々』弦書房、二〇〇九）に記録され、後鈴屋の月次歌会の実態をうかがううえで有益な示唆を与えてくれる。

　（＊四月十日）午後ばかりに山田出立、日くるゝころ松坂につく。日野街霍屋にとまる。此夜、常足ぬしと本居建亭翁（＊春庭）を訪奉る。大橋の西なる吉祥山毘沙寺《ママ》にいたり、本居庄左衛門（＊広蔭）を問ふ。此夜、こゝにて鈴屋社中、歌のつどひありゐたり。二人もすぐに坐につらなり、題をさぐりてうたよむ。

以下、殿村安守・長谷川元貞・本居（富樫）広蔭・本居春庭・三井高匡・伊藤常足・小津久足・大熊言足・小津有郷・本居壱岐・長井定澄の歌が記される。先述したように、現存の歌会記録では文政六〜八年の記述に不備があるため、正確な照合を行うことができないのだが、それでもこの記述から得られる情報は多い。毎月十日は月次歌会が開かれることが多いため、「此夜、こゝにて鈴屋社中、歌のつどひありゐたり」とは、常足と言足を迎えて急遽開かれた歌会ではなく、二人が折よく月次歌会の日に松坂を訪れたため、参加をうながしたと思われる。そのような例がしばしばあったことは、次の秀清歌（文化十三年「八月十日兼題／秋旅」「さらぬだに露けき秋の旅衣ぬれこそまされ山室の山」）の左注からもわかる。

此秀清（＊大国隆正）は江戸人にて、並樹（＊村田）・篤胤（＊平田）などによりて物まなぶ人也。けふしも正興（＊岡山）許に来て、山室の道しるべをこひて、まうでゝかへりたるを、此席に正興のいざなひたる也。このうたは山むろにてよみたりとて書て出したるを、兼題にもつきなからねば、やがてうつしおく也。

不意の来客も、供応をかねて歌会に迎えたことが知れる。

言足の記録にもどると、「此夜、こゝにて」ということから、時間は夜、場所は西ノ庄の毘沙門寺に寄宿する広蔭のもとで行われたことがわかる。注目したいのが、詠者に付された注記である。問題の箇所のみ抄出する。

近郭公　　本居建亭春庭　不参
まちつゝもおどろくばかりこゑたかくなくや軒ばの山ほとゝぎす

月夜郭公　　春庭室いき子　不参
月かげもこゑもさやかにほとゝぎす同じ山よりいでゝなくなり

待郭公　　長井摠兵衛定澄　不参
よもすがらたゞひとこゑをまちわびておもひねにきく山ほとゝぎす

「本居建亭春庭　不参」「春庭室いき子　不参」「長井摠兵衛定澄　不参」と、この三人には「不参」との注記が付される。先に「二人もすぐに坐につらなり、題をさぐりてうたよむ」とあったため、ここでは探題にて歌を詠んでいるはずである。つまり当座に歌と名を残していても、歌会に出席したと断言できないとわかる。

本居宣長記念館に現存する歌会記録は、異なった筆跡が混在し、会ごとの記録を後に合綴したと見受けられるため、後人が原本をもとに筆写した性格のものではない。しかし、その記録も歌会の席で完成したのではなく、何らかの事情で参加がかなわない場合、兼題の場合は前もって出詠、当座の場合は後に歌を寄せるなど、柔軟な対応によって歌会の記録に名をつらねたことが想像される。

その他、文政九年月次歌会の冒頭「丙戌正月廿日／鈴屋／早春山」において、殿村安守の歌（「苔衣かすみかさねて岩村も春しりがほのはたの椛山」）には珍しく詞書が存在する。

今年も月なみは、こゝのも若山のも同じ題にさだめられたり。円居はじめの「早春山」を、かなたのはかしたの山にてよむべし。こなたのはこの国うちのにてと人も我もおもひいふに、鈴鹿もふりにたり、朝熊もあさ〳〵しくやと、ことさらにもとめいでゝ

右の記述から、月次兼題を大平の和歌山社中と示しあわせて共通のものにしていたことがわかる。

四　小津久足『文政元年久足詠草』より

歌会における春庭の指導ぶりのうかがえる資料が『文政元年久足詠草』（『松阪市史』七、一九八〇）としてすでに翻刻されている。外題に「文政元年戊寅鈴屋大人御添削詠草／従正月／至十二月」とある原本も、現在は松阪市史編纂所から移管され、本居宣長記念館に所蔵される。その翻刻解題で「のどの下部に「久足上」とあるので、春庭に提出された詠草懐紙を袋綴横本に改装したものと思われる」[1]と触れるように、久足が歌題ごとに数首の歌をしたためた詠草を提出すると、春庭が添削を加え返却するという手順がとられたらしい（春庭は盲目であるため、妹美濃や妻壱岐の手を借りたのであろう）。その文政元年の詠草を合綴したのが『文政元年久足詠草』（以下『詠草』と称

す）である。なお『詠草』に収まる歌は、「正月当座」等の注記がなくとも、月次歌会や月次順会歌会の題詠である場合が少なくないため注意を要する。また久足『戊寅詠稿』（文政元年）には『詠草』には見られない各月の月次歌会・月次順会歌会の兼当両題の歌もすべて収まるため、『詠草』は当年に春庭の添削を経た歌の一部であると知れる。

この『詠草』と文政元年の歌会の記録を照らし合わせると、興味深い事実が知れる。先述したように、後鈴屋の歌会には月次歌会と月次順会歌会があり、その両記録に残る以前の歌が、春庭の添削を経て『詠草』としてまとめられている。いくつかの例を見ておこう。

『詠草』は「正月当座／暁梅」との題詠からはじまる。

正月当座

暁梅

〽あかつきの寝覚の床ににほひきて朝戸いそがす軒の梅が枝《香》

〽にほひくるありかもみえてほの〴〵と色ぞあけゆくまど《庭》の梅枝　此方

「正月当座」との表記から、それが文政元年正月の月次歌会の当座題であることがわかる。久足は「暁梅」の題に対し二首を詠んで春庭に提出した。春庭は二首ともに合点をつけ、それぞれ添削を加えたうえで、後者の歌を「此方」と選ぶ。

同年正月の月次歌会の記録を見ると、正月の兼題「海早春　氷解」に対する久足の二首も収まるため、『詠草』が文政元年に久足が提出したすべての詠草を合綴したものではないことがあらためて確認できる。そして、つづ

く当座には、

にほひくるありかもみえてほの〴〵と色ぞあけゆく窓の梅が枝　　暁梅　　久足

と、春庭が「此方」とした歌が採られている。ただ、春庭が添削を加えて「庭の梅枝」とした箇所が「窓の梅が枝」と、添削前のかたちで収まっている。じつはこの文政元年正月、久足は江戸にいたため（『丁丑詠稿』『戊寅詠稿』より）、歌会の場で題を探ることはできなかったはずである。あらためて歌会記録を確認すると、久足の当座は最後の十二首目に、あきらかに追補したらしき筆跡で記されている。つまり、江戸から帰った久足は、「暁梅」との当座題を得て歌を詠み、それをしたためた詠草を春庭に提出。そのうち一首を春庭が選び、歌会記録にも載せる。その後、春庭はさらに添削を加えて久足に返却した、との経緯が想像される。事実、その後の月次歌会および月次順会歌会の記録を見ると、春庭が添削を加え、「此方」と選んだ歌がそのまま記録されている（用字の異同は問わない）。次の例を見てみよう。

月次歌会の三月兼題は「三月十日兼題／春日遅　禁中」とあるように、「春日遅」と「禁中」の二題である。歌会記録に残る久足の歌は次のとおり。

遠山の花みてかへる家路にも猶影たかしながき春日は

ふじのねにたかさも猶やまさる覧雲の上なる大内のやま

「春日遅」題に対して、久足は二首詠んでおり、そのうち採用された歌は、次のように添削されている。

　　　　　　　　　猶かげたかし長き　　　は

〽遠山の花みてかへる家路にもまたはるかなる春の日のかげ

また「禁中」題にも二首詠んで春庭に詠草を提出する。採用歌の添削の様は以下のとおり。

四　なる　〳〵のねに　も猶や　らん
雲の上をのぞみ見つればふじよりも高さぞまさる大内のやま

大いに添削が加えられ、添削後の歌が月次歌会に記録されていることがわかる。さらに、この『詠草』の「禁中」題の歌には次のような付箋が付されている。

　ふじのねにまさりて猶もあふぐ哉雲の上なる大内の山

此歌かく『門の落葉』にみえたり。又大人の直し給へるなり。

文政元年刊の『門のおち葉』（二巻二冊。神宮文庫蔵）をみると、たしかに「禁中」題で「冨士のねにまさりて猶もあふぐかな雲のうへなる大内の山」とあり、詠草を本人に返却した後も、春庭は添削をつづけていたことが確認できる。

各題に対し、久足は二首から八首の歌を詠み、春庭はその度に添削を加え、秀歌に合点を付し、うち一首を「此方」として選択する。この『詠草』だけで断言することはできないけれども、おそらく後鈴屋社中では歌会に臨む折、兼題に対して複数の歌を持ち寄り、春庭の添削と判断により一首が選ばれる。また当座においても、当日探った題にいくつかの歌を詠み、同様の過程を経て一首が選ばれ、歌会記録に記されるという一連の流れが想像される。

簗瀬一雄「大平の後世風和歌」（『本居宣長とその門流第二』和泉選書、一九九〇）を参照すると、大平が宣長に添削を乞うた様子が知れる。大平は「大平上」と署名したうえで複数の歌を記して宣長に提出する。宣長は秀歌に合点を付し添削を加え、「此方宜」と一首を選択する。また足立巻一「篠斎の道楽」（『季刊歴史と文学』二一、一九七八・春）には安守詠草の影印が載り、「周表上」（殿村安守のこと）との署名、宣長の合点・添削の付け様、そして「此方」と一首を選択することまで大平詠草に等しい。つまり久足『詠草』に見出せる春庭の添削の作法は、宣長から引き継がれたものである。月次歌会を催し、詠草に添削をほどこして秀歌を選抜する営みは、春庭の宣長学継承の一側面だと認めることができよう。

五　常連の変遷

最後に、歌会の参加者を確認したい。

文化四・五年の時点では、大平を中心に常連組が互いに支え合って歌会を維持しているように見受けられる。この頃の常連は、出詠の多い順に本居建正・本居春庭・本居大平・殿村安守・殿村常久・須賀直入・長谷川常雄・綾戸為貞・青木親持である。宣長門下がほとんどであり、大平の長男建正がもっとも熱心であることが目をひく。頻度は劣るが、やはり宣長門下の中里常岳・三井高蔭、また春庭の甥、小西春重の名も見える。

文化七年の歌会では、和歌山へ移った大平・建正、大平にしたがった須賀直入の名が消えたのは当然ながら、大平の次男清島が兼題当座ともに毎回出詠することが注目される。また、殿村安守とともに長きにわたって後鈴屋を支える三井高匡がこの年から欠かさず出詠しはじめる。

文化十三年の常連は、出詠の多い順に本居春庭・三井高匡・小津美濃・殿村安守・山路好和・綾戸為貞、少し頻度を減じて岡山正興・多気遙彦・沢田麻雄・中津元義・竹川政寿・中津つい・角谷因信である。春庭は当然として、高匡・美濃は一度も欠かすことがない。春庭の妹美濃が結婚後も盲目の兄の文業を支えたことはよく知られるが、歌会においてもただ出詠するだけではなく、兄の目となり手となり、その運営を手助けしたと考えられる。また七月七日当座・九月十三日当座・十月十日兼題当座に服部中庸（箕田水月）の歌が見出せる。

文化十四年は、小津徒好（友能）・小津理修（守良）・小津久足の三名が常連として加わる。この年、三者ともに春庭に入門したためである。この三名の事跡については本書一部一章「若き日の小津久足」に詳述した。

文政元年は「我をしへ子ども、また父の世よりしたしき人々もつねによめる歌」（春庭序）を集めて『門のおち葉』を刊行した年でもあり、後鈴屋社中の営みはいよいよ盛んである。春庭を中心に、後見人の殿村安守をはじめ、岡山正興・中津元義等、宣長門下の古参も健在で、のちに重きをなす三井高匡・小津徒好・小津理修・小津久足等も順次加わり、歌集出版を企てるほどの活況を呈していたことが、同年の月次順会歌会の開始からもうかがえる。その他の常連は、織戸為貞・綾戸まさし・小津美濃・山路好和・長井あいである。

文政二年には、本居壱岐・長谷川元貞・長谷川秀経・長井定澄・小津長澄・常念寺啓廓が常連に加わる（長谷川秀経は文政元年七月より名がみえる）。元貞以下五人は、以降の月次順会歌会にて会主もつとめ、後鈴屋社中でも重要な人物となる。春庭の妻壱岐は、この頃から月次歌会に参加しはじめ、美濃とともに春庭の代筆を多く行うなど、夫の文業を献身的に支えた。また、それまで熱心であった綾戸為貞が文政二年四月二日を機に出詠をやめる（為貞は文政四年に亡くなる）。同じく常連であった妻まさし（大平門人録に「綾戸為貞妻正」とあり）の名は文政二年九月五日以降なくなり、代わりに十月十日から寿貞尼が常連に加わるため、まさしが髪を下ろし寿貞尼と名を変えたと思われる（『本居宣長記念館収蔵品目録　第三輯』所収の短冊裏書に「綾戸尼　寿貞」とあり）。この綾戸寿貞（まさし）は月次歌会では常連であるが、月次順会歌会にはほとんど出詠がない。壱岐もこの頃の月次順会歌会にはほとんど出詠しないため、女性は参加を憚ったようである。

文政三年は常連にさほど変化がない。

文政四年四月二十二日には「松園翁追善会」が開かれる。松園翁とは綾戸為貞のこと。草創期の後鈴屋社中を支えた為貞の死に、無沙汰であった小西春村も歌を寄せる。妻寿貞は前後しばらく出詠がないが、この追善会には「今も猶ちりにし花のしのばれてくれしきのふの花のこひしき」と兼題のみ寄せる。この年の常連は、出詠の多い順に、殿村安守・小津久足・長谷川元貞・長谷川秀経・三井高匡・殿村常久・長井定澄・本居壱岐・小津美濃・綾戸寿貞であり、一段劣って小津守良・向井繁房・小津長澄となる。殿村常久は後鈴屋社中発足時よりのメンバーだが、常連というほどではなく、折に触れて出詠する程度であったものの、文政四・五年は熱心に歌を残す。その他、文政四年で注目されるのは、本居大平・同清島、そして清水浜臣の名が見えることである。大平・清島については、先に見たように、正月の兼題を和歌山における大平主催の歌会と合わせているため、その歌が寄せられたのだろう。大平は正月兼題、またおそらく同年正月（綴じ目にかかり難読）の月次順会歌会の兼題「紅梅」に歌が載るだけだが、清島は加えて、三月兼題、四月三日兼題（順会）、四月兼題当座に出詠がある。浜臣も人に託して歌を寄せたと思われ（本書一部一章「若き日の小津久足」）、その後も折に触れて兼題のみに歌を寄せる。

文政五年の歌会においては、閏一月二十三日の月次順会歌会より、春庭の息有郷が出詠しはじめ、そのまま常連となっていく。

先に見たように文政六～八年は記録に不備があるのだが、それでも久足・壱岐の名前ははほとんどの記録に見え、森田聴松が常連として加わる（出詠は文政八年五月まで）。また、文政六年から富樫広蔭の名が見出せるものの、常連といえるほど出詠は確認できない。文政八年には旧に復し、安守・高匡・元貞・繁房・有郷・美濃も以前と同様、ほぼ休みなく見出せる。

文政九年頃から歌会の参加者に変化が見られる。久足・壱岐・有郷は相変わらずほとんどに出詠して歌会を盛り立てるが、殿村安守・三井高匡・小津美濃は、まだ出詠は多いものの、久足等とくらべるとあきらかに見劣りがする。殿村常久は、多くはないが一定数の出詠をつづける。文政八年末から笠因清雄・久世安庭、文政十年から関屋景之・野口茂安・岡村幸保、文政十一年には笠因諸親と、春庭の新しい門人が常連になっていく。後鈴屋社中は順調に世代交代が行われているようである。

文政十一年十一月七日、本居春庭は永眠する。小津久足を後見人として春庭の息有郷が跡を継いだ。その顚末は本書一部一章「若き日の小津久足」に述べた。

六　おわりに

以上、本居宣長記念館の所蔵する歌会記録をもとに、資料の性格、歌会の変遷、歌会の様子、常連の移り変わりを考察してきた。本章により、漠として知れなかった後鈴屋社中の日常の営みが、いささかなりとも見通せるようになったのではないだろうか。そうして浮かび上がった歌会の運営、詠草の添削の様には、春庭の宣長学継承の一端が見出せる。なお検討すべき課題は多く、とくに一首一首を吟味して春庭の和歌指導と後鈴屋社中の詠みぶりを考察する必要があるのだが、そのためには今回取り上げなかった月次歌合の資料群が有益な示唆を与えてくれる。後稿を期したい。

注

（1）原本を確認すると、表記のとおり「袋綴横本」であり、下を折った「懐紙」を横に綴じたものではない。また「上」とは上下の上ではなく、奉る意であることを、吉田悦之氏よりご教授いただいた。

三章　小津久足の歌人評

一　小津久足の歌人評

天保九年（一八三八）の『戊戌詠稿』（日本大学図書館所蔵）には、久足の古今の歌人への評価がうかがえる歌が収録される。

から人の詩を論ずるの詩に擬して歌を論ずる歌

契沖　うたは今道はむかしとたてわけし難波のうらのみをつくし哉

東満　いなり山すぐなる道をふみわけて私ならぬ功をぞおもふ

真淵　とぶわしのつよきよそめをあざむけど心空しき嵐也けり

宣長　雪ふるき昔にかへすかひもなし時にたがへる言の葉の花

千蔭　あさくのみならの落葉をふみ分し色はなか〳〵ふかきいさをし

春海　からにしき下染にしてつくりいでし文のあやにはたれかおよばん

蘆庵　今ならず古ならず時にあふ言葉の花のさかりをぞおもふ

蒿蹊　よわきをも何かいとはん青柳のいとみやびたる心しらひに

秋成　天が下横に行名の一ふしはたかき難波のうらのあしがに

長流　立田山きてかへらぬをなげくなよ言葉の錦よゝにてわたり

（『戊戌詠稿』天保九年）

久足は、右に挙げる十名のうち八名、すなわち契沖・荷田春満・加藤千蔭・村田春海・小沢蘆庵・伴蒿蹊・上田秋成・下河辺長流を高く評価し、残る賀茂真淵・本居宣長は低評価であることが知れる。真淵へは、代表歌「しなのなるすがのあら野を飛ぶわしのつばさもたわに吹く嵐かな」を踏まえて揶揄し、また古風・今調と詠み分けた宣長に対しては、契沖を評した「うたは今道はむかしとたてわけし難波のうらのみをつくし哉」との対比から、とくに「時にたがへる」古風に批判的であったことがうかがえる。〈古学離れ〉以降、古学へ批判的な言葉をつらねることにためらいのない久足だが（本書三部）、真淵・宣長に批判的な姿勢は、ただ歌においてのみならず、様々なかたちで紀行文中に記される。

弘化四年、契沖の墓に詣でた久足は、真淵・宣長と対照させて契沖を論じる。

それより餌指町なる円珠庵にいたりて、契沖阿闍梨の墓にまうづ。このあざりの功は世にまたたぐひなきを、そのゝち加茂《（ママ）》真淵・本居宣長の両翁出て、そのいさをなかばかくれたれど、われは両翁よりは、このあざりをこよなくたふとめば、はやくよりこのはかにもたび〳〵まうでし也。そのゆゑは両翁は、英雄人をあざむくの説ありて、おしつけたることゞもばかりにて、ふかくそのみなもとをきはむれば、うけがたきがおほし。このあざりのみは、おしつけたることなく、その説にもこと〴〵く証拠たゞしく出所ありて、うけがたきことなし。このあざりの説のくはしきにすぐるは仏者なり、との批判あるは、わが新説の奇をいひはらんとの妄言也。かゝる尊徳のあざりは、実によにまれなるべし。

冬こもる詞の花を難波津に春へと君がさかせけるかな

（『難波日記』弘化四年）

真淵・宣長をして「英雄人をあざむく」と評すが、この文言は両者に言及する際の常套句といえるほど、しばしば用いられる。次の引用は、心性寺に小沢蘆庵の墓を尋ねた折の記述である。

さてこの人（＊蘆庵）の歌はわれ常に感ずるによりて、墓にもまうでまほしくおもひしかど、しる人なかりしに、こたびきゝいだして、けふしも尋えたるなり。近来の歌人のうたをおもふに、契沖阿闍梨・下河辺長流は凡ならずして、力もあまりたれば、企およぶべくもあらず。加茂《ママ》真淵は英雄人をあざむくかたにて、学風もあつくねもごろならず、よにいふ山師のたぐひにて、歌も調をことさらたかきやうにかまへて、愚人をあざむきおほせたれど、歌道をむねとまなぶ眼よりみる時は、とるにもたらぬ歌なり。その外は、たくみにかたよると、調にかたよると、規矩にかたよるとにて、全備の歌人はひとりもきこえぬを、たゞこの人のみ、たくみと調を兼備し、きくにかゝはらずして、よのすぐれ人ともいふべし。

ことの葉のたまのありかを尋ればこたへぬ石に松風ぞふく

（『桜重日記』天保十四年）

ここでも真淵を「英雄人をあざむく」と貶め、ついには「よにいふ山師のたぐひ」と断じる。対して、先の『戊戌詠稿』中の歌にも詠まれた契沖・長流を高く評価し、蘆庵にいたっては「たくみと調を兼備し」、かつ「規矩」とらわれない「よのすぐれ人」、すなわち「全備の歌人」とまで認める。

こうした述懐は墓参の折に綴られることが多い。そもそも墓に詣でることは、対象へのなつかしさ故の行為であるため、褒詞をつらねることも当然である。同じことは、秋成の墓に詣でた折にもいえる。

この人（＊秋成）は本居翁のとかれたるみちをこぼちて、在世にも心あはざりしかば、本居門にてはあしくいへど、われはこの人の説をうべなひて、その人となりをはなはだ愛する意あれば、この人の歌又は文章の一家をなせるをよろこび、それのみならず、煮茶のことをもよく解しえたるも得意の人なれば、千古の知音といはまほしくなむ。

（『ぬさぶくろ日記』天保九年）

久足は松坂に住みながらも、宣長と論争をした秋成について「われはこの人の説をうべなひて、その人となりをはなはだ愛する」と述べ、秋成に味方する。いわゆる文化五年本の『春雨物語』を所持し、馬琴に『春雨物語』

の存在を知らしめたのも久足であるため、「千古の知音」とまで慕う気持ちに偽りはない。

先に名の挙がった人物のうち、伴蒿蹊については、就中その著書『近世畸人伝』を尊ぶこと甚だしく、そこに〈古学離れ〉以降の久足の姿勢をうかがことができる（本書一部三章「一匹狼の群れ」）。また、『甲辰詠稿』（弘化元年）の奥書には「畸人詠二百十四首（正百十六首／続九十四首／附四首）」とあり、詞書にも「『畸人伝』の人々を題にてよめるあまり歌」として「貝原篤信」以下、『近世畸人伝』中の人物を詠んだ歌を記録することからも、久足がいかに該書に親しんでいたか看取される。

その他、『戊戌詠稿』で詠じた十名以外に、紀行文中に久足が言挙げした歌人をうかがってみる。

九条良経。やはり墓参の折の述懐であるが、「この君の御歌は、ことにわが心にしみて常々おぼえ奉れば、なつかしきこゝちのせられて、しらぬむかしの君ながらも、あひしれる人の墓のやうに、ねもごろにをがみ奉るこそ、なかなかになめしきことなりけれ」（『柳桜日記』文政十一年）と、二十五歳という若年の折から慕わしく思い、〈古学離れ〉を経た天保九年にも良経の墓所を再訪して、「この君の御うたのしらべたかくめでたきは、常にたふとみ奉るところなれば、いとおほけなけれど、なつかしくおぼえ奉らる」（『ぬさぶくろ日記』）と変わらぬ思いを綴る。

藤原家隆。こちらも文政十一年（一八二八）に墓参して、「この卿の御歌は、常々こゝろにしみておぼゆれば、みはかのもとに立よりてねもごろにをがみ奉る」（『柳桜日記』）となつかしさを覚える。天保二年（一八三一）にも再訪する（『花染日記』）。

西行。旅と歌を好む久足はやはり西行を慕い、紀行文中に言及することも多い。

かの法師（＊西行）が心たかく風流なる、今さらいはんもことふりたれど、山水の奇絶をよろこび、風流の行脚の開祖ともいふべきは此人ぞかし。歌ざまといひ風流といひ、実にわが千古の知音になむ。

（『浜木綿日記』天保十年）

富士谷成章。天保十五年（一八四四）三月九日、京の蓮台寺に富士谷成章の墓を尋ねた折、次のように述懐する。

成章は歌道にくはしく、てにをはのことなども深切なるをしへの書をあらはし、詠歌は達者にて、生涯に六万首の歌かず有とかねてきけるところ也。達者なる人の歌は、あらきやうなるものながら、おのづから歌に勢あり。遅吟の人の、達者の人をあしくいふは、くはだておよばぬからの妬心にして、達者ならでは達人とはいひがたし。この人は達者ながらもあらからず、常にわがとふとむところなれば、墓にまうでゝもよそならずおぼゆ。

（『志比日記』天保十五年）

成章は『脚結抄』で名高く、その説は久足の師本居春庭にも継承される。しかし久足は、春庭の『詞の八衢』を「もとよりこの『やちまた』てふ書は、わが師なる人のあらはされたるなれど、おのれはかりにも信ずることなく、常にいみきらふことはなはだしく」（『班鳩日記』天保七年）と批判し、「歌よむ人のためには、いともさまたげおほきものなる」とまで述べる。そして、成章の『脚結抄』『挿頭抄』という国語学に関わる業績も同様に否定する（本書二部四章「小津久足の歌がたり」）。すなわち久足が成章を高く評価するのは、「生涯に六万首」を詠んだ「達者なる人」であったからと考えられ、同じく生涯に七万首を詠んだ久足は、成章の詠歌に対する姿勢に共感したのであろう。

香川景樹。景樹は天保十四年（一八四三）三月二十七日に没するが、同年四月二日、京に滞在中の久足は知人と以下のような会話を交わす。

けふある人のもとにてきけば、「このごろ都にて名ある人三人をうしなへり」といふは誰ならんとゝふに、「歌人の香川景樹、医師の小森なにがし、能役者の片山なにがしなり」といへり。都も名ある人々のやう

〱すくなりゆくは、をしむべきことなり。その中にも景樹の故人となれるは、ことにをしむべし。この人のうたは、かゞみとなすべきことにこそあらね、口つきしらべのよにすぐれて、めづらしき趣向がちなり。手段くわだておよぶべからぬは、われはやくよりかんずるところなり。近来、都には化物・山師などいふたぐひの歌人のみ地下におほければ、今より後はます〱あやしくなりて、地下の歌のみちは草生ぬべきこと、かねてはかりしられたり。こはわがかゝづらはぬことながら、ことにふれては耳目のけがれとならん額どもを見きくことのなげかはしさに。（『桜重日記』天保十四年）

小沢蘆庵とは異なり、「この人のうたは、かゞみとなすべきことにこそあらね」と全面的に肯定するものではないが、「口つきしらべのよにすぐれて、めづらしき趣向がちなり。手段くわだておよぶべからぬ」と評価は高い。

二　『丁未詠稿』について

紀行文を綴る際、達意の文章を旨とした久足らしく、詠歌もたいへん平易で素直な読みぶりである。それは、翻刻の備わる『丁未詠稿』（拙稿「小津久足「丁未詠稿」翻刻と解題（上・下）」『有明工業高等専門学校紀要』四六〈二〇一〇〉・四七〈二〇一一・一〇〉）所収の歌からもうかがえよう。すぐに想起されるのが「ただごと歌」を唱えた小沢蘆庵である。すでに見たように久足は小沢蘆庵を慕うこと甚だしい。

この岡崎のうちに小沢蘆庵がすみきといふ庵あり。庭にふりたる松の木のあるは、かの和歌の浦よりうつしうゑし木立なるべし。この人は歌には才すぐれて、近代の稀人なれば、その席のあともたゞには見すぐしがたし。

言の葉の栄をみせし跡ふりてのこるもさびしわかのうらまつ

（『ぬさぶくろ日記』天保九年）

もっとも、〈古学離れ〉以降に小沢蘆庵に親しむ言が散見されることは事実だが、詠歌をはじめた文政十四年ごろより一貫して、その平易な詠みぶりには変わりないように思える。また『戊子詠稿』（文政十一年）に「丁丑年よりこの所までは師の翁に見せたる歌どもなり」とあるように、文政十一年に師春庭が没するまで、基本的に春庭の披閲を経ていると考えられ、『文政元年久足詠草』（『松阪市史』七、一九八〇）の添削・評点からもその指導の具体が確認できる。春庭の影響がいかほどであったかの検討も必要であろう。また、歌稿群の詞書からは、久足の事跡・交流関係を考えるうえで重要な知見を得られるため、ここで『丁未詠稿』の詞書を検討したい。

まず注目されるのは、「七月朔日、殿村安守が身まかりけるに」（三〇ォ）との記述である。殿村安守とは、本居宣長の門人で、宣長没後、春庭の後見人になるなど、後鈴屋門で重きをなした殿村篠斎のこと。久足を馬琴に紹介したのも安守である。安永八年（一七七九）生、享年六十九。吉田悦之「殿村安守」（『松阪学ことはじめ』おうふう、二〇〇二）は、命日に七月朔日（『著作堂雑記』『本居内遠門人録』）、同二日（常念寺過去帳）、同三日（墓石）と諸説あることを紹介するが、久足は七月朔日と記す。

殿村篠斎・小津桂窓・木村黙老をして「馬琴三友」と称するように、安守と久足は、ともに馬琴小説の評答をなし、馬琴との書簡の往来も頻繁である。二人の間には、二十五歳の年齢差はあるものの、あたたかな交情が存在したと認識されてきた。しかし安守の訃報に接して詠まれた久足の歌をみると、そこには両者の穏やかならざる関係が読みとれる。四首目までは穏当な挽歌であるが、つづく五・六首は以下のとおり。

よこしまのみちにいらずはあはれよに名をのこすべき君ならましを

さすかたのたがひながらもとしひさに馴ぬるみちの友をしむかな

久足は安守を「よこしまのみち」に入った、自分とは「さすかたのたが」う人物と認識しており、少なくとも安守の晩年には、両者の間には抜き去りがたい懸隔が存在したようである。このことは、『海山日記』（嘉永六年）にも「昔の友なりし殿村安守は歌をよめりし人なりしが、見識いとせばく、田舎人のくせをのがれず」とあることからも証される。

本書に「述懐」と題して載せる「商人の安きおもはでみちたがふつかへうらやむ人やなに也」「商人はとほきへだての身のほどをわすれてつかへうらやむはなぞ」（六一ウ）との歌からも看取されるように、久足は商人の分を守ることを信条とし（高倉一紀「小津久足」『松阪学ことはじめ』前掲）、『丁未詠稿』と同年に著された『難波日記』にも、次のように述べる。

士は心こそたゞしからね、つとむべきおのがつとめは日々にかくことなし。工は難ずるかぎりにあらず。農商のふたつは、家とむにしたがひておのが業をわすれ、鋤鍬斤にかへて刀を手にとるなど、にくむべきの甚しきものにて、その身いやしきかのものどもにも、なかなかにおよばざるをあざける也。

同様の文言は紀行文中に頻繁に見受けられ、天保九年（一八三八）に紀州藩より扶持方格式を打診された折も久足は固辞している。そうした久足にとって、宝暦五年（一七五五）に松坂御為替組に加わるも、経営の翳りから天保六年（一八三五）に御為替組を撤退した安守（もっとも天保三年にすでに隠居し家督を譲っている）は、身近な反面教師であったろう。両者が疎遠になった一因とも考えられる。

安守死去にともなう冷淡ともいえる歌とは対照的に、「八月廿二日、五歳になる子のにはかに身まかりけるに」（三五オ）との詞書につづく四十五首の挽歌は哀切極まる。ここでは久足の平易な詠みぶりが力を得て、子を失った親の歎き、折に触れてこみあげる悲しみ、後悔にも似た思い出、描いていた将来が崩れ去った絶望の数々を、さまざまな角度から歌いあげる。こうして自らに去来する心情の数々をとらえ、ひとつひとつ言葉に置き換えていく作業が、日常的に歌を詠む久足にとってなによりの慰めともなり、日常をとりもどす縁《よすが》となっているのだろう。

ところで『小津氏系図』（小泉祐次「小津久足自筆稿本『小津氏系図』と『家の昔かたり』について（一）」『鈴屋学会報』四、一九八七・七）を確認しても、久足の子として「女子とら」「女子とい」があるのみで、弘化四年に五歳で死亡した、すなわち天保十四年（一八四三）に生まれた子のことは見出せない（『略系譜』には、「けゐ」という元歌妓の妾妻との間にもうけた二男一女の記録が残るが、「天保十四年生」には該当しない）。今後も慎重な検討が必要である。

最後に、寓目した短冊について触れたい。大庭卓也所蔵の短冊には、「夜春雨　玉水のたま〳〵おつるこゑのうちによはふけぬめり軒の春雨　久足」とある。同歌は『丁未詠稿』九オに見出せ（「玉水のたま〳〵おつるこゑの中に夜は更ぬめり軒の春雨」）、用字に異同があるものの、短冊と同じく「夜春雨」の題のもと七首詠まれた歌のうちの一首である。久足が毎月歌会に参加し、兼題・当座ともに多くの歌を詠じるのは、「われ、をさなきより歌道にこころざしふかく」「としひさしく、たゞ歌よむことと、風流をのみ、むねとたのしめり」（『陸奥日記』天保十一年）と、一方では修練と充足の営みでもあったが、同時に他者とのコミュニケーションを担うものでもあった。したがって、短冊の贈答、また歌会への参加をとおして久足が築きあげた人間関係を検討することも、小説の評答や書の貸借、手紙の往還を行った馬琴との交流関係の把握と同様、小津久足の文事を見定めるために不可欠の作業といえよう。

四章　小津久足の歌がたり

一　はじめに

小津久足は、本居春庭を嗣いだ有郷を後見し、以降、中心となって後鈴屋社中の歌会を運営していた（本書一部一章「若き日の小津久足」・二部二章「後鈴屋社中の歌会」）。よって当代松坂においては、久足が歌をよくすることは当然知られていたものの、全国的な知名度を有していたとはいいがたく、そうした評価は現在まで変わることがない。詮ずるところ、久足は歌人としては無名に近い。『桂窓一家言』は、その桂窓小津久足の歌論書である。この度、小津与右衛門家現当主の小津陽一氏の格別のご高配により、同家に伝わる『桂窓一家言』を翻刻紹介する機会を得た（本書二部五章「翻刻『桂窓一家言』」）。現在、草稿のみが小津家に伝わっており、紀行文・歌稿ともに、草稿・浄書を残した久足であるから、おそらく本書の浄書本も作られたであろうが、現存は不明であり、他の伝本も見出せない。

二二七条にわたる記述を読むと、久足の歌人としての知名度の低さからは想像できないほど、自負と確信に満ちた、まことに個性的な、歌にまつわる「一家言」が開陳されている。反故の紙背を利用した序跋もない草稿であり、成立の経緯をうかがわせる記述もないため、年代の特定はむずかしいものの、本文中の宣長批判の記述から、天保初年頃の〈古学離れ〉以後であることは間違いなく、筆跡からも、不惑をすぎた弘化年間以降（一八四四～）に成ったかと思われる。久足は、天保八年（一八三七）に川井家から婿養子として克孝《よしたか》を迎え、その克孝は嘉永七年（安政元年・一八五四）に七代として家督を相続する。すなわち、後継を得た久足が『家の昔かたり』（弘化三年〈一八四六〉）『非なるべし』(1)と、子孫のために家書・家訓を残したように、和歌においても同様の「一家言」を残そうとしたのではないかと想像するが、成立に関わる資料がない以上、詳細は不明といわざるを得ない。

本書を強いて分類すれば歌論ということになる。しかし一書全体が論理的に構成されているわけではなく、常日頃抱いている歌にまつわる述懐を、思いつくまま随想的に記したような書きぶりである。もちろん草稿ということが最大の理由であろうが、「論をすること第一の悪癖也」（19　＊以下、『桂窓一家言』の条番号をこのかたちで示す）と述べる久足は、この草稿をもとに関連事項をまとめて歌論として再構築することは想定していなかったと思われる。その率直な述懐は、体系的・論理的であるよりも個別的・感覚的であることを志向している。たとえば活用の否定など、後世の目からすれば批判を免れぬ見解もままあるが、自らの経験をもとに確信をもって綴られる言辞には、荒削りながらも借り物ではない言葉の重みがある。こうした本書の書きぶりは、心中に浮かんだ思いをそのまま表出することをよしとした詠歌の方法論と軌を一にする。そして、本書のなかで特に目をひくのが本居宣長批判と『源氏物語』批判である。

本章では、現在まで日の目を見なかった『桂窓一家言』の諸特徴を概観し、本居宣長批判と『源氏物語』批判の内実を検討して、その特異な歌論の背景についても考察をすすめたい。

二　小津久足の詠歌作法

本書は「歌は自然を第一とす」（1）からはじまる。そして書中、頻繁に言及され、詠作において久足がもっとも重視しているのは、自然に詠む、ということである。

歌はたゞ自然を第一として、さつとよむがよし。其中には自然の意味出来るものなり。山海珍味も平用にたらず。一飯命をつなぐの用をなす歌は、白米のごとくにても黒米のごとくにても、よむはよし。珍味に似たるは賞する類にあらず。(30)

もっとも、自然に詠むこと自体は、さして目新しい姿勢ではなく、江戸時代においても、堂上の聞書類をひもとけば類似した用例は見出せる。本書でも、冷泉為村の『この花はあたごの山の山ざくら人のくれしをまゐらする也』これが則歌也」との言を、「千古の金言、自然を尊む鑑」(53)と述べる。[2] ただし、表面上の類似があっても、朱子学により整理された「まこと」の説（上野洋三「元禄堂上歌論の到達点」『元禄和歌史の基礎構築』岩波書店、二〇〇三）を伴わないかぎり、体系化された堂上歌学との比較はあまり意味を成さないだろう。

歌の道は、いとやんごとなき御かたにて古今伝授てふ御事のあることは、かけてもおよばず。契沖師よりはじめて自《（地）》下歌といふものはじまり、こは道も何もなし。たゞ四時のうつりかはるさま、男女恋慕哀情のことをむねとす。人を教る道にあらず、又利《（理）》を究る道にあらず、只心をのぶるを要とす。五常の道などかりにも備ることとなし。されど身ををさむるは儒の教にしくことなければ、歌よむ人いとまあらば儒教をまなぶはよし。儒教を歌にまじふるはあし。(112)

右のように久足は、朱子学を背景に、理を究め、身を修め、人を教える五常の道を備えた堂上歌学に敬意を払いつつも、自身はそれらとは関わりのない地下歌人と位置づけており、「たゞ四時のうつりかはるさま、男女恋慕哀情のこと」を専らにしようとする姿勢がうかがえる。

そこで、久足の説く自然に詠むことの内実をいますこし探ってみると、心に浮かんだ思いを、そのまま自然に、できるだけ速く多く——これを久足は「達者」と表する——詠み、詠んだあとは推敲しない、というものである。

歌は達者によんで、あだ矢の多きがよし。一々金玉をつらねんとおもへば、歌はたくみにても、星眼のめからみると愚にして、みな死物也。練ことはことにあしゝ。歌は心ざしをいふが主なれば、三十一文字腹から出た所が、たとへていはゞ人の生れたる所のごとし。手は手、足は足とむまるゝものにてはなきをおもふべし。されば、始おもひつきたる歌を、こゝをなをしそこを直して練人は、歌はよくなりても、これ人形のごとし。人形はかたちよくてもこしらへもの也。たとへていはゞ、まことに生たる人のごとくうるはしくつくりたる好人形にても、醜女に猶しかざるをおもふべし。今の宗匠は言葉のきりうりをして弟子にかはするものとしるべし。(5)

歌は達者を一とす。丹練遅吟はあしなへのごとく、達者の歌は勢也。遅吟の歌は勢なし。(75)

自然に速く多く詠む――方法論ともいえぬほど素朴なものだが、久足の詠稿の奥書によれば(本書二部一章「小津久足の歌稿について」)、多い年(天保十三年)には八千八百首もの歌を詠み、生涯で七万首の歌を残した久足である、間違いなく自身は、自然に速く多くの歌を詠んできたことだけは確かであり、口吻にうかがえる自負も、実践者としての経験に裏づけられている。

自然に速く多く詠むことをよしとすれば、その障碍となる行為は自ずと否定に傾く。すなわち、いかに詠むかに呻吟し、詠んだあとにもくり返し歌を練ること、また堂上にしろ地下にしろ、歌学的な体系を会得した権威者に批正を依頼し、訂正を受けいれて自歌を修正すること、つまり推敲と添削を忌避するようになる。

歌をねる人は醜女の粧の長きに類す。粧ふ間の心は、わがかほの見にくきをよく見せんの意にて殊勝げなれど、鏡台をたつ時の心は、もふこれでよいとおもふはいとあつかまし。歌をねるもその通にて、もふは《(ママ)》これにてきはめたりとおもふは、いとかたはらいたし。たゞ一首の歌にぐづ〳〵こる愚人が千日かゝつたとて、よき歌の出来るはづはなし。醜女が千日よそほふても、美女にならぬをおもふべし。灯下はあざむくとも、

白中の笑をまぬがれず。うたは白中を愚眼《(具)》の人に比す。(10)
みだりに人に添削をねがふは、はぬきに歯をみするがごとく、其人なほさんとおもふが体なれど、用をうしなふ事ありて、この意味自然わきまへたる人に見すべし。(73)

推敲するか否かは個人の裁量によるが、添削は師弟関係がかかわる。後鈴屋社中において、随一の出席率と出詠数を誇った久足であるから、本居春庭の亡くなる文政十一年(一八二八)まで、当然ながら歌会・歌合において春庭の添削を受けており、その記録も残る(本書二部二章「後鈴屋社中の歌会」)。「師ははしご也。そのはしごをかけて、わがいたらんとおもふところにのぼりたらば、はしごはすてゝわが色をたつべし」(79)と述べる久足にとって、春庭の添削を受けた詠歌修行の日々は、一定の高みに登るまでは有用であったものの、自得の境地に達したいまは無用の「はしご」のごときもの、との認識なのだろう。本書中、幾度も本居風の歌をそしる久足は、後述するように、本居門流の古道論と国語学につよい反発心を抱いており、国語学に長けた本居春庭の添削をふり返ると、性に合わぬ指導により個性を矯められたと感じたようである。

歌は五味のごとく、性得、苦きをこのむと甘きをこのむとがあるもの也。此うまれくて《(ママ)》もちたる性は、どふもなをりがたし。師たるものは、その五味をよくくひわけて歌をなをすが大事のことなるを、自があまいがすきなる師匠は、弟子のにがいのをあまひやうにするが常也。わらふべし。(7)

また、添削を受けることのみならず、添削をすることも否定する。

歌よむ輩、かりにも人の歌を添削すべからず。又かりにも師となることを心がくべからず。人の歌をなほせば、夫にて執行《(ママ)》になることもあれど、おほくは人の難をいふに付ては、わが難をいはれじとするより、自然にわが歌がつぐむなり。歌は難をいはるゝことをいとひては、わが力よりははるかにわるくなる也。たゞ難をいはるゝをかまはず、ほめらるゝを心がけず、やりはなしてよむがよし。(2)

かりにも人にをしゆべからず。これ口を糊せざる楽人の肝要也。あやまりをつたへむこと、ことのほかの罪也。ひとりよまんにあやまりありとて何かくるしからん。(162)

つまりは師弟関係の否定である。人から教えを受けず、自らも人に教えず、持って生れた性をいかして自然に詠む――それは、歌を生業とせずただ楽しむ者(「口を糊せざる楽人」)としての久足の心構えである。「ひとりよまんにあやまりありとて何かくるしからん」との言に、本書の性格、そして久足の文事にのぞむ姿勢がよくあらわれている。三部六章「難波日記」でも言及するが、久足は、草稿・浄書を備えた四十六点もの紀行文を残しながら、その財力とコネクションをもってすれば十分可能であったはずの出版を一度もおこなわなかった。自身の経験にもとづく歌に対する一家言をもち、書き記すが、公にしないのも、同じ理由である。それは生業や世俗的な栄達を離れた、「個」の楽しみだからである。

久足は家業を重んじ、「商人の趣意」[3]を第一の行動規範とする。では「商人の趣意」とは何かというと、久足においては、家産維持につきる(髙倉一紀『小津久足紀行集(一)』解題、皇學館大学神道研究所、二〇一三)。「身上さへあしくせねば、いかほど気儘にても、目うへの人までしたがふものなれば、たゞ身上をあしくせぬ用心を平生すべし」(『家の昔かたり』)との現実主義に徹した処世訓は、三代小津与右衛門(大叔父理香《まさか》、道秀居士)と四代(父友能、浄謙居士)の生き様から学んだものである。すなわち、父友能は世話ずきの交際家で、武士・僧侶・医者に近づき、金銀の融通をしばしばおこない、新田開発にからんで八百両を失うなど、商人の分にすぎた交際を好むあまり家業に憂いを残した。一方、大叔父理香は、呑む打つ買うの放蕩をつくした道楽の三代目ながら、家を栄えさせた。[4] 久足は「わが家は道秀居士のごときがよろしき」(同)と、どれだけ放蕩に耽ろうと身上さえ守られれば是とし、反対に、いかに人づきあいをよくして名が上がろうと、身上が守られなければ非とする、家産維持を絶対の判断基準にした行動規範をもつにいたった。

これを文事に当てはめれば、各地を旅して紀行文をつづり、馬琴をはじめとした知友、交流のある公卿など、限られた相手にその閲読を許すのは、「個」の楽しみとして許容できる風流の営みである。しかし、それを出版するとなると、ゆくゆくは名を求め、世に認められようとする思いが募るあまり、家業に障りがでる可能性があるため、商人の分にすぎた忌むべき行為となる。詠歌もこれに類する。日々作歌につとめ、年ごとに歌稿をまとめるのは風流の営みである。しかし、師に添削を乞い、また人の歌の添削をおこなうのは、良きにつけ悪しきにつけ、そこに他者との濃密な関係性が生じる以上、もはや「個」の楽しみを越えた、生業をないがしろにする可能性を秘めた行為となる。紀行・詠歌といった風流の営みも、すべては家産あってこそであり、名高き歌人であるよりも堅実な商人であろうとする現実主義的価値観が、他ならぬ風流の営みにも影響し、特異な歌論の形成につながったといえる。

右のような背景を知れば、「論をすること第一の悪癖也」(19)「歌はよむことは第一にて、議論などは無益也」(198)と述べる久足が、なぜ他者批判の言もまま見られる『桂窓一家言』を書き残したか明らかとなる。久足にとっては公にしないからこその風流であり、他者と歌論を戦わし、あまつさえ相手を論破して自身の名を上げるなど、商人の分を越えた、もっとも忌むべき行為である。しかし、個人として腹蔵のない見解を書き残すことは、「個」の楽しみとして許容可能なのである。

久足は経験にもとづく帰納的な思考を好む。本書において展開されるのは、いわば体験的詠歌論であり、久足の特異な見解の源を、通時的な歌学大系のなかに見出すよりも、久足の個人的な経験に求める方が収穫が多い。そのことを踏まえて、本書でもっとも特徴的な、本居宣長批判について見てみよう。

三　本居宣長批判

久足の師本居春庭は宣長の実子であり、久足はいわば宣長の孫弟子にあたる。その宣長を、久足は手厳しく批判する。

英男人をあざむくといふ言にくむべし。ちかくは本居翁も徂来《ママ》もその類なり。わが才ありとも、英気をあらはさずして、たゞ英男にあざむかれぬよふにするがよし。(66)

同様の発言は、「両翁（＊真淵・宣長のこと）は、英雄人をあざむくの説ありて、おしつけたることゞもばかりにて、ふかくそのみなもとをきはむれば、うけがたきがおほし」（『難波日記』弘化四年）など、〈古学離れ〉後の紀行文にも散見するため、久足の著述に親しむ立場からすれば驚くにはあたらないのだが、本書においては特に多くの筆をついやすため、その宣長批判の内実をうかがうことができる。

本居学の人、古道といふものをたてられたると、又活語といふことをたてられたるとの二ッは、まことに抱腹にたへず。万代に愚をのこせり。(190)

右に自身で述べるように、その非難の矛先は、主に古道論と国語学の二つに向けられている。まず古道論批判をみると、「漢意」として儒仏を排斥したことに反発を覚えているようである。

上代の人の心はなほくして、教なくてよろしきを、世くだるに付て、この国には教なければ儒教仏教のはびこりたるはよし。それにその二教をにくみて、古学じやの、大和魂じやの、直日霊じやのといふものをこしらへて、上古にかへさんとするはわらふべし。今のよに上代のをしへをもてきたらば、一日もをさまるべからず。二教のあるは中々よろしきを、それを破らんとして、二教の道はいらぬものなどいふは、かたはらいたし。道といふこと、この国にはもとよりなければ、二教の道が則道也。この道を破する老荘の道とはことにして、いとつたなし。老荘はたふとぶべし。近来のやまとだましゐとかいふ道はたふとみがたし。(59)

上代人は質朴で「教」などなくても治っていた。時代がくだり儒仏の「二教」が渡来して、それにより世が治るようになった。それを「二教」を憎むが故に、近ごろ古学・大和魂・直日霊といった古道論を捏造したが、そもそも日本古来の「道」などないため、あえていえば儒仏こそが「道」である――久足は、国学の新しさを自覚して、儒仏排斥のために生み出された古道論を批判する。

また久足は、「近来の歌人の論、古学者の論、うへは大和魂となへても、皆儒学の糟粕をなめて、おほくはりくつ也」(68)「道はなきものを儒仏をうらやみたる道のたて様、嘆ずるにあまりあり」(120)とも述べる。宣長が古文辞学に影響を受けて学説を展開したことをどれほど踏まえているのか、これだけでは判断がつきかねるが、先に引いたように、66条では宣長と徂徠をならべて批判し、201条にも関連の記述が見出せることから[5]、方法論的な近さを感得したうえでの批判だといえよう。

ただ宣長を全否定しているわけではなく、『古事記伝』に代表される注釈的営為には敬意を表している。

後来の詮はおしあての説おほし。英男にあざむかるべからず。本居翁の説、古事のせんさくなどは、尤益あることおほけれど、一ッの道などたてられたるは私にして、後人の批判をまぬがれず。(70)

本居風の道はかりにも尊ぶべからず。つくりものにて、よにいふ山師に似たり。たゞ説註をとふとぶべし。(95)

真淵・本居ともに学問のやましにて、英男人をあざむくの説あり。契沖がはじめて道をひらきなし、道のことはとかずして、たゞ古事のみを吟味したる徳にははるかにおとれり。道はなきものを儒仏をうらやみたる道のたて様、嘆ずるにあまりあり。(120)

契沖の流れをくむ文献学的実証主義は尊ぶが、真淵・宣長の古道論は受けいれがたい、との姿勢がうかがえる。当然、古道論を継いだ篤胤に対しては、「平田篤胤など学者の狂人也」(118)との評価になる。

次に国語学批判をみる。

> 『詞の玉の緒』はいふにおよばず、『あゆひ抄』『かざし抄』『詞のやちまた』必見るべき書にあらず。これは、てにはを死物にしたるものにて、活語といふは、則死語也。たゞ古歌をおほく空覚して、ゝ《て》には、詞の遣ひ様を味ふるにしかず。(37)

宣長『詞の玉緒』、富士谷成章『脚結抄』『挿頭抄』、春庭『詞の八衢』と、国語学史上に名を残す著作を、一緒くたに否定する。中には、「『言の葉の玉緒』に、変格と、てにはちがいとをたてたるは、これわたくし也」(62)と論理的な指摘も一部あるが、概ね、理屈抜きの全否定か、以下のような、いささか的外れな思いつきの反証を挙げる程度である。

> はたらきに中二段・下二段などゝ名目をつけて、この詞は何とあればこれは何段とさだめて、一ッの例をもていくつにもおよぼす。又ふたつあれば二色の活として両様におよぼす。これは甚いかゞにして、この例をもて直せば、「よもすがら」とあれば「ひすがら」ともいふべく、「鐘のおと」ゝいへば「鹿の声」ともいはるゝべく、「春たつ」とあれば「夏たつ」ともいはるゝといふやうなもの也。(130)

師春庭の『詞の八衢』を批判する根拠も、かならずしも明確ではない。

> 歌はよみがたきによりて、□《ムシ》に『詞のやちまた』などなべて歌を難ずるともがらおほし。はたらきは、てにはとはちがひて、あとよりのつくりものにて、もとより具したるものならねば、たがふが定理也。そのことはりをしらずして、歌を難ずるその人のうたは、難ずる歌の半分にも出来ぬことわらふべし。(111)

「てにはは音曲の調子のごとく自然のもの」(20)「てにはとゝのはぬ万人は、一生のうちに万巻の書よみたるとも、てにはのとゝのはぬものぞ」（同）と述べる久足は、「てには」は歌集をひもとき、実詠を重ねることで自得するもので、宣長・春庭のように、国語学的方法論をもって法則を見出すものではない、との思いがある。要するに国語学に対する久足の言は、批判すべき根拠を明確にして構築された精緻な論などではなく、性に合う／合わないという感覚的なレベルの述懐といえる。

では、なぜこれほど宣長及びその門流を批判せねばならないのか。そのことを考えるとき、久足が他ならぬ松坂に住んでいたことを忘れてはなるまい。当地においては、ここまで強い言葉と姿勢で批判せねばならぬほど、死してなお宣長の存在が大きいのであり、春庭の死後、後鈴屋社中の重鎮として有郷の後見人になった久足にとっては、自己の見解を思うままに表白するためには、幼少より学んだ本居門流の教えを強く否定する必要があった。そしてその宣長批判も、先に見たように全否定ではなく是々非々の立場でのぞんでいることから、精神的な苦闘を経て、ようやくたどりついた境地であるということができよう。

四　『源氏物語』批判

ここで、久足の『源氏物語』への言及を見てみる。

和文は漢文を意としてかくべし。男子が『源氏』の風をまなぶはかたはらいたし。『源氏』ほどに人に妙ならぬ書はなし。歌の風をよはくし、又男の文を変生女子の様にする。たゞ文にてたふとむべきは、『平家物語』『方丈記』『枕草子』『つれぐ〳〵ぐさ』、ちかくは長嘯子の文などめでたし。(40)
『源氏物語』は名文いふまでもなけれど、元来婦人の作故、大体よわし。それをまなべば、うきところは、ならはずしてよわき所をならふ。大丈夫の男子、婦人のま似をすることいかなることぞや。先達もいまだこ

の境をまぬがれたるをきかず。おのれひそかに古人未発の卑見を得たること、自負たれり《（ママ）》。(94)

「おのれひそかに古人未発の卑見を得たる」とたいへんな自信を示しているが、歌人として『源氏物語』を批判することが、いかに異端視されるかを自覚したうえでの述懐なのだろう。そして久足の批判は、「『風俗文選』をみよ。『源氏』になづんだる和文のかけてもおよぶ手際かは」(42)など、文体へのこだわりのなかで言及することからも知れるように、よくある『源氏物語』の姦淫を責める類のものではなく、その女々しき作風に学ぶことで、歌風が弱く、文章が女々しくなることを懸念するものであることが見てとれる。また「元来婦人の作故、大体よわし」とあるため、女手であることを忌避しているようにも思えるが、尊ぶべき書として『枕草子』が挙げられていることから、作者が女性であることではなく、作風の女々しさを問題視していることがわかる。

中世のみならず江戸時代においても、儒仏の徒による『源氏物語』批判は枚挙に暇がないが、多くはその姦淫を責め、内容が倫理的規範に違背するとの理由による（日向一雅・木下綾子「源氏物語についての近世儒教言説資料集」〈『古代学研究所紀要』一九、二〇一三〉および伊井春樹編『源氏物語注釈書・享受史事典』〈東京堂出版、二〇〇一〉参照）。一方で六百番歌合の藤原俊成の判詞「源氏見ざる歌よみは遺恨事也」以来、『源氏物語』が歌人に必須の教養であったことも周知のことである。つまり久足の生きた近世後期においても、儒教や仏教など、信奉する思想信条を背景に『源氏物語』を批判するのはさほど珍しくないものの、歌風が弱々しくなるため学ぶべきではない、と作歌上の要請から『源氏物語』を排斥するのは稀だといえる。

もっとも、賀茂真淵『にひまなび』（寛政十二年刊）には、「後世は、『源氏物語』の言などをもて書人あれど、かれは女文也。物語文也。古き雅文にはかなはず」「女のふみは、是もきとせし事書んには、さる方に古きふみもて、女ぶりに書ぬべし。その入たゝん初めには、女は『源氏物語』などをまねばゝ、おのづから書得べし。されど、是にとゞまれりとおもふ事なかれ。後に古きさまにのぼるべき心じらひしてまねばゝ、終によろしくなり行なん」（『賀茂真淵全集』一九、続群書類従完成会、一九八〇）と、『源氏物語』の「女文」を否定的にとらえる言葉があるが、これも古代を理想としてあるべき和歌・和文を考究するうえでの部分否定であり、久足の姿勢とは一線を画す。とはいえ、歌において「ますらをぶり」を理想とした真淵であるから、完全に無関係とはいえまいが、先に見たように久足は、真淵と宣長をならべて「学問のやまし《（山師）》」と評しており、日本古代への憧憬から万葉風を志向する真淵と、「和文は漢文を意としてかくべし」と、漢文的な簡潔さをよしとする久足とでは、おなじ雄々しさ、力強さを求めていても、根本的なところで相容れないであろう。「物語文は、をゝしきなきは、実に漢人にはづべし。たゞ唐人に見すともはづかしからぬは、『枕草紙』『平家物語』など也。尤『源氏物語』ははづべし。『金弊《（瓶）》梅』にやゝ似たり」（221）といった、唐人に見せて恥ずかしくない日本の作品は何か、と唐土を上に見るかのような視点は真淵にはありえない。

また、おそらく久足への直接的な影響は考えられないが、久足と同世代で、本居大平に学んだ萩の国学者、近藤芳樹（一八〇一～一八八〇）の見解も興味深い。

まづ上には定子の后、上東門院のふたりならびおはしまし、これにつかうまつれる女房に、清少納言、紫式部など、かたみにざえをあらそひつゝ、文をかき歌をよみ、なべての世をなびかせしほどに、をのこもほど〳〵そをよしとかたぶき従ひしからに、雄々しきふりふつにたえて、めゝしきさまにぞなりにける。……年月ふるまゝに、朝廷《ミカド》の大威光もおとろへて、つひに保元平治のいみじきみだれをかもし、はて〳〵は天津日嗣の御政さへ御心のまゝにはえ行はせ給はぬやうになりはてにたり。これしかしながら文にすぎ質をわすれたるよりおこれるにて、その霜を履《フ》みけんはじめをおもへば、式部も少納言も、この罪人のうちにかぞへられざらんやは。……然るをかいなでの歌よみ、かの『源氏の物がたり』『枕のさうし』などの詞づかひのあやなるにまよはされて、事の心もわきまへず、たゞほめにほむらんこそをこなりけれ。(6)

歌詠みが『源氏物語』を尊ぶことを非難する点、久足と相通じる。ただ右は、古代を理想化し、天皇親政が衰退した原因を、「雄々しさ」から「めゝしさ」への転換に見出すなかでの言及であり、同条には「加茂翁すでに奈良の御代の比のうたを丈夫《マスラヲ》ぶり、今の京になりてのたをやめぶり、といはれたる事あり。げに歌は心の思ひを詞にあらはすものなれば、世によりてをゝしくもめゝしくもありぬべきことわりなり」ともあるため、真淵の影響を受けての発言としれ、歌風への悪影響を問題視する久足の言とは懸隔がある。

久足は、歌人に志操の正しさは求めない。

むかしより名人の聞ある人麿・赤人・みつね・つらゆき・俊成・定家・々隆・西行、ちかくは正徹などは、歌はすぐれたれど、行状にさばかりのことをきかず。国に忠ある人としもおもはれず。唐の詩人もおなじことにて、詩の名人に行状たゞしき人をきかず。詩歌はもと虚を貴んで操なきものなれば、花を見ては花を月にもまさりといひ、月を見ては月を花にもまさりといふ、志操なきがうたよみの常也。行状たゞしき人に名歌あるを聞かず。ありても理がつみておもしろからず。さればとて行状をあしくせよとにあらねど、このことわりをよく〳〵弁ふべし。(122)

歌人は志操正しからぬが体也。花は花にてほめ、月は月にて其時々に軽薄によろこぶが趣向の第一なるにてしるべし。(170)

「行状たゞしき人に名歌あるを聞かず」と述べる久足の『源氏物語』批判には、淫奔を責める姿勢も、古代からの政情の衰えをなげく様子もなく、女々しき作風が詠歌に影響することを懸念するばかりである。しかしこれこそが、本居宣長の強烈な影響を示している。久足が倫理や道徳から自由な立場で『源氏物語』を否定することができるのは、宣長が『紫文要領』等により、「物のあはれを知る」という画期的なテーゼをもとに、倫理道徳による批判から『源氏物語』を解放したことの余恵に他ならない。「古人未発の卑見」と嘯く久足の矜恃はさておき、純粋な詠歌論として『源氏物語』を批判できるのも、「操」による批判と戦った宣長の恩恵に浴しているのである。

もちろん宣長は、歌を詠むうえで必須のものとして『源氏物語』を高く評価する（「此物語の外に歌道なく、歌道の外に此物語なし」〈『紫文要領』巻下、『本居宣長全集』四〉）。そして「おほかた人は、いかにさかしきも、心のおくをたづぬれば、女わらはべなどにもことに異ならず、すべて物はかなくめゝしき所おほきもの」（『石上私淑言』巻二、『本居宣長全集』二）で、その女々しい情を詠むのが、詩であり歌であると認識する。宣長の『源氏物語』にまつわる言説が、歌から女々しさを排そうとする久足の見解と正反対であるのも、理由なしとしない。久足は本居学の影響を脱する過程で、宣長の見解を強く否定する必要があった。そこで、宣長が生涯にわたって重んじた『源氏物語』と、宣長説の肝要たる女々しさの肯定を、意識的に否定したのだと考えられる。一方、先に述べたように、倫理道徳のくびきから『源氏物語』を解放した宣長説があってはじめて、久足の『源氏物語』批判は成立したのであり、本書に特徴的な宣長批判・『源氏物語』批判は、逆説的に宣長の強い影響の賜であり、宣長享受を経なければ生れなかった見解であるともいえる。

五　詩論との関わり

以上のような特徴を見出せる久足の歌論は、江戸時代の歌学史上、どのように位置せしめることができるだろうか。そのためには、堂上・地下双方に目配りし、他の韻文文芸、ひいては文芸思潮の変遷をも考慮しつつ論じるのが適当であろうが、いまはその用意がない。よって最後に詩論との関わりを瞥見し、今後の考察の料として、諸賢のご教示を俟ちたい。

本書中、久足は詩と歌とをならべて語ることが多い。直接的な影響にこだわらずとも、歌論を考察するに、韻文文芸においてもっとも格の高い詩とその論への目配りは当然なされるべきであるが、「定家卿の諸道一致といはれたるは、第一の教也」（3）と、諸道一致を信条とし、西荘文庫に多くの詩集を蔵する久足であるから、なおさらである。久足は「詩歌も情はひとつ也。情かはりたるものならば、いかでか日本人が詩をつくらんや。和漢同情としるべし」（145）と説き、「『万葉』は『詩経』に似たり。『古今』『後撰』は唐にちかし。貫之・躬恒は李杜のごとし」（100）と、詩（詩風）と歌（歌風）を類推でとらえる。この例えは100条から103条までつづくが、定家＝蘇東坡、家隆＝范石湖、良経＝真山民、西行＝陸放翁、顕昭＝黄山谷、慈鎮＝楊誠斎と、その当否はさておき、それぞれの詩風・歌風を自分なりにとらえて類似点を見出せるほど、詩に親しんでいることがうかがえる。

注目したいのは、詩に関係する条において、祇園南海の影写説のキーワードである「鏡花水月」の文言が見出せることである（田中道雄「「我」の情の承認」『蕉風復興運動と蕪村』岩波書店、二〇〇〇。揖斐高「風雅論」『江戸詩歌論』汲古書院、一九九八）。

> 鏡花水月とは、詩をつくる法にして意味おもしろし。この句の意味を味しら《ママ》ば、自然の所にいたるべし。されど当時の人のうたは、紙にてつくりたる花、銀の紙ではれる月のよふにて、やゝもすると芝居の道具だてといふものゝやうになるがおほし。（6）

現今の歌人の詠は作り物のようだと述べているものの、「凡ソ影写ト云事、古人鏡花水月又ハ風影トモ評シタリ」「鏡中ノ花ハアリト見レドモ手ニ取ラレズ、水中ノ月モ目ニハソレト見レドモ形ハナシ、其如ク、有カ無キカソレゾト見レドモ言ニモトカレズ手ニモ取レヌ処、面影・風情バカリヲウツス」（祇園南海『明詩俚評』）との影写説にもとづく作詩法を、久足は作歌においても重んじているようである。「歌は虚を尚ぶべし」（115）「詩歌はもと虚を貴んで操なきものなれば」（122）「才は虚也。されば歌は虚をたつとむ」（151）など幾たびも表明する、歌は虚である、言い換えれば「面影・風情バカリヲウツス」「鏡花水月」であるとの認識に、祇園南海の影写説の影響を見ることができるだろう。また、「不解の所は難じても、不可解所の難をしる人なし」(69)「可解不可解を則幽玄といふ」(99)とくり返される「可解不可解」の語も、影写説に関係する(田中前掲稿)。もっとも久足の生きた近世後期においては、現在進行形の清新な説としてではなく、すでに消化済みの一前提として存在したであろうし、俗を去って雅につく祇園南海の古典主義的な姿勢とは正反対に、久足は雅俗一致を標榜するため、あくまで影写説を経ている、という確認ができるのみである。

六　おわりに

以上、小津久足の『桂窓一家言』の特徴を概観してきた。推敲と添削を否定し、自然に速く多く詠むという詠歌作法は、性に合わぬ本居門での苦い修行の日々から自得したものであり、本居春庭の弟子でありながら、宣長・春庭の古道論・国語学を痛罵し、『源氏物語』を非難するという特異な姿勢にも、本居学の批判的継承とでもいうべき側面が見てとれた。本書が現在にいたるまで埋もれてきたのも、久足が商人の分を守って無名を志向し、「個」の楽しみに遊ぶことを信条としたからである。ともあれ、宣長説の拡大再生産につとめるエピゴーネンばかりではなく、久足のような孫弟子を得たことこそが、「師の説になづまざる事」(『玉勝間』二)と、師説の批判も肯定した宣長にとって、真の学風の継承といえるのではないだろうか。

この個性的な述懐の記録が、歴史上忘れ去られた歌人小津久足に一筋の光を当てることを期待する。本書の「発見」は、直ちに近世歌学史に修正を迫るものではないが、近世後期にこのような存在を持ち得たことが、江戸時代における和歌の豊饒さを証明するといえよう。

注

（1）『家の昔かたり』の紹介と翻刻は、小泉祐次「小津久足自筆稿本『小津氏系図』と『家の昔かたり』について（一）（二）」（『鈴屋学会報』四〈一九八七・七〉・五〈一九八八・七〉）が備わる。『非なるべし』については、髙倉一紀「小津久足」（『松阪学ことはじめ』おうふう、二〇〇二）に言及がある。

（2）歌に異同があるが（「此花ハアタゴノ山ノヲソ桜人ノミセシヲヌクル一枝」）、この挿話は本居宣長『あしわけをぶね』二十七条に載るもので、杉田昌彦「歌人の創作意識と「まこと」」（『宣長の源氏学』新典社、二〇一一）に言及がある。また同論注で、「久保田啓一氏の御教示」として同歌の所載状況を記す。冷泉為村の和歌指導については、久保田啓一『近世冷泉派歌壇の研究』（翰林書房、二〇〇三）に詳しく、「さらさらとたくさん詠むこと、言葉の意味を突き詰めて考えすぎないことは、『義正聞書』でもくり返し説かれるところである」（第一章第三節「近世中期歌壇と冷泉為村」）との指摘がある。

（3）「さて本文のいましめ、儒道にはかなはぬことおほかるべけれど、士農工商とて、末につらなる商人の趣意は、孔子もしりたまはじ。その意味ふかく考べし」（『家の昔かたり』前掲小泉稿）。

（4）「子孫のもの、他の盛衰の世話は、かりにもなすべからず。隠徳をも心がくべからず。たゞ一己の守をかたくし、悪事をなさじと、常々心がけて、善事をなさんとはかりにもおもふべからず。家を治るは守と悪事をとほざくるの外なし。もとめて隠徳をなし善事をなすは、商人の心がけにあらず。家を亡す基也。浄謙居士のことをまなぶことなかれ。浄謙居士のあしき癖は、士僧医者ずき也。士を親しめば身上を損じ、僧をしたしめば家を損じ、医をしたしめば身を損ず。三のものは町人の敵ともいふべし。されば屋敷向キに出入をこのみ、世上無益の交をこのみ、つきあいずき、世話ずき也しが、これわが家の風にあはず」（『家の昔かたり』前掲小泉稿）。また、本書一部一章「若き日の小津久足」参照。

（5）「本居翁の学風と徂来《（ママ）》の学風は、たとへをとるに、ものさしにたとへていはゞ、本居学はものさしの末の一寸がたがへる也。徂来は本の一寸がたと《（がカ）》へる也。その訳は、本居翁は始はたゞ古伝説の聞えがたきをよく註訳《（釈）》し、尤その工《（功）》、英大なれど、その説の行るによひて、語□□□《（ムシ）》きもの、又は「まがつひ」「よみの国」などの変説をはられて、万世の笑をとられたり。これその道の糟粕によはれたる也。よりてもとはよけれど末がたがへり。徂来は柳沢家を大老職にして、われ天下の政をとらんの下心をもて学問をはりたるなれば、その学力広大なれど、もとがたがへり。両先生共、奇代の英雄無比の人物なれど、一分一リン難なき学風といはれねば、末と本とをのぞきてその学力を仰尊ぶべし。徂来学のおとろへしはゆゑあり。本居学も

段々におとろふべし。されど両先生の美名は万世にのこりて、学風は追々に誹謗の輩いづべし。可嘆々々。」(201)

(6) 斎木泰孝「(翻刻)近藤芳樹著『寄居歌談』巻一」(『安田女子大学大学院文学研究科紀要』一〇、二〇〇五・三)。なお、『寄居歌談』の刊年について、奥書にもとづいた従来の推定は誤りであり、巻一は弘化三年(一八四六)、巻二以降は弘化四年以降だと、久保田啓一「近藤芳樹の活動拠点としての広島」(『国文学攷』二一八、二〇一三・六)が明らかにしている。

付記　久足の「個」の楽しみの追求、ありのままの心中表現、生活に根ざし「息を吐く」ように詠む多作などの諸特徴は、一進一退をくり返しながらも、「内発する情」を重んじて近代叙情詩に向かう日本詩歌史の流れに棹さすものだと、田中道雄氏よりご教示いただいた(田中道雄「発句は自己の楽しみ」『文学』〈一五—五、二〇一四・九〉参照)。

五章　翻刻『桂窓一家言』

本章では、小津久足『桂窓一家言』を翻刻紹介する。

先般、縁あって小津与右衛門家の現当主小津陽一氏の知遇を得、小津家に残る久足関連の資料を調査する機会を賜った。この度、翻刻紹介する『桂窓一家言』もその一つである。

小津家に現存する小津久足関連資料のうち、『道秀居士伝　家の昔かたり』のみは、すでに小泉裕次による翻刻紹介が備わる（「小津久足自筆稿本『小津氏系図』と『家の昔かたり』について（一）（二）」『鈴屋学会報』四〈一九八七・七〉・五〈一九八八・七〉）。詳細な解題と久足の年譜を付した小泉稿は、久足研究の基本文献であるが、おそらくは、小津与右衛門家の探究を第一義としたため、当時から小津家に伝わっていた他の資料にはあえて言及しなかったようである。しかし、文学研究の立場からは、未紹介の文献にも多くの価値が見出せ、紀行・詠歌・蔵書・小説受容いずれについても新知見をもたらす貴重な資料群である。

以下、小津家に現存する久足関連資料の書誌を記す。

道秀居士伝　家の昔かたり

三代小津与右衛門（理香《まさか》、道秀居士）の伝記「道秀居士伝」と、小津与右衛門家の記録『家の昔かたり』を所収。系図の記載なし。詳細は小泉稿を参照のこと。二巻一冊。二五・五×一七・五糎。仮綴・袋綴。共表紙。外題「道秀居士伝／家の昔かたり／系図」。内題「花山道秀居士伝」（一二丁）。一〇行。後表紙とも五一丁。奥書「弘化三年丙午七月／六代小津与右衛門久足謹誌」。『家の昔かたり』の内題なし。

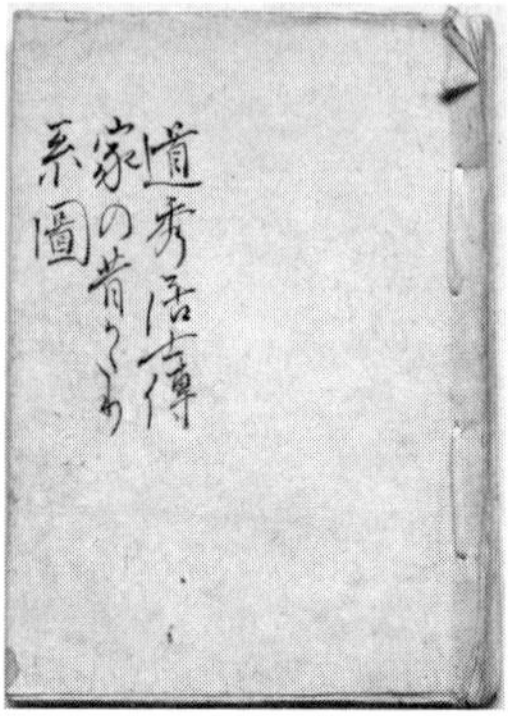

桂窓一家言草稿

小津久足による歌論書。一冊。二五・五×一七・四糎。仮綴・袋綴。共表紙。外題「桂窓一家言草稿」。内題なし。四二丁。反故の紙背を利用。

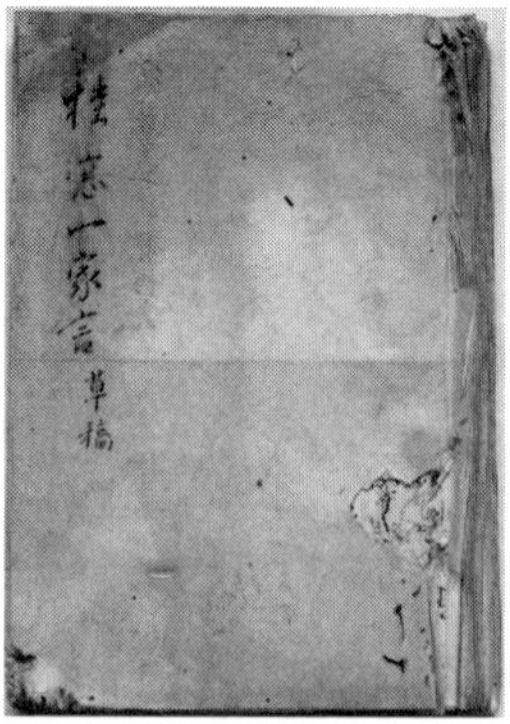

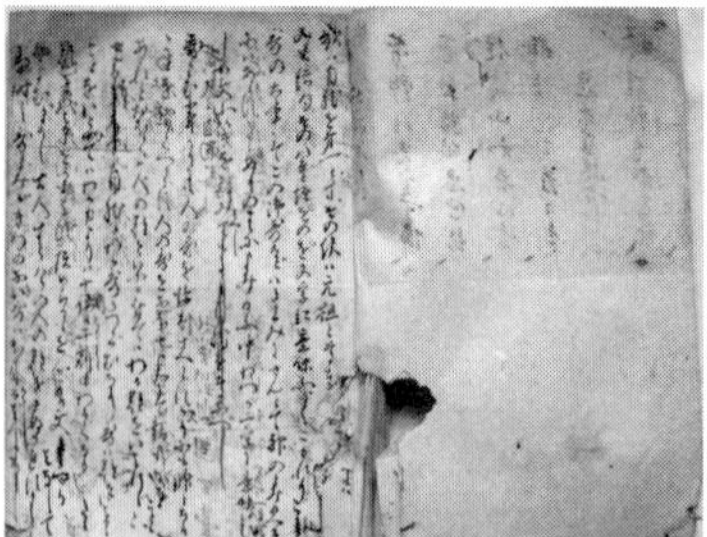

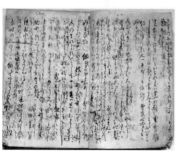

江戸歌ひかへ

小津久足詠草。一冊。一二・二×一六・六糎。仮綴・懐紙綴。共表紙。外題「江戸／歌ひかへ」。前表紙とも一六丁。

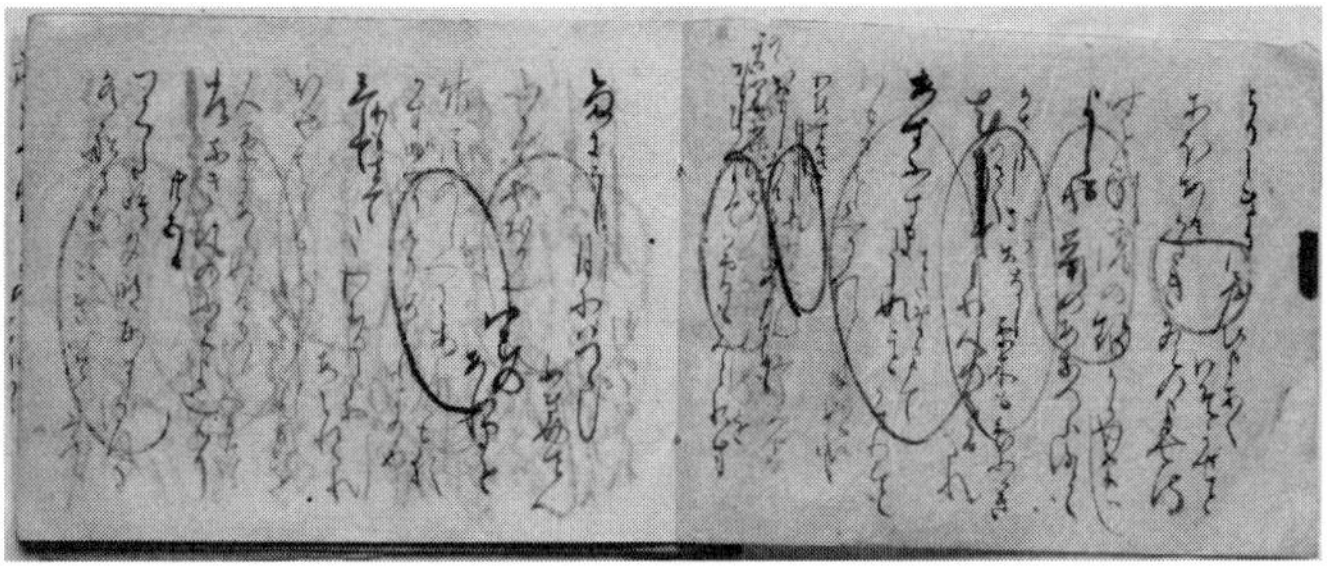

〔小津理修詠草〕

小津久足の叔父、小津理修《まさのり》（五代目与右衛門、守良）の詠草。本居春庭添削。一冊。一二・三×一七・五糎。仮綴・袋綴。共表紙。外題「理修／上／丑とし／鈴のや大人添削詠草」。内題なし。後表紙とも五九丁。

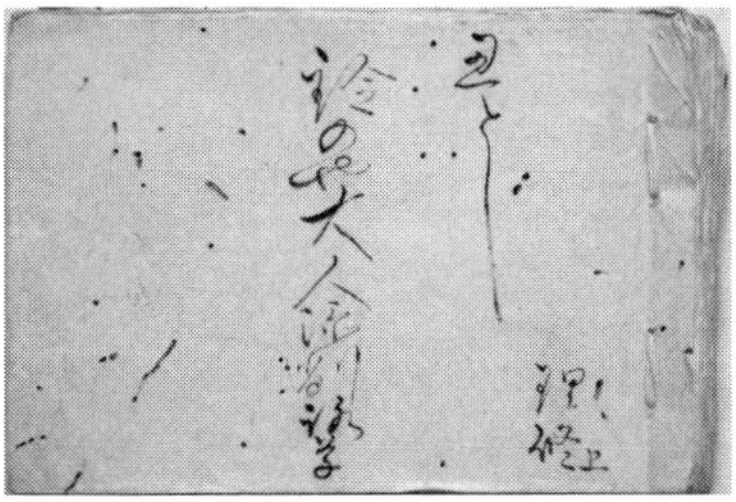

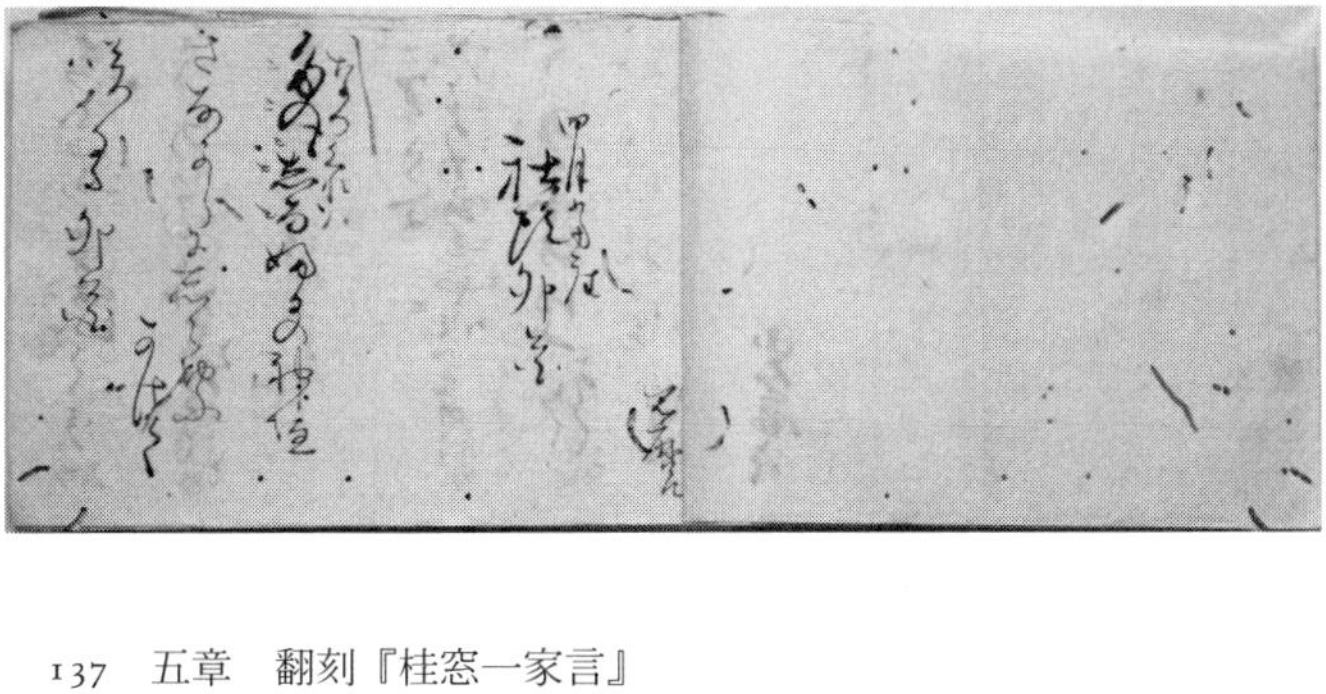

〔小津理修詠草〕

小津理修の詠草。本居春庭添削。一冊。二二・〇×一七・三糎。仮綴・袋綴。共表紙。外題「文政元歳／寅七月より／すずのや翁添削詠草」。内題なし。六九丁。

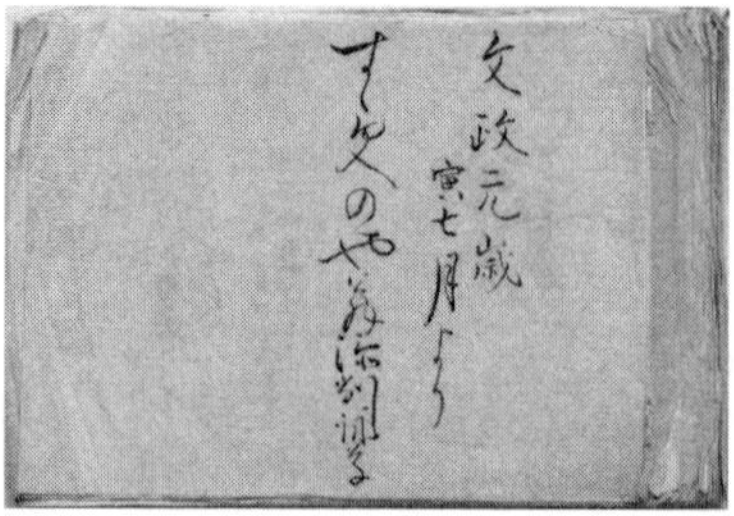

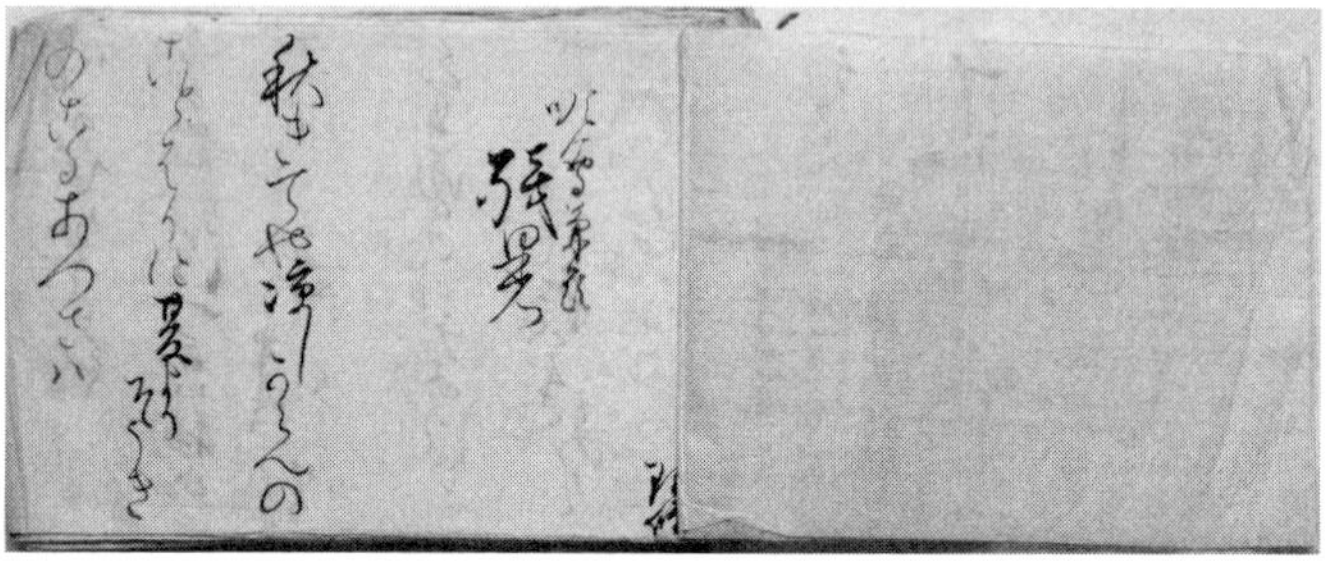

蔵書目録続篇草稿

西荘文庫目録の草稿。一冊。二五・三×一七・四糎。仮綴・袋綴。共表紙。外題「桂窓／蔵書目録〔続篇／草稿〕」。内題なし。半葉縦五行×横三列、柱に「桂窓」とある罫紙。二三丁半。構成：神典・国史・雑史・有識・氏族・和歌・和文・字書・地理・雑・好古・図。匡郭一七・七×一二・七糎。

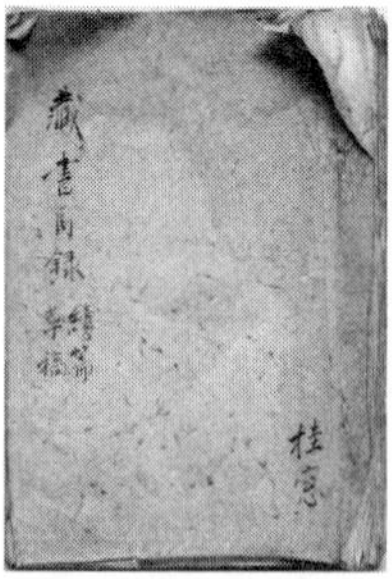

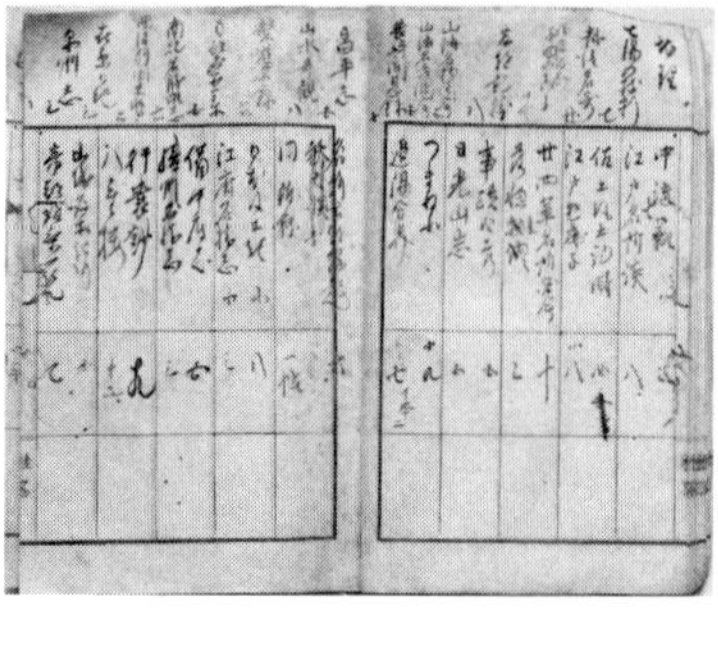

書目録

西荘文庫目録。一冊。一二・四×三四・九糎。仮綴・懐紙綴。共表紙。外題「桂窓／書目録」。内題なし。両表紙とも四五丁。

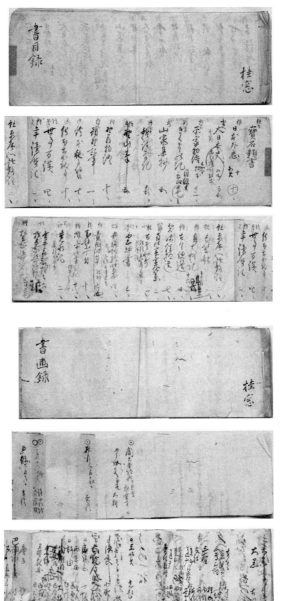

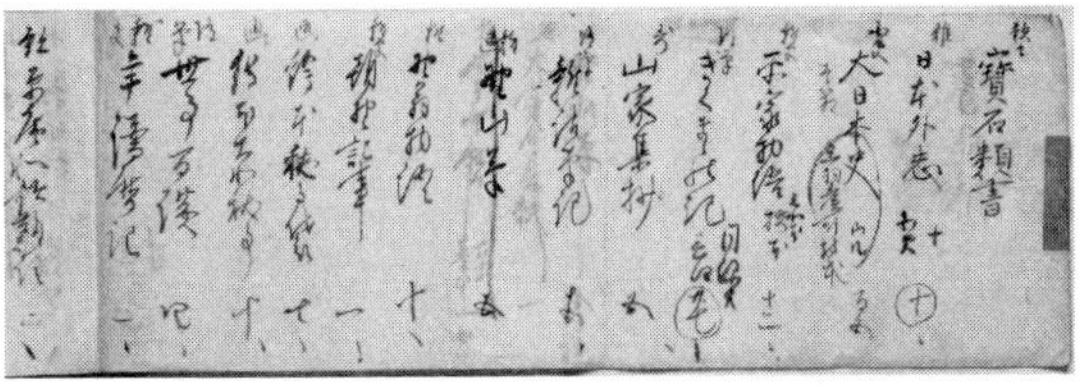

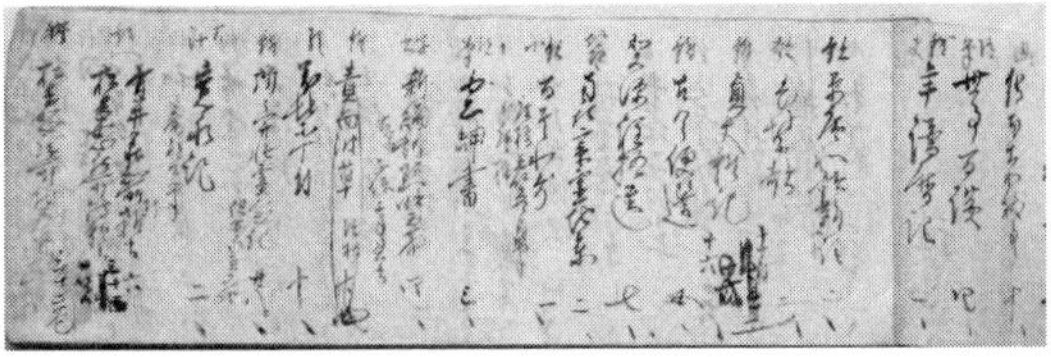

書画録

小津久足所蔵の書画目録。一冊。一二・〇×三三・八糎。仮綴・懐紙綴。共表紙。外題「桂窓／書画録」。内題なし。両表紙とも二六丁。付箋多し。

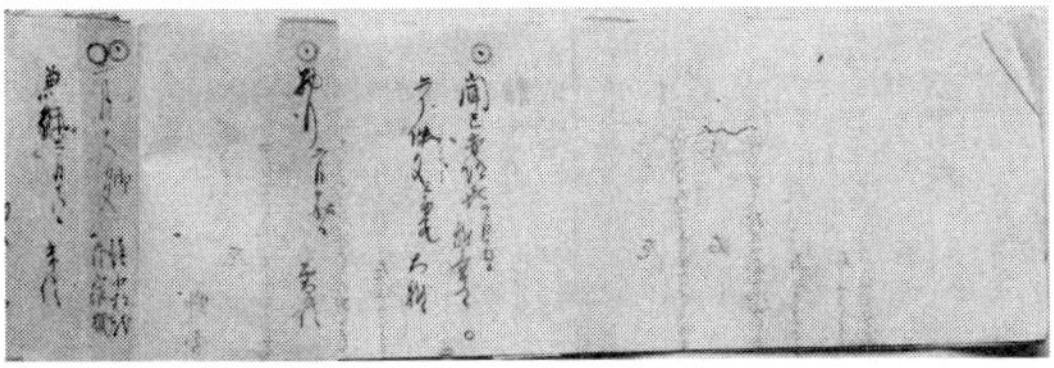

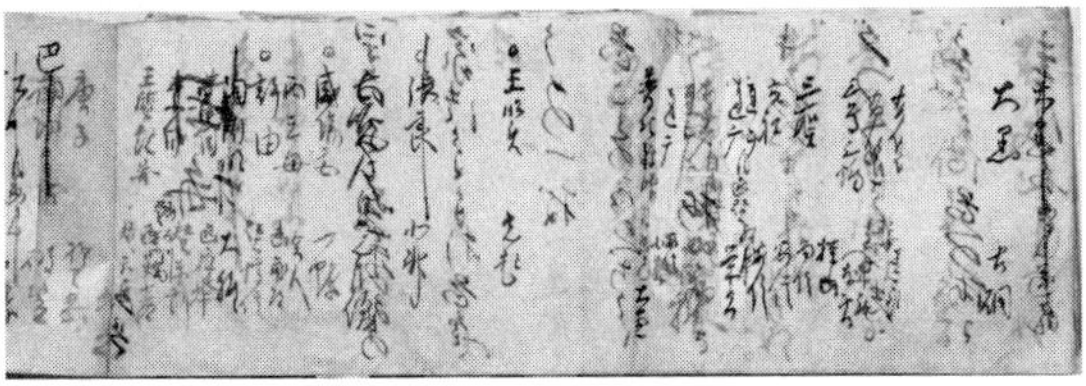

久足筆応挙画番附

小津久足所蔵の円山応挙書画番付。一枚。三八・〇×五八・三糎。

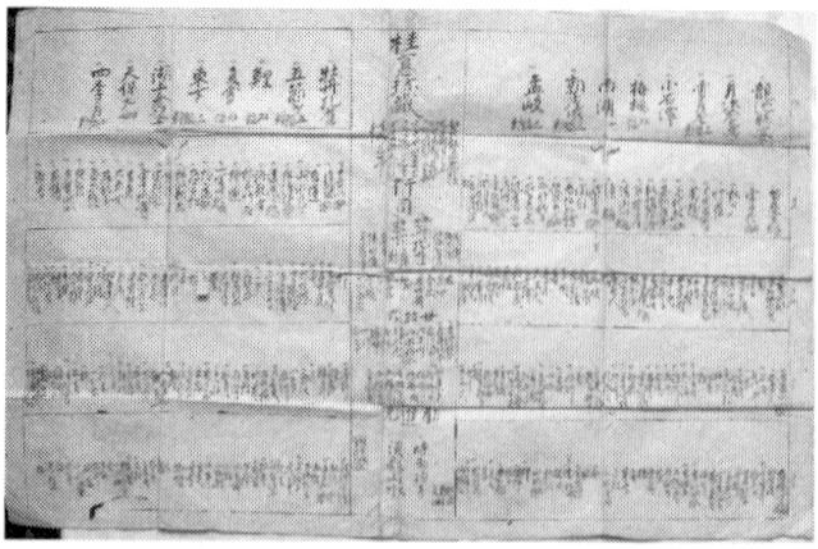
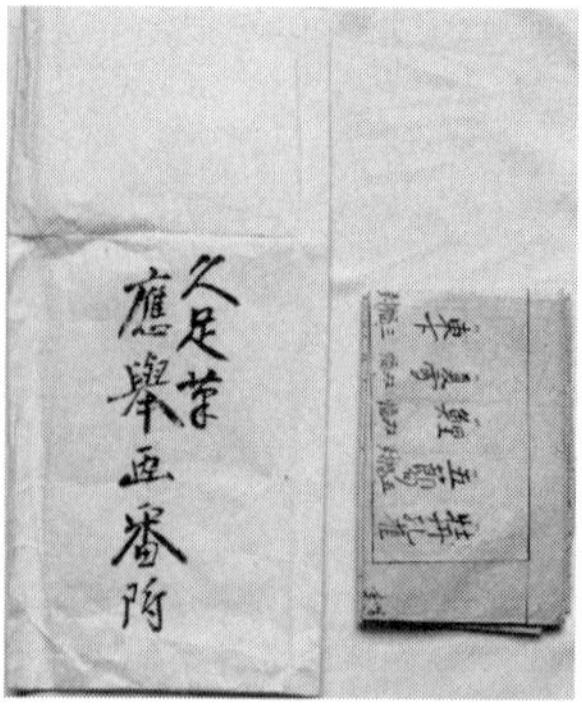

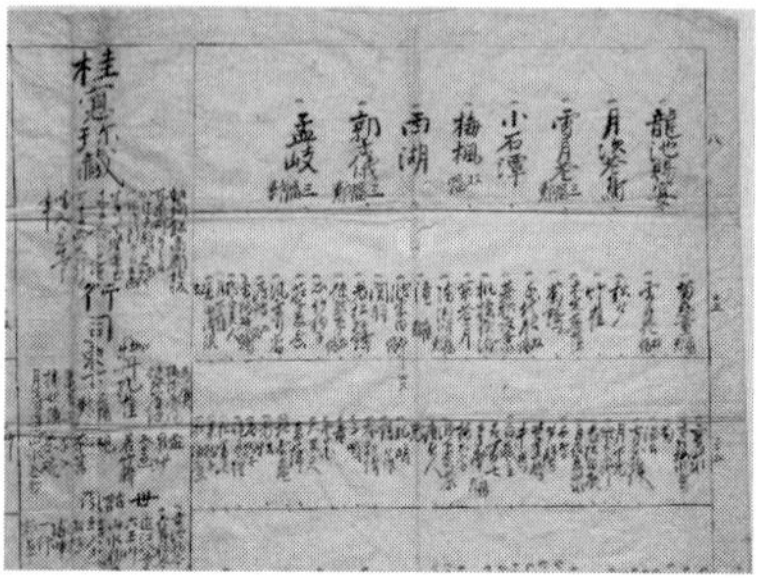

東行雑録

松坂より江戸店へ赴く折の手控。一冊。一二・一×一六・六糎。仮綴・懐紙綴。共表紙。外題「桂窓／東行雑録」。内題なし。三三丁（墨付三三丁半）。見消多し。

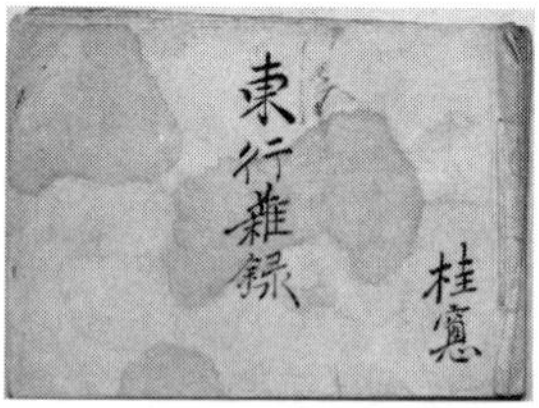

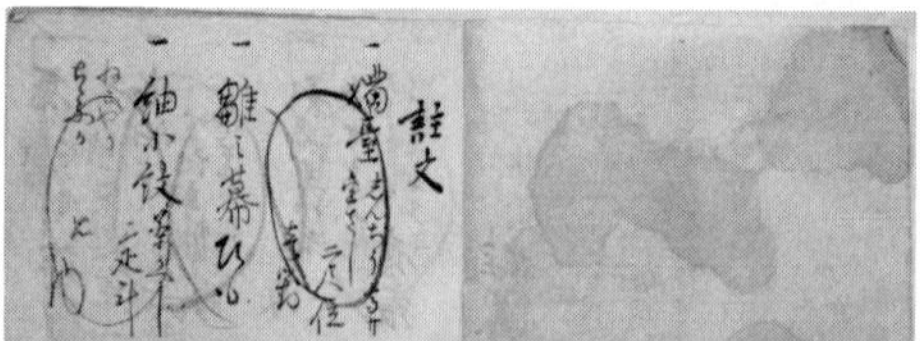
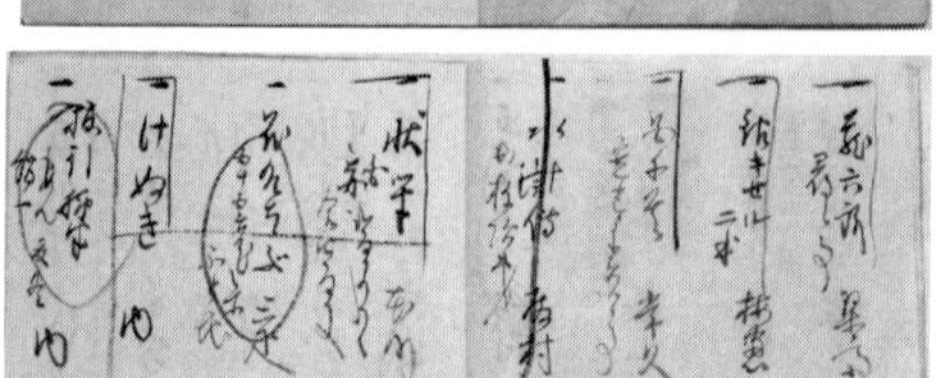

また、右以外にも、小津家には以下の資料が伝わる。

嘉永二年己酉四月十九日／円山家展観

一冊。版本。一四・〇×一〇・〇糎。袋綴。浅黄色無地表紙。外題「嘉永二年己酉四月十九日／円山家展観」と打付書。内題「円山応震十三回忌追福遺墨展観」。序八行、本文八行。構成：見返し半丁・序一丁（弦堂山本秀夫）・本文一七丁・跋一丁（不肖孤応立拝撰）。

応挙画展覧会出品目録

一冊。版本。一八・一×一二・二糎。袋綴。薄桃色無地表紙。外題「応挙画展覧会出品目録　全」墨識語「卅三年再三調査／卅四年八月記焉」。内題「（明治／廿二年／五月）応挙画展覧会目録」。八丁。刊記「明治二十二年五月十七日印刷／非売品／所蔵者／三重県伊勢国／小津与右衛門／印刷所／東京京橋区西紺屋町廿六七番地／秀英舎」。

桂窓好鯉封筒

二〇・〇×四・四糎。「桂窓好／金花堂製」。

菊銘記

三代小津与右衛門理香による菊名目録。一冊。八・五×二二・一糎。仮綴・懐紙綴。共表紙。外題「菊銘記」。後表紙とも一〇丁。

〔円山応挙画幅目録〕

八代小津与右衛門による応挙書画目録。一枚。六六・七×四八・九糎。別紙の下書に「茲ニ掲ル応挙画傑作トモ云ベキ画幅ヲ蔵中ヨリ撰抜シタ画幅也。八代与右衛門誌」とあり。

〔画幅目録〕

一枚。二八・三×二〇・二糎。日本美術協会罫紙。片面八行。

那智瀧一首幷短歌

小津久足歌軸。一軸。一〇五×三六・七糎。

桂窓翁和歌一首

小津久足歌軸。一軸。三五・四×五一・〇糎。「かずならぬ／身のおもひ出も／なき世かは／芳野の桜／さらしなの月／久足」。

烟草といふものをよめる長歌みじか歌

小津久足歌。一枚。二六・五×五〇・三糎。

凡例

一、小津家所蔵『桂窓一家言』を底本とした。

一、底本は草稿につき推敲の跡が甚しいが、訂正後の文字を翻刻し、見消・抹消等は省略した。

一、適宜、句読点・濁点・括弧を加えた。

一、漢字は通行の字体を用いた。

一、「ゝ」「〱」は残したが、漢字の後の「〃」「〱」等は「々」に統一した。

一、判読不能の箇所は□にて示し、判読できない理由を（　）内に傍書した。また、字の一部より推定した文字は□で囲んだ。

一、条ごとにアラビア数字で番号を振り、条が移るごとに一行空けた。

1　歌は自然を第一とす。その訳は、元祖と尊奉□（ヤブレ）結句その「八重垣を」の「を」文字に意味ふかくこもれり。これ歌の大事にて、この御歌などは、たくみにせんとて神のよみ給へるにはあらず。たゞありのまゝによみ給ふ中、わづか一字に意味いひしらずふかきを勘みるべし。

2　歌よむ輩、かりにも人の歌を添削すべからず。又かりにも師となることを心がくべからず。人の歌をなほせば、夫にて執行（ママ）になることもあれど、おほくは人の難をいふに付ては、わが難をいはれじとするより、自然にわが歌がつぐむなり。歌は難をいはるゝことをいとひては、わが力よりははるかにわるくなる也。たゞ難をいはるゝをかまはず、ほめらるゝを心がけず、やりはなしてよむがよし。古人すら今の人の難をまぬがれず。まして当時之歌よみはきづ（ママ）のなき歌は出来がたし。きずのなき平意歌よりは、きずのある一ふしある歌の方まされりとおもふべし。

3 定家卿の諸道一致といはれたるは、第一の教也。歌の道になづまずして、ひろく書をみるがよし。ことにみべきは詩文章之類、又は連歌之書、俳諧も芭蕉時代之書はみるがよし。

4 人にほめらんとおもひてよむは大にたがへり。わらはれまじとおもふもたがへり。難をいはれじとおもふもたがへり。たゞわが性を性として、他にかゝはらずによむがよし。わらはれじ、ほめられん、難をいはれじとおもふ人は、歌をよまぬがよし。人のそしりをおそるれば、おもしろき歌はとても出来ず。これさわりおほければ也。八分の歌ならば、おもしろみなくとも難はあるべし。難ありとも十二分を心がくべし。

5 歌は達者によんで、あだ矢の多きがよし。一々金玉をつらねんとおもへば、歌はたくみにても、星眼のめからみると愚にして、みな死物也。練ことはことにあしゝ。歌は心ざしをいふが主なれば、三十一文字腹から出た所が、たとへていはゞ人の生れたる所のごとし。手は手、足は足とむまるゝものにてはなきをおもふべし。されば、始おもひつきたる歌を、こゝをなをしそこを直して練人は、歌はよくなりても、これ人形のごとし。人形はかたちよくてもこしらへもの也。たとへていはゞ、まことに生たる人のごとくうるはしくつくりたる好人形にても、醜女に猶しかざるをおもふべし。今の宗匠は言葉のきりうりをして弟子にかはするものとしるべし。

6 鏡花水月とは、詩をつくる法にして意味おもしろし。この句の意味を味《（ママ）》しらば、自然の所にいたるべし。されど当時の人のうたは、紙にてつくりたる花、銀の紙ではれる月のよふにて、やゝもすると芝居の道具だてといふものゝやうになるがおほし。

7　歌は五味のごとく、性得、苦きをこのむと甘きをこのむとがあるもの也。此うまれくて《(ママ)》もちたる性は、どふもなをりがたし。師たるものは、その五味をよくくひわけて歌をなをすが大事のことなるを、自があまいがすきなる師匠は、弟子のにがいのをあまひやうにするが常也。わらふべし。

8　古き書をよむに、わからぬ所はわからぬでおくがよし。今案をくわへて注するほど無益なることはなし。先達もわからざるから注がなき也。もとより注尺《(釈)》は無益のものにて、おほくは人を迷すの障となる。自一箇の見□□《(ムシ)》第一とすべし。

9　歌の難儀は自分の才の十分にあらはしがたきを難とす。これは詩や俳諧とすこしことなる所也。この所をよく考て随分才のあらはるゝ様によむを手柄とす。

10　歌をねる人は醜女の粧の長きに類す。粧ふ間の心は、わがかほの見にくきをよく見せんの意にて殊勝げなれど、鏡台をたつ時の心は、もふこれでよいとおもふはいとあつかまし。歌をねるもその通にて、もふは《(ママ)》これにてきはめたりとおもふは、いとかたはらいたし。たゞ一首の歌にぐづ〱こる愚人が千日かゝったとて、よき歌の出来るはづはなし。醜女が千日よそほふても、美女にならぬをおもふべし。灯下はあざむくとも、白中の笑をまぬがれず。うたは白中を愚《(具)》眼の人に比す。

11　活花もなげいれは自然にてよし。遠州流などいふものは、一葉は百枝になり、水仙がまがり、一向性をうしなふ也。歌も遠州流がおほきはなげくべし。

12　「不用意を得たり」とは、李于鱗が李白をほめた詞也。この一句よきをしへ也。歌もこれをおもひて、練て益なきことをしるべし。

13　上下かけ合に知脉などいふこと歌にいへど、これは脉があるやらないやらにて、何となくかけ合たるをよしとす。脉の人のめにもみゆるは、これ病とおもへ。これ又人の体のごとくなり。かけ合いも別にまうけたるはあしく、縁語もおなじこと也。自然に縁語かけ合の具したるをよしとす。これ又五体のごとく也。五体も自然にて別につくりたるものにはあらず。

14　歌は旅行の道のごとく、たえずさへよめば自然に妙境にいたる。しひて妙境をえんとするは理にたがへり。心のどかに妙境にいたるをまつべし。

15　たゞ歌はおほくよむをよしとす。あだ矢ありても其内的にあたることあり。

16　人の歌をみるには、ほめんとおもふてよき所を見いだす心得にて見るべし。難じんとおもへば、理窟におちておほやけのろんたらず。

17 きずありとて、その人の歌をおとしめることなかれ。古人の金玉にもなほきずあり。まして後人の瓦礫をや。

18 人の歌を難じんとおもはゞ、先作者にあひて、とくと意味を聞たゞしたるうへにて論ずべし。さなくては心得ちがひあるものぞ。まして記行中などのうた、わがいまだゆかぬ所のうたなどは、猶更のこと也。

19 論をすること第一の悪癖也。論はつきがたきもの也。われ論じえたりとおもふとも、具眼の人に見せば、批判あることをいかでまぬがれん。

20 てにはは音曲の調子のごとく自然のものにして、あふが定理、ちがふが理外也。それをさま〴〵の書□《(ムシ)》こしらへて、てにはを論ずること愚のいたり也。書を見ずしては、てにはとゝのはぬ万人は、一生のうちに万巻の書よみたるとも、てにはのとゝのはぬものぞ。

21 語の意をくはしく論ずべからず。いかばかり伯《(博)》識□□《(ムシ)》ありとも、「い」といふはなんといふ意味、「ろは」いふは何といふ意味といふことはわかるまじ。されば詞はそのまゝにして、古人の遺様にしたがひて理をきわめずによむがよし。

22 歌の中に漢語をまじゆることかまはぬこと也。先珍重すべべ《(ママ)》き流不得・力士舞《(儛)》・周防なる餓鬼など例ありて、かぞへあぐるにいとまあらず。それをしらずにしひて和訓にするは愚也。仮名も元は音をかりたるものなるをや。音をしひて訓にするは、詩人の地名を無理に音にして字をこしらゆる類にて、おほやけならず。

23 人の歌を難ずるは、おほくはわが意にかなはぬことをして難とす。これ大いなるわたくし也。われは茶がすきでも、人は酒のすきなるがごとし。草木も上えのび（る脱カ）ものと横にはふものあるがごとし。

24 講釈などきくも愚也。講釈をきかねばわからぬ位の人は、とても上達はおぼつかなし。それより講釈にき（ママ）ゝにゆくひまを、家の中にて閑に書をよみ、よく考へて、その上わからぬ所は師にきくがよく、読書百遍その意に通ずといへば、成丈は自身が考見よ。付やきばゝやくにたゝずとおもへ。

25 歌をよみ書をよむ輩、拙を蔵することを要として、才を現すことを要とすることなかれ。才をあらは（さ脱カ）んとすれば、愚をあらはすことおほし。

26 師となることを心がくべからざるといふは、なまじゐの学問にて人をさとせば、わが一人のあやまりを衆人につとふ。わが一人の誤はさのみとがむにたらねど、衆人にあやまりをつたへんことををそる。

27 てにはゝ達意の上にてなきもの也。詩人がわが詩を和訓にとなふるをきくに、てにはちがい語をなさぬことをきかず。是意通ずれば也。その詩人に歌をよますれば、必てにはゝちがふもの也。これは意の達せざるにあり。此所ふかく考て、てにはは規矩にかゝはらぬものとしるべし。

28 ある説に、書は尊円親王よりあしくなり、画は探幽よりあしくなるといへる、尤なり。歌も本居翁より風あしくなる。これその人のあしきにあらず。学ぶ風のあしきにて、その説になづむ也。そのうへ英男は自然にわが風におよぼさんことをはかるはにくむべし。たゞ自立して、誰の風によるとなく、□《(ムシ)》来の名人のよきところにめをつけてよめば、一見識の歌は出きるもの也。歌の風を一転すること、其人のほまれなれど、さまたげはいとおほかり。心すべし。されど是は一転する人より殊さらにわろし。

29 歌をよむには、我意をたてゝ古人の糟粕をなむべからず。人にをしゆるには、我意をすてゝ古人の糟粕をなめさすがよし。

30 歌はたゞ自然を第一として、さつとよむがよし。其中には自然の意味出来るものなり。山海珍味も平用にたらず。一飯命をつなぐの用をなす歌は、白米のごとくにても黒米のごとくにても、よむはよし。珍味に似たるは賞する類にあらず。

31 『万葉』時代の俗なるをみよ。情は後世の歌に百倍せり。情は『万葉』を学て趣向は今のよによむをほまれとす。これ所謂、奪体換《(胎)》骨。当時は奪体奪骨おほくして、換骨をしたる人すくなきは、なげかはし。

32 和学者といふものは昔なきものを、今のよに第一の様に和学者達がさわぐはいかゞ。むかしも大学寮に和学者あるをきかず。今も聖堂に和の道をとかるゝをきかず。これは自然、この国にぐしたるものにして、つくりものにはあらぬ。近世、変なる一つの名目出来たるは甚ふしぎにて、かたはらいたきこと也。

33 和学者が、からをそしるもおかしく、又儒者が日本国をおとしむるもをかし。まことに皇統の一すぢに神代よりたえさせたまはぬは、から国のおよぶべきことにあらず。又文化の盛なることは、日本のおよぶべきにあらず。歌も文も文華のうちなれば、歌人の漢意をそしること心あるべし。

34 当時のうたは、おほくはつくりもの也。されば漢学なくては歌のためにあしゝ。儒もかゝる泰平のよにむまれて、わが国のむかしの治乱得失を学問ありたきもの也。

35 机上にかゝりて筆とるものは、唐人の才をうらやむべし。筆硯にあそぶことは、いかにしても唐人の日本人にまさることゝほし。

36 類聚之書、近来追々に出るは人を文盲にするかたにもあれど、又調法なり。これは類聚ものを見ずになにごとも分明なる位に博学ならばよけれど、さなくばなほ類聚ものを見るがよし。類聚ものをも見ぬ人には猶まさるべし。

37 『詞の玉の緒』はいふにおよばず、『あゆひ抄』『かざし抄』『詞のやちまた』必見るべき書にあらず。これは、てにはを死物にしたるものにて、活語といふは、則死語也。たゞ古歌をおほく空覚して、ゝ《て》には、詞の遣ひ様を味ふるにしかず。

38 題詠の歌はむつかしく、実詠はやすし。それは眼前にあるものと眼前にないものをまうくるにあり。実詠はよみ歌等かぎれり。題詠はつくりうたならではゆるさずしては、力量あらはれがたし。されど題詠も、山花ならばよしのゝ花みし時のことをおもひ、浦月ならばあかしの月みしことをおもふがよし。さはいへ、俳人が芭蕉が詞をとめて行脚などもして、自然実景もみたれど、歌よみは不風流にて、名所古跡を見んより人の歌の難をいひ、てにはがちがふとやらいふこと計を論じて、所謂こたつ弁慶也。これによりて自然実景にうとければ、この雅地にいたりがたし。歌人とても、とかくに山川の風流行脚せずしては、歌が不風流になる也。西行は所々行脚せられたれば、歌も風流にて勢あり。その西行の風を歌よみはまなばずして、連歌師の宗祇、俳人の芭蕉にとられたるは、尤歌よみのつたなきことの第一等也。実詠にはさすがに実にかなはぬこともなな《(ママ)》けれど、題詠には実にあはぬがおほし。

39 詩は韻字平仄等ありて、入ればかへってやすし。歌はてにはあれど、これその類ならねば、どこまで入てもむつかし。よく工風《(夫)》すべし。

40 和文は漢文を意としてかくべし。男子が『源氏』の風をまなぶはかたはらいたし。『源氏』ほどに人に妙ならぬ書はなし。歌の風をよはくし、又男の文を変生女子の様にする。たゞ文にてたふとむべきは、『平家物語』『方丈記』『枕草子』『つれぐ〵ぐさ』、ちかくは長嘯子の文などめでたし。

41 むかしよみたる書を今猥に論ずべからず。年々執行《(ママ)》にてめがあがれば、むかしみし見にて論ずると大に意がたがふこともあり。書を論□□《(ムシ)》ことおよばじ。今目前にみて再みて論ずるがよし。書は同書を毎年よみたけれど、それでは外の書をよむひまなければ、一度よんだる書は先本箱へ入て、しみにくはすることなくすぐしたるあれば、わからぬなどいふことはいふべからず。今よめばわかること多し。

42　蕉門の俳諧は当時の人はおよぶ所にあらず。その後の俳諧は論にたらず。これも士朗より一段あしくなりたり。今のよの俳人はそしるとも、古人の俳諧をそしるべからず。古人の俳諧は歌人のおよばぬ手段あり。『風俗文選』をみよ。『源氏』になづんだる和文のかけてもおよぶ手際かは。昔の俳人は学問をかくしてつくり、今の俳人は学問のないのにあるかほをする。尤にくむべし。

43　『太平記』あるに付て『前太平記』『後太平記』をつくりたり。（アキ）といふ奴ほどにくむべきはなし。『前漢書』『後漢書』（と脱カ）いふ例さへあれば、並々の人は真書とおもふなり。あゝかなしむべし。

44　延喜已来の国史が誤なるかならぬか、なほさら人がまよふ也。日本のことをしらんとおもはじ。

45　『日本史』又は『王代一覧』などをみたし。『本朝通鑑』めでたき書なれど、皇国を呉大伯末といひたるたは□□（ムシ）よりてよにひろまらず。をしきこと也。道春先生にはさばかりの誤なかりしかど、林家も後代にいたりてかゝる誤あり。これ唐風に解たる誤也。

46　歌は五体の外ならねば、たゞ自然をたふとぶべし。たくみは第二、たくみにもなくおだやかなるは第三也。さるをたくまんとして、月をあかきといはんとしては、赤きものゝよふによみなどする類、いかほど歌はたくみでも、とるにたらぬことぞかし。柳は緑、花は紅といふは、歌のうへにもあること也。

47 八代集はいふにおよばず、二十一代集、その外家々の集、尤手本として、時々の風体のうつりかはりをよく考みよ。『金葉』『詞花』『玉葉』『風雅』は歌に器量ありて、一ふしあること尊ぶべし。俊頼は尤名人、鎌倉右大臣は見識あり。西行は凡調にあらず。為兼卿は名人也。この卿は歌のみならず、志しのたかくをかしきこと『つれ〴〵ぐさ』をみてもしるべし。尤資《(朝)》時のことを、しか〴〵いはれたることばも、よく情をうかみたり。こゝらは歌道にもかけて味へみよ。

48 風流幽閑は尤珍重すべし。窮理議論は歌のうへに□《(ひカ)》からず。

49 硯風致ちかき歌にても韻ある歌尤よろしけれど、今は風致歌韻は下手のかへ名に遣ふもおほし。心せよ。

50 歌合の評ほど費なることはなし。むかしのごとく左右つくりものなどありて、風流をきそはせたるは尤珍重すべけれど、中昔より評者判者などありて、□《(ムシ)》事訴訟のごときものになりて、理のある方がかつは尤いやなること也。その臭気今に転じて、歌商人の名売、歌公事師のおほきはなげくべし。好憎を主也。

51 歌をよむには、猪と蟹を手本にすべし。すぐにゆく計でもゆかず、横にもゆかねばならず、一方かけては□□《(ムシ)》しがたし。

52 歌は曲物をつかねるがごとく、詩は箱をさすがごとし。

53 冷泉為村卿に人が道をとひし時、『この花はあたごの山の山ざくら人のくれしをまゐらする也』これが則歌也」とおほせられしこそ、千古の金言、自然を尊む鑑とすべし。

54 歌はとゝのひすぐれば俗になる。風韻すぐれば□《（ムシ）》うすくなる。たくみすぐれば実にうとくなる。用心すぐればおもしろみすくなくなる。めづらしすぎれば異体になる。ねりすぐれば死物になる。情をうがちすぐればいやしくなる。趣向すぐればこしらへものになる。

55 歌よみに好と執心あり。好なる人は、必下手なるもの、執心なる人は必上手なるもの也。それは好は歌にふけりてくるしまず、執心は歌をつ□□《（ムシ）》て歌にくるしめば也。歌でたのしむやうにては、一生出来ぬもの也。下手の横ずきといふはよし。すきこそものゝ上手なるといふはたがへり。執心こそものゝ上手なれといふべし。

56 常々書をよみてくるしむべし。歌をよむ段にあつては、書をもみず、くるしまずにやす〳〵とよむべし。常々くるしまずに、歌よむ時計くるしんでは出来ぬもの也。作例も常々みて歌よむ時にはみるべからず。歌よむ時は戦ひのごとし。

57 風景おもしろき海山に行たらば、十分にめをこらして、歌をよまんとおもふべからず。歌をよまんとすれば、風流をうしなひて、そのけしきもよそになるもの也。ふと出来たらばよし。出来始は期してよむがよく、よまでもことたりなん。おもしろき風景は後の題詠の料にするにはしかず。

58 鶯をかふ人は引板かけて花に来る鶯をおひ、菊を賞する人は花を心なくきりとる。これそのことになづみて実をうしなふ也。歌もやぶ鶯の自然の声、菊は花を賞するといふ所に比してよむべし。

59 上代の人の心はなほくして、教なくてよろしきを、世くだるに付て、この国には教なければ儒教仏教のはびこりたるはよし。それにその二教をにくみて、古学じやの、大和魂じやの、直日霊じやのといふものをこしらへて、上古にかへさんとするはわらふべし。今のよに上代のをしへをもてきたらば、一日もをさまるべからず。二教のあるは中々よろしきを、それを破らんとして、二教の道はいらぬものなどいふは、かたはらいたし。道といふこと、この国にはもとよりなければ、二教の道が則道也。この道を破する老荘の道とはことにして、いとつたなし。老荘はたふとぶべし。近来のやまとだましゐとかいふ道はたふとみがたし。

60 歌よむ人は、初心の歌、又は気にいらぬ歌を見て、これでは歌にならぬ、などゝよくいふもの也。これは甚たがへることにて、三十一字、字さへならべば、たとへ、てにはとゝのはずとも歌也。古人も「鶯と蛙をさへ」などいへり。

61 字あまりの格は西行にならひて、「あいうを」の文字なくともよむべし。古人のいはぬこと也ともよむがはたらき也。まして古人の例あれば猶かまはぬこと也。西行の歌、字余りを悪風といふは、大なるわたくし也。

62 『言の葉の玉緒』に、変格と、てにはちがいとをたてたるは、これわたくし也。変格をたつるからには、てにはちがひも変格にいるべきはづ也。詩人も平仄のたがへるが故人の詩にいとおほし。これ詩の幽玄にいたりてふと吾をわすれたるおもしろみ意外[に]あり。歌のてにはちがひもその類也。趣向は黒木のごとし。夫に墨を打、かんなにてけづるまでがうた也。夫をみがくは木賊にかけるにひとしく、かへって自然の趣を失す。

63 「ちりにしはる」などいふことよみてくるしからず。古人の例あれば、何もかまわぬことなるを、よむがあしきといふことわたくし也。

64 かけ合はあるかなきかの所を要とす。意味は聞ゆると聞えざるの間を要とす。かけ合むげになきはあしく、かけ合ありすぎたるもうるさし。聞えぬもとるにたらず。聞えすぎたるは俗にちかくあさし。

65 歌を歌麗《(華)》にせんとおもふは、料理人のみえをよくせんとして、半熟のものをくわするにひとし。さまはあし(く脱カ)てもよく熟したるを要とす。

66 英男人をあざむくといふ言にくむべし。ちかくは本居翁も徂来《(ママ)》もその類なり。わが才ありとも、英気をあらはさずして、たゞ英男にあざむかれぬよふにするがよし。□後にアリ

67 琴柱ににかはすることなかれ。されど琴柱のすへ所を我意もてかへるはあしゝ。

68 近来の歌人の論、古学者の論、うへは大和魂となへても、皆儒学の糟粕をなめて、おほくはりくつ也。意中の非をのみいひて、意外の意をしる人なし。

69 不解の所は難じても、不可解所の難をしる人なし。過去現在未来・自他を、てには者流にこと〴〵しくいへど、なんでもないことにて、俗言に、過去「ゆふべはけしからぬ風でござりました」、雅にうつせば「よべはあらき風なりし」。現在「今日はよい天気でござります」「けふはよきていけなり」。未来「ばんほどは雨がふりませう」「こよひは雨ふるべし」。他「かふおつしやるけれど」「かくあるべけれど」、自「かふはいふものゝ」「かくはいへども」。此とほりにて、雅俗一致たるをしるべし。雅俗は一致なるをまちがへたるより、歌よみは惣髪になり、烏帽子・狩衣でもきたひよふになる。俗なることにても例があればゆるすも私也。例なくてもかまはぬこと也。

70 後来の詮はおしあての説おほし。英男にあざむかるべからず。本居翁の説、古事のせんさくなどは、尤益あることおほけれど、一ッの道などたてられたるは私にして、後人の批判をまぬがれず。道にかゝりたる書は、いふにおよばず、『美のゝ家つと』『玉あられ』などは、うべなひがたきことおほかり。太閤が三韓功《（攻カ）》にひとしきことありて、苦心はおほく功はなく《（ママ）》なきがおほし。これ勢に乗じられたるものか。真淵翁の説はやましにちかきことおほかり。契沖の説いづれもよりどころありてよろしとすべし。

71 懐紙を本居風にかくには、歌とのみかけるも私也。これは和歌とかくべし。懐紙の九十《（ママ）》九十九三は堂上方の字配りなるに、私意をくはへて歌とかくをわらふべし。

72 本居風にては近世風といへば、しきりにきらへど、近世風則自然一転しきたるものにて、さのみすべからず。此所の取捨、心あるべし。

73 みだりに人に添削をねがふは、はぬきに歯をみするがごとく、其人なほさんとおもふが体なれど、用をうしなふ事ありて、この意味自然わきまへたる人に見すべし。

74 作例は、類題和歌集は誤おほければ、『題林愚抄』『草庵集』『為家卿集』『月清集』『新葉集』などよし。すこし上達したれば、二十一代集『万葉』『夫木集』などを常にみて、歌よむ場にかゝつては、さきにいふごとく作例を見ず、書をみぬ様にするがよし。

75 歌は達者を一とす。丹練遅吟はあしなへのごとく、達者の歌は勢也。遅吟の歌は勢なし。

76 めづらしきことをよむは尤よろしけれど、あまりめづらしすぎては、おもしろからず。近来朝がほがはやれば、種々のあさがほが出来る様になつたれど、なほ碧花にすぐるはなし。

77 学問するにはわがためにまなぶべし。人のためをおもふべからず。人のためまなべば、無益のこともせんさくせんとし、わからぬこともあきらめんとして、かへりて僻説いづるもの也。

78 昔の人の金玉は、ねりみがきたるかひもありけん。今のよの風体はたゞそのまゝなるがよし。いかほどみがきたるも瓦礫にては光を生じんや。

79 師ははしご也。そのはしごをかけて、わがいたらんとおもふところにのぼりたらば、はしごはすてゝわが色をたつべし。さりとて師の恩はわするべからず。忘筌のいましめ意味ふかし。

80 題詠のはじまりは、「花《(月カ)》入花灘暗」といふ題がはじまりにて、うたの会といふもこれらが始なるべし。『日本後紀』を案ずるに、詩の御会はをり〳〵あれど、歌の会といふことみえず。よりておもふに、『万葉』の中、筑紫にて梅の歌のあるは、またく宴のさまなるが、これはつくしにてのことなれば、から風のうつりたるにて、集りて歌をよむは、もとは唐風のうつれるものと見ゆ。もとより『万葉』より『古今』までの間は、詩のかたはびこりたるものと見えて、さしもの菅公すら詩文に御名たかくして、猶その時代の君だちは詩文の名あるにも、そのさまはしるきを、いさゝかおくれて貫之・躬恒などいふ人いでゝ、詩文より歌の名たかくなり、やふ〳〵もとのごとく歌は行れて、『古今集』てふもの出来すより、又歌の代となれりと見ゆ。よりて実情はうたのかたはやけれど、風流のもてあそびものとなれるは、詩の風情のうつりたるなれば、歌人は詩のことをみだりにそしるべからず。今のよの歌は実情より風流のかた重きなれば、風情は詩よりして意味は歌をむねとすべからんや。

81 幽玄はその人の心にあり。をしへにあらず。自得せずして幽玄の境にいりがたし。

82 上の句に得意の趣向あらば、下の句をさらりとながすべし。下の句に肝(関)目の趣向あらば、上の句を平意にすべし。詞のつみたる歌はよろしからず。

83 今ひとつ意みを加たくおもふところは、そのまゝにおくべし。しひて意をくはへんとはなれものになる。

84 歌はながすべからず。よどむべからず。

85 歌は強若(弱)の間にあり。力あるも賞しがたく、よわきはなほさら也。

86 人の歌を難ずる人、おほくはわがこのまざる歌はあしくいひなして、その難のおほくはわたくしの難也。これわがこのむ食はうましといひ、わがきらふ食はうまからずといふにひとしき私也。わがこのむ所このまざる所はしばらくおきて、その歌の高拙を論ずることもとより也。よく作者の意をおもひやるにしかず。この癖おほくは人の師たる人にことさらあり。古人の歌まで、『古今』はきらひ『新古今』はすきなどゝいふわたくし人は、ことに論ずるにたらず。

87 長歌は古体をよむべし。近体は何の益かあらん。古風の長歌をよめば、『万葉』腹に入て力量となる。

88 名をうること第一の非見識なり。たゞおのが心のまゝにして、おのづから名のあらはるゝをまつがよし。

89 詞のはたらきは益なり。「おもはせて」、「おもはして」にて意は通ずる也。「おもはずて」といひたらばこそいかゞならめ。ことにひとつの詞を元として、これは何段これは何段といふより、古人に例のなきつかひざまさへ出来るは、かへりてはたらきのちがふといふ詞より罪ふかゝるべし。

90 情は木のごとく、意味は枝葉のごとく、趣向は花のごとし。よりて先、情を第一とす。枝葉を二とす。木ぶり枝葉あしくては、花ありてもかひなく、詞を重にする人は、木枝葉にかはま《（ママ）》ずして、やゝもすれば生木の花をさかせすぎて、木をからすにいたる。この心得あるべし。

91 歌は、雲の上人の情を通じんとして下情に通ずるをおもはぬ人おほけれど、雲の上人の情はきはめずてありなん。きはめたりともおよびがたし。たゞ下情に通ずるをよしとす。さなくては意味ふかゝらずして、人をかんじさせがたし。

92 情と意味はおなじ様にてことなり。本居風いたく意味をむねとして情あさし。意味をえたる人はあれど、情をえたる人はすくなし。情を一とし、意味を二とし、趣向を三とし、詞を四とす。詞をいとふてみだりにつかはざる人は、道ゆく人のかごにのるがごとく、其要を失う。

93 人の歌をみるには、我意をはなれて歌の大体を論ずべし。今のよのさまをみるに、師といはるゝ人も、おほくはわが好きなるをほめ、わがこのまざる風をきらふ。これおほやけにあらず。先達の歴々があまたあつまりてえらまれたる撰集にすら、わが気にいるはすくなく、なにともおもはぬがおほきは、これ好き嫌のわたくしのするところにて、その歌の拙きにあらず。さしもその時々の歴々のえらばれたる集に拙きうたあらんや。これその人々の心による。『万葉』もよし、『新古今』もよし、『玉葉』『風雅』もよし、『夫木』もよし、とおもふがよし。『源氏物語』をおきて外の書は皆よしとおもふべし。かれをとりこれをとりせられたるにては、みる人の癖意にて、おほやけの論のたゝぬ也。

94 『源氏物語』は名文いふまでもなけれど、元来婦人の作故、大体よわし。それをまなべば、うきところは、ならはずしてよわき所をならふ。大丈夫の男子、婦人のま似をすることいかなることぞや。先達もいまだこの境をまぬがれたるをきかず。おのれひそかに古人未発の卑見を得たること、自負た《ママ》れり。

95 本居風の道はかりにも尊ぶべからず。つくりものにて、よにいふ山師に似たり。たゞ説註をとふとぶべし。

96 書をよむにはたゞ歌よむためをむねとして、この文句その意味を歌につかはむとすべし。かくのごとくなれば、読書おのづから腹中に入。その心なくして書をよめば、食物の形をみて味を論ずるがごとし。書は、物取てつかひ様をしらずしては、何の益なし。学医の匕のまはらぬといふこと尤なること也。これ学問のさまたぐるにあらず、書に溺せらるゝ也。

97 歌は読書三分、執行二《ママ》分、よむこと五分とすべし。学問執行かてば、歌おのづからのびらかならず。

98 里人しこみにせんとするは、甚不心得也。

99 今のよ歌を評するに、理屈がおほく、理屈をはなれては又窮理をいふ。歌は草木の花のごとく理外のものにて、草木意味は草わりていはれぬところあり。木をわつたとて、木の中に花のなきがごとし。可解不可解を則幽玄といふ。可解の意はわかつても、不不《（ママ）》解所を得たる人なし。

100 『万葉』は『詩経』に似たり。『古今』『後撰』は唐にちかし。貫之・躬恒は李杜のごとし。

101 『後拾遺』晩唐に似たり。『新古今』は宋にちかし。

102 定家卿　范石湖　真山民　放翁　黄山谷　楊誠斎

東坡　家隆　後京極殿　西行　顕昭　慈鎮　俊成

103 それよりさま〴〵にうつりかはりて、本居翁は明の代の詩にちかし。立派にして、おもしろみすくなし。当時、清のよの詩のごとく歌をよむべし。意は軽薄にして情ふかきを要とす。今のよにいたさば、たれ『古今』の歌をつくせりとせん。

104 他人のうたをみるに、その人のよき歌にて評すべし。あしき歌にて評する時は、則貫之・定家卿も難あり。

105 歌はあらきを要として、今一きは手をいれたきとおもふところにて、さしおくがよし。手のつみすぎたるは雅をうしなふ。

106 歌はすききらひなく何の詞にてもつかふがよく、いやしきも近世風などいぶかしもかまはぬこと也。このところ大きくみるがよし。つまる詞、無拠言葉もありてくるしからず。

107 吟じぬかんとすればもとの趣意をうしなひて、魂なき歌となる。初一念をひるがへさぬが肝要也。

108 本居風の追々におとろふるは、このをしへあまりせんさくにすぎ、きくにすぎ、他のをしへをまじへず、その学、人々の性をたむるにあり。歌よむ人、いさゝかにても才あるともがら、わが才をあらはし、わが意をたてんとおもふが要也ば、才あるもの区々としてをしへにためられんや。又他のをしへをまじへねば長短のほどゝもあれ、いさゝか正し。日あらたにて他のをしへを見れば、おもひの外おもしろき事あつまりて、おほくはもとをすつるにいたる。なげくべきこと也。

109 歌の詩にまさるは、優美なることをのぶる也。詩の歌にまさるは、俗なるを雅にいひとる也。

110 記行をかくには、実事をくわしくしるし、里数村名などをはじめ、後ゆく人のためになる様にして、文化はおもはず、達意を心がくべし。文化をかゝんとても、『土佐日記』『さらしな日記』はさて、はせをが『おくの細道』くらゐの文はとても出来べからず。文化にほねをりたりとて、たれか拙文を手本とせん。たゞ〳〵後ゆく人の手本になる様にかくべし。

111 歌はよみがたきによりて、□《ムシ》に『詞のやちまた』などなべて歌を難ずるともがらおほし。はたらきは、てにはとはちがひて、あとよりのつくりものにて、もとより具したるものならねば、たがふが定理也。そのことはりをしらずして、歌を難ずるその人のうたは、難ずる歌の半分にも出来ぬことわらふべし。

112 歌の道は、いとやんごとなき御かたにて古今伝授てふ御事のあることは、かけてもおよばず。契沖師よりはじめて自《地》下歌といふものはじまり、こは道も何もなし。たゞ四時のうつりかはるさま、男女恋慕哀情のことをむねとす。人を教る道にあらず、又利《理》を究る道にあらず、只心をのぶるを要とす。五常の道などかりにも備ることなし。されど身ををさむるは儒の教にしくことなければ、歌よむ人いとまあらば儒教をまなぶはよし。儒教を歌にまじふるはあし。

113 『つれ〴〵ぐさ』に、すべてことのとゝのほりたるはあしく、しのこしたるがよし、といへるこそ、歌の教にもよろしけれ。ねるはあしく、考すぐるもあし。たゞ自然にまかするがよし。下手の考休に似たりといふこともあり。

114 天然の生付はなほりがたきを、師はつたなくも天然をたむれば、弟子もつたなく夫にためられて、才をもあらはさず、逼々と師の教に随ふもをかしからずや。まつたく師にほめられんとして、中々に才を自たむることわらふべし。

115 古をあきらむるには実をたふとび、歌は虚を尚ぶべし。

116 貴人の歌は作例にはなりがたしといふ人もあれば、(ママ)貴人の歌は見るがごとし。貴人の心は又地下のおよばざる意味あれば、夫を学べば自然歌のたけたかくなる。身に不相応のことの取捨は、見る人の心にあるべし。

117 書をよむには、わが芸へひきつけて見る時は、その意味よくわかるもの也。その心得にてみれば、自然わが道の助にもなるものぞ。諸道一致のいましめはこゝにあり。

118 学者中の狂人は誠の狂人よりもおそるべし。ちかくは平田篤胤など学者の狂人也。狂人にくるへば不狂人もくるふ。いとおそるべし〳〵。

119 俗語を歌になをすに左のごとし。「どふぞして御出なされ」これそのまゝ雅にすれば「心あらばとぶらひきませ」。「わが家の梅はこのごろ花がさいたり」「わが宿の立枝のうめは花咲にけり」かくなる。今一段工にせんとすれば、「庭の梅なにともかともしる人に見せずは花やわれをしからん」かくのごとし。

120 真淵・本居ともに学問のやましにて、英男人をあざむくの説あり。契沖がはじめて道をひらきなし、道のことはとかずして、たゞ古事のみを吟味したる徳にははるかにおとれり。道はなきものを儒仏をうらやみたる道のたて様、嘆ずるにあまりあり。

121 わが歌はゆきなりにすべし。頭にて考れば、おほくはまよひいでゝあしくなすもの也。不意にわが歌を直しなどすることあり。その時は案外によくなるもの也。又人の歌を見るには、よくその人の心を考へて、みだりに難ずべからず。わが意にはあはずとも、またその人の徳あるもの也。人の歌を難ずる人、おほくはりくつゞめにて難じんとするは、歌を死物にするの罪ふかし。人の歌の添削は、作者の趣意をなるだけにたてゝ、さら〳〵とするがよし。これも考へすぐればよろしからず。

122 むかしより名人の聞ある人麿・赤人・みつね・つらゆき・俊成・定家・々隆・西行、ちかくは正徹などは、歌はすぐれたれど、行状にさばかりのことをきかず。国に忠ある人としもおもはれず。唐の詩人もおなじことにて、詩の名人に行状たゞしき人をきかず。詩歌はもと虚を貴んで操なきものなれば、花を見ては花を月にもまさりといひ、月を見ては月を花にもまさりといふ、志操なきがうたよみの常也。行状たゞしき人に名歌あるを聞かず。ありても理がつみておもしろからず。さればとて行状をあしくせよとにあらねど、このことわりをよく〳〵弁ふべし。

123 心のすゝまぬ時も、つとめて書をよみ歌をよむべし。おもしろきことばかりせんとしては、かならず執行《(ママ)》出来がたし。たゞいやなをも辛抱してつとめねば歌よみにはなりがたし。

124 歌をよむに、をしみておほくよまぬ人あり。これ上手めかしたる人おどかしにて、元来は遅吟なれば也。不達者をこの名に信じたるなり。をしまずにひたすらよむが真のよみ人也。このころはよめぬよふになれるは、ちと歌のあがりめ、などゝほこる人は猶にくむべし。執行《(ママ)》たゆまねば、追々達者になるが常理也。

125 うたのかけ合、対などは、いろ〳〵ありて夫婦のごときあり。又父子のごとく兄弟のごときもありて、骨肉も末は他人になるごとく、あまりかけ合がかすかなれば、そのひゞきまじらず。とくと勘考すべし。

126 歌は米の味のごとくよむべし。山海珍味はあくことあり。十首のうち八首は米のめし、二首は山海珍味のごとくよむがよし。

127 ものゝ注釈の書は無益のもの也。注釈をよまねばわからぬ人は、一生よむでも肝心のところはわからぬもの也。

128 歌のかけ合あまりはなれたるもあしく、又付すぎたるもあしく、たとへていはゞ、肴へ砂磄《(糖)》をかける事はきかぬ様なるもの也。器物たりとも、膳部は膳部、酒席は酒席とわかれたるがごとし。

129 注釈の書は手づまつかひの方書のごとし。方書をみたりとて不熟のものゝ出来ぬ所が肝心也。

130 はたらきに中二段・下二段などゝ名目をつけて、この詞は何とあればこれは何段とさだめて、一ッの例をもていくつにもおよぼす。又ふたつあれば二色の活として両様におよぼす。これは甚いかゞにして、この例をもて直せば、「よもすがら」とあれば「ひすがら」ともいふべく、「鐘のおと」ゝいへば「鹿の声」ともいはるゝべく、「春たつ」とあれば「夏たつ」ともいはるゝといふやうなもの也。

131　蚊の目をとるに、蝙蝠のふんよりとればあまたとれやすしといふ。うたもそのごとく、出来ぬ趣向を工風（夫）してやすくよむが肝要也。

132　学者はともかく、歌人は風流ならでは妙境にいたらず。

133　世事と武道と歌と学文（問）とおなじこと也。一ッかくればひとつはかく。この所をおもへ。

134　歌をよむには、たゞよむを専一にして、よくよまんとおもふべからず。よくよまんとすれば、おのずからかたくなる。すら〳〵よむうちに不用意ふひ（不備カ）を得るのごときこと有。

135　本居翁はさにはあらねど、その学風ひろまりては、漢書はから心と、けがらはしきものゝやうにすてゝ、かなかきものさへよめばよひやうに心得ちがひして、文盲なるものになるこそ笑止なれ。

136　歌人は道にあづかることなく、風流優美を専一とすべし。

137　いやなる時にもつとめねば苦はぬけがたし。心すゝむ時ばかりよみては、上達出来ぬとおもへ。

138　書のおほくなるもこのましからぬことにて、便利よきから本書はよまず要文ばかりをきりとりて、あまつさへむかしの人は文盲などゝいふは、これ未ひらけざる時の古人の辛苦をしらぬいたづら也。今はよは書計おほくなりて名人は一人もなし。

139　何事も歌人は歌の道にひきつけてみよ。必とくあり。

140　講尺《（釈）》きくも無益のこと也。おほくは大家のおどしあり。

141　鵜学問、尤よしとすべし。あるいましめに、こじきぶくろのごとく学問をせよ、とあるぞよき。

142　おもしろら《（か脱カ）》ぬものは、堂上風・本居風の歌よみ、千家の茶人、観世流のうたひ、なごや風のはいかい也。かならず才子の腹にはいらぬもの也。

143　本居風は道といふをこしらへて、たゞその私の道をたふときものにして、文を不習の意あり。これ筆硯にから□《（ムシ）》といふものゝ不料簡也。歌よむもの、心に文をたふとまずして俗調のみになる。

144　気韻といふは、おほくは下手のかへ名なり。風調のたかきをこのむは、趣向をこしらへかぬる人のかへ名也。

145　定家卿の諸道一致といはれたるをおもひ、かつは後京極殿などの詩をつくられたる例さへあれば也《（ママ）》。歌のかたへに詩をつくれば、たがひに相たすくるの意あり。詩歌も情はひとつ也。情かはりたるものならば、いかでか日本人が詩をつくらんや。和漢同情としるべし。

146 本居風の歌のをしへは活物ならず。活物ならねばよみ歌に難がなき也。難ありとも活物ならでは歌おもしろからず。

147 諸芸何にても学問に上こすはなし。蛮人なりしも書をかりてなる也。茶論又は遊芸など、宝財をおほくついやして、漸つくるころならでは妙境にいたらず。妙境にいたりたりとて、財なければ何かせんなし。学問計は財なくとも妙境にいたること出来る也。つとむべし。書林もあざむくことあたはず。

148 『玉あられの弁』は江戸人の卓見也。あしく見ることなかれ。

149 本居門に未才子を見ず。これ則才子にては、あほうらしくて、つとめられねば也。才をあらはす事、文事の専一なれば、心あるべし。

150 書をよむに、たとへ無益の書たりとも、歌のためとおもふてよめば自然に益あり。歌のためとおもふてよまねば、有益の書も益あらんや。

151 才は虚也。されば歌は虚をたつとむ。不学して才にて出すものは必くるしみあり。

152 意味深情は詞にてのべがたく、趣向のたくみは詞にてのべらる。詞にのべがたく、のべらるゝが歌の要也。

153 今の人、用事ありとて学問が出来ぬなどゝいへど、乱世の人をみよ。戦ひまなき中に歴々あり。その頃の人、心中おだやかならんや。これ則太平の人、無事にゐながらつたなきがおよばぬ事也。

154 師のをしへは始のほどこそあれ、たゞ師風をかへんす《(と脱カ)》るが専一なるにて、昔より名人の師風にかへて一転せぬはなし。

155 雅中に俗あるはよし。俗中に雅あるは甚わろし。

156 学文《(問)》をして心の文盲なる人あり。博学ならでも心の文盲ならぬ人あり。博学にして俗なるあり。博学ならずして俗ならざるあり。

157 当時之人はよむべき書はたくはへずして、よまずとも口のきけるものどほき書を珍蔵す。灯の下くらしてふたとへに似たり。笑ふべし。

158 ある人の説に、人の師となるは心得ちがひ也、人のをしへるは人のうけあしく、人にものをとふかた人のうけよし、といへり。わらふべし。

159 詩歌俳は銘々の徳あるが、今は混雑せり。たとへていはゞ、花ならばその趣を一段ゆるめて情ふかくするが歌の妙。その趣を一段つゞめて口かしこくするが詩の妙。その趣を一段俗にちかくして情をうがつが俳諧の妙。たがひにいひがたきこと、いはるゝことのあるによりて、三の道、今におこなはるゝ也。

160 歌は花なく達意をむねと心がくべし。こせつくはあしゝ。こせつけば、はやくあがりめは見えぬもの也。よき歌をよまんとおもふは、則峠にのぼりたるにて、たゞのびらかによむが肝要也。

161 歌をよむには黄金のごとくよむことはかたし。よみたりとおもふとも、ヤキツケカ贋金の類也。錦のごとくによむが地下相応也。

162 かりにも人にをしゆべからず。これ口を糊せざる楽人の肝要也。あやまりをつたへむこと、ことのほかの罪也。ひとりよまんにあやまりありとて何かくるしからん。

163 詞はいかなる詞にてもきらひなく、よき詞あしき詞などいふ私はしばらくやめて、出次第によむこそよけれ。

164 『玉の緒』をみるに、類聚をよむ心にてみればよし。学書とみればさまたげあり。

165 歌をよむ意は俗をはなれて、事は俗をはなれずによまねば情あさし。

166 遅吟の人は達者の人をねたみて杜撰といへど、遅吟にてさしたることの出来ぬに、達者の杜撰がまされり。遅吟はおほくは不達者のかへ名也。

167 議論は歌の禁物、活乱の論など、ことに歌に不用也。活乱の論にかければ、定家卿もとるにたらぬにてしるべし。

168 歌会の評、又無用なり。評はおほくは歌公事也。

169 今の歌人は意中俗にて、俳諧の雅にははるかにおとれり。

170 歌人は志操正しからぬが体也。花は花にてほめ、月は月にて其時々に軽薄によろこぶが趣向の第一なるにてしるべし。

171 復古せんとおもふはわろし。たゞ今のよにしたがひて、今のよの風をよむがよし。西行法師の歌は一世の異風なれど、なほ『新古今』時代をまぬがれず。今のよの人、昔の人のごときがいかでかよまれん。たゞ時代にはぐれたるは、鎌倉右大臣、千古の一人也。これひそかに、異体にすぎたるは横死ありし前表にはあらぬか。今のよの人はいかにしても今のよをまぬがれがたし。

172 語意はふかくきはめずして、たゞ古人のつかひかたを早く合点するがよし。

173 無心にてよむぞよし。たくむはわろし。たくみはつくりもの、無心は自然也。

174 銘々に、かほのごとく歌もその人のくせはまぬがれぬもの也。

175 取捨は第一なれど、取のすぐるはかへってよし。捨のすぐるはあしゝ。

176 道をたてんとおもふことなかれ。よき歌をよまんとおもふことなかれ。

177 虚を尚ぶべし。実をすつべからず。

178 歌はよむが体也。外のことは何もかもかろくみてよし。

179 変格をたつるは、学をたつる人のこぢ付也。変格は意外也。

180 画も真写が第一なれば、歌よみも真情にかなふを第一とせよ。

181 題にすきゝらひある人は、不足せし所のあるにて、達人にあらず。遅吟は不達者のかへ名といふかたおほし。

182 大家の論は半分は半分は（ママ）捨べし。英男人をあざむくの意あり。

183 人が難ずるふしは得と考へて取捨有べし。我意をたてゝわがいを人の難ずるをこばむはあし。をかめ八目のたとへさへあり。

184 「雁の玉章」とはいへど、「犬の玉梓」とはいはれず。

185 好はわが歌もわからず、人のうたは猶わからず。すこし心いできてわが歌がよく見え、人のうたがあしく見ゆ。人の歌もわが歌もあしくなりて、これまでさほどにおもはぬ古歌が、なるほどゝと合点のゆく所が大事也。

186 書をよくよむべし。めにのみ見る本は益なし。歌のよめぬ人も、心にてよむには益あり。

187 ねるは名人の所作也。ねるは□（カスレ難読）。

188 むかしの人は情ふかく、今の人は情あさし。されば、今のよの歌よみは軽薄なることをよむが真の情也。

189 『古今』をはじめ三代集を心がくる人の、その体をえたるは未見ず。これおよばぬ所を合点せずして、めの付所のあしき也。

190 本居学の人、古道といふものをたてられたると、又活語といふことをたてられたるとの二ッは、まことに抱腹にたへず。万代に愚をのこせり。

191 なんでもない歌が五声のあるよふになるが妙。一ふしにて人をおどかすは、なほ誉にあらず。

192 志をあまりたかくもつべからず。是古風体を心がくる人の古今体を得よまぬ類。

193 詞は歌の意にて証とならず。

194 詩にて「春蕣英」といへど、「夏蕣英」とはいはず。歌にて「鐘のおと」「鹿の音」といへど、「鐘のね」「鹿のおと」ゝいはぬにゝたり。

195 一字の文字なくても天然の才ある人は歌をよむ。

196 誤はなき様によむべし。難あるまじとはよむべからず。難ぜしら（ママ）れじとよむべからず。ほめられんとよむべからず。

197 ある人よに問、「近世、日本学といふもの出来たる。和学者といひ、又古学者、或国学者と。これはいづれがよからん」といふ。答て曰、「三ともあたらず。固学者といふがよし」。

198 歌はよむことは第一にて、議論などは無益也。

199 古人の跡ならではゆかぬといふも癖論にて、意味むりならぬことならば、新奇の事をよむも力といふべし。

200 かゝる詞は俗にてよまれじ、などいふこと猥にいふべからず。おもひのほかなることも例あるもの也。

201 [一]本居翁の学風と徂来《（ママ）》の学風は、たとへをとるに、ものさしにたとへていはゞ、本居学はものさしの末の一寸がたがへる也。徂来は本の一寸がた《（がカ）》とへる也。その訳は、本居翁は始はたゞ古伝説の聞えがたきをよく註訳《（釈）》し、尤その工《（功）》、英大なれど、その説の行るによひて、語□□□《（ムシ）》きもの、又は「まがつひ」「よみの国」などの変説をはられて、万世の笑をとられたり。これその道の糟粕によはれたる也。よりてもとはよけれど末がたがへり。徂来は柳沢家を大老職にして、われ天下の政をとらんの下心をもて学問をはりたるなれば、その学力広大なれど、もとがたがへり。両先生共、奇代の英雄無比の人物なれど、一分一リン難なき学風といはれねば、末と本とをのぞきてその学力を仰尊ぶべし。徂来学のおとろへしはゆゑあり。本居学も段々におとろふべし。されど両先生の美名は万世にのこりて、学風は追々に誹謗の輩いづべし。可嘆々々。

202 古人は徳《（得）》あり。今人は損あり。そのわけは、古人は英大の才をもて、わが料簡どほりのわがまゝをいへるが則例となる。今人は俄薄才をもて、古人の例なきことならではえいはず。よきことは段々と古人がいひつくしたれば、そののこりはいとすくなきを、そのうへ例といふ難儀さへありて、かた〴〵いとせばし。古人は手だれになり、今人は異風になる。

203 書は他の書をみるもよし。たゞ歌のためにせんと要をきはめてよむ時は、必何の書にても歌にためになるべし。その要を心がけなくみだりによめば、聊の益なく、口頭之学問となる。ある書に、歌をよむにはこじき袋のごとく学問をせよ、などとあるはおもしろし。□□□《（ムシ）》よれば、書は一巻も用なしと。又一サイ経も入用のことあるといへる、おもしろし。

204 『万葉』をみるには心得あり。家持卿・憶良大夫の長歌は体をまねぶべし。夫よりあがりてはおよびがたし。

205 今のよに儒のひろまりたるはじめは惺窩先生也。歌のひろまりたるは契沖師也。定家卿の末なる下冷泉の家より儒はじまり、法師なる契沖師より古道のはじまりたるもいとあやしからずや。

206 書は衆の無限ものなれば、昼夜不寝によむともつきまじければ、先書をよむには、その大意をしるは第一の見解にて、のこらずよまねば趣意わからずなどいふは愚のいたり也。才はえがたく学問はえやすければ、たゞ要をとるを第一とす。

207 題詠は先題にはづれぬを第一と□□□《（ムシ）》拙を二とす。

208 むかしわがよみし歌をふと後にみて、このところは云々なほすがよしとて、なほしみて跡にておもへば、猶かなはぬことありて、もとのまゝになほす時、こゝが云々の訳にてかくせしを、わすれてかくはなほせし也、と心にてわらふことあり。わが歌さへかゝり。まして、他人のうたはさきいふごとく、意味をたゞさぬうへにてみだりに直すべからず。

209 平意をよろこぶ人は奇険《（ママ）》をきらひ、工をよろこぶ人は風流なるをきらふ。いづれも歌なれば、たゞ体のさだまらぬがよし。

210 人の歌をきくことをよろこぶべからず。わがうたを人にもほこるべからず。たゞわれさへ聞ゆればよしとす。人の歌をみれば難じたくなり、人に見せんとおもへば難あらせじとして、うたを死物になす也。きずをかまはぬが英雄也。

211 美をいはずして、きずをいふは功者にあらず。妬念也。

212 むかしの歌は大木のごとし。きずもたま〳〵はあれど、用をなす。今人のうたは小木なり。きずすくなけれど、楊枝のごとし。貴人の口にもかゝれど、たちまちにすてらる。

213 皇国は歌が主にて文が客也。唐は詩が客にて文が主也。

214 今のよ風の歌をよみながら、上代のかなを用ゆることいかゞ也。定家卿のかなづかひなど用たし。

215 寂蓮はうたの名聞えて学問の名なし。顕昭は学問の名聞えて歌の名なし。六百番の評の陳状をかきたるは顕昭にて、その論、甚確論なれどしる人なし。

216 学問と歌と二ッえがたきこと心すべし。歌人は学者を難ずべからず。学者は歌人を難ずべからず。

217 歌を評するはたゞその人の好憎にありて、善悪をおほやけに論ずる人なし。よりて評はとるにたらず。難も難にあらず。ほむるも誉にあらず。

218 引書をするに、本文を見ずしてひく人あるをきらふ人あれど、まごびきも用さへなせばくるしからず。

219 学問といふは儒のこと也。和学者といはでて和（ママ）学者のことにならず。これにてもしるべし。

220 文は学問にあり。華は才にあり。おもしろからぬものは、千家の茶人、宗匠のうた、書家の書。

221 物語文は、をゝしきなきは、実に漢人にはづべし。たゞ唐人に見すともはづかしからぬは、『枕草紙』『平家物語』など也。尤『源氏物語』ははづべし。『金弊（瓶）梅』にやゝ似たり。

222 てんさくは誤を正すを要とす。きずなしとすべからず。ふかくみるべからず。又趣意をかへるをきらふ。たとへ歌はよくなるとも趣意はかはるをきらふ也。

223 古人の歌は一段ふかく身をいへれば一段の妙あり。今人の歌は一段ふかく身をいれゝ《(ママ)》一段の愚あり。

224 (＊朱書)只、師匠のあるをいとふ。一家の詞といふもの云々。

225 今のよの人はむかしにことなり、弟子は師をもとむるにくるしみ、師とならんとおもふ人弟子のともしきにくるしむ。

226 うち見に見識たかきは山をちかく望むがごとし。うち見え見識ひくきは山をとほくのぞむがごとし。

227 いはでもの事。

三部　紀行文点描

一章　小津久足の紀行文

一　小津久足の紀行文

久足紀行文の多くは、現在、天理大学附属天理図書館と日本大学図書館に収まる。ともに久足自筆稿本であり、天理本のほとんどは草稿本、日大本のすべては浄書本にあたる。他の所蔵機関に散見する諸本も自筆・転写のちがいはあれ、いずれも写本であり、刊行されたものはない。

全体像を把握するため、所在の判明している久足紀行文を紹介する。草稿・浄書によって数え方は異なるが、今回は浄書本をもとに、便宜的に通し番号をアラビア数字で振る。以下、題名・成立年・巻冊・所蔵・成立時の久足の年齢・紀行の期間・主要な旅行地・備考の順で記す。草稿・浄書で題名が異なる場合は、浄書本の書名を採用した。また成立については、久足自筆歌稿の奥書も参考にした（本書二部一章「小津久足の歌稿について」）。

所蔵先は以下の略号で記す。日本大学図書館（日大）、天理大学附属天理図書館（天理）、三重県立図書館（三重）、無窮会専門図書館神習文庫（神習）、慶応義塾大学文学部古文書室（慶応）、早稲田大学図書館（早稲田）、多和文庫（多和）、内閣文庫（内閣）、奈良市史料保存館（奈良）。なお、天理本の調査は『小津久足紀行集』（皇學館大学神道研究所、二〇一三〜）の共編者である高倉一紀による。

1『吉野の山裏』文政五年（一八二二）。一冊。日大・天理（『よしのゝ山裏』）。

十九歳。二月二十一日から二十九日。吉野。巻末に春庭歌。

2『江門日記』文政七年（一八二四）。一冊。日大・天理。

二十一歳。一月二十八日から二月八日。東海道をとおり江戸着。

3『石走日記』文政七年（一八二四）。一冊。日大・天理・三重。

二十一歳。九月三日から十月四日。近江・京・大坂・奈良。

4『柳桜日記』文政十一年（一八二八）。三巻三冊。日大・天理（二巻二冊）・三重。

二十五歳。二月二十四日から四月二十一日。京・大坂・河内・和泉。

5『月波日記』文政十二年（一八二九）。二巻二冊。日大・天理・神習・多和。

二十六歳。九月六日から十月十五日。笠置・奈良・大坂・須磨・明石・湯浅村（紀伊）・和歌山・京。

6『御嶽の枝折』（内題「御嶽日記」）天保元年（文政十三年、一八三〇）。一冊。日大・天理（『みたけ日記』）・慶応。

二十七歳。閏三月一日から二日。伊勢一志郡御嶽。

7 『花染日記』天保二年（一八三一）。二巻二冊。日大・天理・神習。
二十八歳。二月晦日から四月六日。吉野・奈良・京・大坂・高野。

8 『梅桜日記』天保四年（一八三三）。一冊。天理・三重・早稲田・多和。
三十歳。二月五日から三月三日。月ヶ瀬・大坂・京・和歌山・吉野。

9 『花鳥日記』天保五年（一八三四）。一冊。天理（草稿・浄書とも）・三重。
三十一歳。三月八日から二十七日。京・大坂。

10 『残楓日記』天保六年（一八三五）。天理（草稿『玉敷日記』もあり）。
三十二歳。十月一日から二十四日。京・大坂。

11 『班鳩日記』天保七年（一八三六）。一冊。天理・三重・神習。
三十三歳。二月八日から三月七日。京・大坂・奈良・吉野。

12 『姨捨日記』天保七年（一八三六）。一冊。日大・天理。
三十三歳。九月四日から十九日。木曾路・姨捨山をとおり江戸着。

13『真間の口ずさみ』天保七年（一八三六）。一冊。天理（草稿・浄書とも）・神習（『五種日記』所収）。

三十三歳。十月三日。江戸店より国府台。


14『旅路のつと』天保七年（一八三六）。一冊。天理（草稿・浄書とも）。

三十三歳。十一月。江戸より東海道をとおり帰郷。


15『煙霞日記』天保八年（一八三七）。二巻二冊。日大・天理（一冊）・早稲田。

三十四歳。十月一日から十六日。美濃近江路・永源寺。


16『一時のすさび』天保九年（一八三八）。一冊。日大・天理（『一時のすさみ』）・神習（『五種日記』所収）。

三十五歳。三月十六日。横滝寺（松坂）。


17『神風の御恵』天保九年（一八三八）。一冊。日大・天理・三重。

三十五歳。三月十九日から二十四日。伊勢神宮太々神楽。


18『ぬさぶくろ日記』天保九年（一八三八）。二巻二冊。日大・天理（一冊、内題「ぬさぶくろの日記」）・神習（『ぬさ袋日記』）。

三十五歳。九月二十一日から十月二十日。京・山城。

19『月瀬日記』天保十年（一八三九）。一冊。天理・奈良。
三十六歳。二月八日から十八日。月ヶ瀬・奈良。

20『浜木綿日記』天保十年（一八三九）。三巻三冊。日大・天理（『熊野日記』二巻二冊）・神習・内閣。
三十六歳。三月二十六日から五月十五日。熊野路・湯浅村（紀伊）・和歌山・大坂・京・天橋立。

21『関東日記』天保十一年（一八四〇）。一冊。日大・天理（『東海道日記』）。
三十七歳。一月二十八日から二月八日。東海道をとおり江戸着。

22『陸奥日記』天保十一年（一八四〇）。三巻三冊。日大・天理（一冊）・慶応。
三十七歳。二月二十七日から三月二十七日。江戸より筑波・水戸・仙台・松島・日光。

23『帰郷日記』天保十一年（一八四〇）。一冊。日大・天理。
三十七歳。四月十四日から二十二日。江戸より松坂着。

24『三栗日記』天保十一年（一八四〇）。一冊。日大・天理・神習（『五種日記』所収）。
三十七歳。十月二十二日より二十八日。能見坂・鸚鵡石・内宮外宮・日和山。

25『花衣』天保十三年（一八四二）。一冊。日大・天理・神習（『五種日記』所収）。

三十九歳。二月二十七日。松坂近郊。

26『花のしをり』（内題『花の枝折』）天保十三年（一八四二）。一冊。日大・天理・神習（『五種日記』所収）。

三十九歳。二月二十九日。西野村蔵王渓。

27『青葉日記』天保十三年（一八四二）。三巻三冊。日大・天理（一冊）・神習・慶応。

三十九歳。四月十日から五月二十四日。美濃路・京・大坂・有馬。

28『紅葉の枝折』天保十三年（一八四二）。一冊。日大・天理。

三十九歳。十月二十一日。松坂近郊。

29『桜重日記』天保十四年（一八四三）。二巻二冊。日大・天理（一冊）・神習。

四十歳。三月十二日から四月八日。京・大坂。

30『みくさのつと』天保十四年（一八四三）。三巻一冊。日大・天理（『そなれ松』『ゆかりの色』）。

四十歳。十月五日に松坂を出て江戸に赴き、十二月五日に帰宅するまでの往還から、「そなれ松」「きよき泉」「ゆかりの色」の三編をつづり、一冊にまとめる。

31『志比日記』弘化元年（天保十五年、一八四四）。三巻三冊。日大・天理（一冊）・神習。

四十一歳。二月二十五日から三月二十八日。京・越前・永平寺。

32 **『春錦日記』弘化三年（一八四六）。一冊。日大・天理（『花衣日記』）。**
四十三歳。二月二十八日から三月三十日。京。仁孝天皇葬礼を見物。

33 **『秋錦日記』弘化三年（一八四六）。一冊。日大・天理。**
四十三歳。九月二十三日から十月二十二日。京・近江。

34 **『難波日記』弘化四年（一八四七）。一冊。日大・天理・慶応。**
四十四歳。三月十日から四月十六日。京・大坂・奈良。

35 **『橘日記』弘化四年（一八四七）。一冊。日大・天理。**
四十四歳。九月十四日から十月七日。京。新帝即位式を見物。

36 **『百重波』嘉永元年（弘化五年、一八四八）。三巻一冊。日大・天理（『百重浪』）。**
四十五歳。一月二十一日に松坂を出て江戸に赴き、三月十四日に帰宅するまでの往還を「百重波」としてつづり、「松風ひゞき」「うなゐ松」を付録する。

37 **『もろかづら日記』嘉永元年（一八四八）。一冊。日大・天理。**

四十五歳。四月十二日から二十六日。京。

38『遅桜日記』嘉永二年（一八四九）。一冊。日大。
四十六歳。四月十日から二十七日。京。

39『八声の鶏』嘉永二年（一八四九）。一冊。日大・天理（無題）。
四十六歳。九月二日内宮、五日外宮遷宮の記。

40『松陰日記』嘉永三年（一八五〇）。一冊。日大・天理・三重。
四十七歳。五月二十四日から六月十一日。京。

41『玉くしげ』嘉永五年（一八五二）。一冊。日大。
四十九歳。六月十四日。二見の浦。

42『海山日記』嘉永六年（一八五三）。二巻二冊。日大・天理（一冊）。
五十歳。一月二十五日に松坂を出て江戸に赴き、四月二十六日に江戸を出て帰宅するまでの往還。
往路は東海道、復路は中山道。

43『こがねの花』嘉永六年（一八五三）。一冊。日大。

五十歳。三月九日。小金井。『海山日記』の付録。

44『花のぬさ』安政二年（一八五五）。一冊。日大・天理。
五十二歳。二月。一社奉幣の勅使についての記。

45『敷島日記』安政二年（一八五五）。一冊。日大・天理。
五十二歳。十一月十五日から三十日。京。新内裏にて御遷幸を見物。

46『梅の下風』安政三年（一八五六）。一冊。日大・天理。
五十三歳。二月十二日。松坂近郊。

二　久足紀行文の変遷

小津久足の紀行文を理解するためには、詠歌にも目を向ける必要がある。『吉野の山裏』（『小津久足紀行集（一）』所収〈髙倉一紀・菱岡憲司・河村有也香編、皇學館大学神道研究所、二〇一三〉）は十九歳の久足がはじめて綴った紀行文であり、歌紀行とでもいうべき内容となっている。それは歌に対し本文が字下げとなっているためで、本文はいささか長い詞書きとも形容することができる。巻末に「吉野の山裏を見て／みよしのゝ花のほかにもこゝかしこあまたさくらの春のやまづと　春庭」と師春庭の歌が付されており、春庭の披閲を乞うたことが知れる。
久足は文化十四年（一八一七）、十四歳で本居春庭に入門する。以降、同時に入門した父徒好、叔父守良とともに詠歌に励んだ様子は、本居宣長記念館に残る後鈴屋社中の歌合・歌会の記録に見てとれる（本書一部一章「若き日の小津久足」・二部二章「後鈴屋社中の歌会」）。

古の心を知るため、古人にならって歌を詠み、和文の紀行を綴ることは、国学を学ぶ者にとってはたしなみのひとつである。春庭入門当初の久足においても、詠歌・紀行文執筆の動機はそこから外れない。青年時の歌稿に「古風」と称する一群があるのも、古風・今調と詠み分けた宣長の遺風をついでのものであり、『吉野の山裏』所載の歌に「古」の頭書があるのも、古風にて詠んだことを示している。つまり十四歳から春庭の添削指導を受けつつ詠歌に励み、十九歳ではじめて歌紀行とでもいうべき紀行を綴った久足からは、国学の門人として真面目に研鑽をつむ姿が看取され、紀行文執筆の営みも、当初においては詠歌の延長線上にあり、古学びの意味あいが強いといえる。

文政十一年（一八二八）、二十五歳の折に綴った『柳桜日記』では、京・大坂・河内・和泉を巡り、三巻三冊とはじめて複数冊にわたる長編紀行となっている。後年、当時を振りかえって久足は、「倭魂みがきしをりは、『式』の神名帳に注をせまほしくおもひしことありて、それにつきてはおほくいとまをつひやしたり」（『班鳩日記』天保七年）と述べるように、注をつける目的を持って『延喜式』神名帳に載る式社を積極的に訪ねるなど、やはり国学研鑽が紀行文執筆の動機のひとつとなっている。しかし、そうした堅苦しい目的意識をもつ一方で、平易でのびやかな筆致で情景と心情をすくいとる久足紀行文の特徴はすでにあらわれており、それは『小津久足紀行集（二）』（前掲）におさまる『花染日記』（天保二年）からもうかがえる。

春庭の主宰する後鈴屋社中では、月次歌会が催された。時期により様子は異なるが、盛時の文政期前半には、月次歌会とは別に、会場を変えて行う月次順会歌会も開かれた。別に月次歌合もあるため、社中では、月に三度、春庭の添削を受ける機会があり、久足はいずれにも積極的に出詠する。歌会の全記録において、春庭をのぞけば、久足がもっとも多くの歌を残していることからも、その熱心さが知れる。

久足は月次が性に合っていたようである。それは久足の人生を貫く守りの姿勢と通じる。はじめて紀行を綴った文政五年（一八二二）、小津家五代目である叔父守良が死去したため、久足は十九歳にして予期せず家を継いだ。このとき、家の名与右衛門ではなく新蔵名で相続したのは、守良の子虎蔵（五歳）が成人するまで家を守るとの意識からである。結局、虎蔵は文政七年に死亡してしまうが、後年、虎蔵の妹ゐのを自身の養女とし、養嗣子を迎えて七代目を継がせるのであるから、守良の嫡流を守るとの意識は徹底している。髙倉一紀が述べるように（『小津久足紀行集（一）』解説）、家産維持を第一として政商となることを嫌った久足は、堅実さを旨とする伊勢商人のなかでも、際立った守りの姿勢を見せる。こうした継続に重きを置く久足の生き方は、そのまま文事にも及ぶ。商用で松坂を離れて江戸に赴いた際も、兼題のみか当座にまで出詠して歌会集に名をのこす姿には、継続に対する執念さえも感じさせる。思えば紀行も、旅した土地、出会った人々、去来する随想を記しとどめる日次の営みであり、久足紀行の多くが「紀行」ではなく「日記」と銘打つのも、連続性を重んじ、日次・月次の営みをよしとする久足の生き方と響きあう。

しかし、形式の維持は、内容の固定化を必ずしも意味しない。紀行文を綴り、歌を詠むという営みは生涯にわたって続けられたが、紀行文を成立年代にしたがってひもとくと、心境の変化に応じた変遷の跡が見てとれる。久足紀行文において分岐点といえるのが『花鳥日記』（天保五年、『小津久足紀行集（一）』所収。本書三部三章「花鳥日記」）である。このとき三十一歳。師春庭は六年前の文政十一年に没し、同じ文政十一年にはじめて面会した馬琴とは、すでに書物の貸借や、馬琴作品についてのやりとりを交わす間柄となっている（本書一部二章「馬琴と小津桂窓の交流」）。久足の『梅桜日記』（天保四年）を繙読した馬琴は、次のような手紙を殿村篠斎に書き送る。

尚々、桂窓子の『梅桜日記』出来、早速被致恵借候間、熟読、尤甘心不少候。御地は、鈴の屋翁の余沢にや、追々才子被出候て、珍重ニ奉存候。文も達意ニて、誰ニもよく聞え、歌もよろしきが多く見え候。定て被成御覧候半。この貴評も、来陽承りたく奉存候。小子抔、あの年齢の折抔ハ、中々及ぶべくもあらず候。実に、後生おそるべしに御座候也。

（天保四・一二・一一『馬琴書翰集成　三』八木書店、二〇〇三）

人を褒めることの少ない馬琴が、最大限の賛辞で久足紀行文を認めていることが知れる。当代随一の人気作家馬琴に、その文章と才能を認められて知遇を得たことは、久足にとって大きな自信になったにちがいない。すでに春庭はなく、春庭を継いだ有郷を後見するほど、久足は後鈴屋社中で重きをなしている。春庭在世中は国学研鑽につとめた久足だが、ここにきてその「かたくな」さが耐えがたくなってきた。

石山にまうづ。まづ本堂ををがみ奉るに、おのれ常に観世音ぼさちをふかくねんじ奉れば、いとたふとくなむ。さるは、おのれやまとだましゐとかいふ無益のかたくな心は、さすがにはなれたれば也。

（『花鳥日記』天保五年）

さらに『班鳩日記』（『小津久足紀行集（一）』所収）では、次のように述べる。

すぐにゆく人をなか〱まよはしてちまたといへる里の名もうしかくよめるは『詞のやちまた』といふ書ありて、歌よむ人のためには、いともさまたげおほきものなるを、常にうれひおもふことをふとおもひよせたる也。もとよりこの『やちまた』てふ書は、わが師なる人のあらはされたるなれど、おのれはかりにも信ずることなく、常にいみきらふことはなはだしく、ちかきころ本居風をたふとみおもはざるは、これらよりきざしたるなり。さりとて師の恩をわすれたるにはあらねど、とにかく心にかなはぬをしへおほきをいかにせむ。

（『班鳩日記』天保七年）

『花鳥日記』を境として、久足紀行文は変容する。詳細な記述、達意の文章という点では一貫するが、ここにきて古学の門人として律してきた自主規制を廃し、古今和漢雅俗にこだわらず、自由闊達で歯に衣着せぬ物言いを書き記すようになる。これを私に〈古学離れ〉と称する。久足にとっては、宣長及び門流の古道論、そして春庭の国語学がとりわけ「かたくな」に思えたようである（本書二部四章「小津久足の歌がたり」）。

われをさなきよりして歌道にこゝろざしふかく、むげに心なき言葉どもいひちらしたるが、つひに種となりて、たゞ腰折にのみ月日をいたづらにくらしゝも、廿あまりのほどは、かたはら古学にも志ふかゝりしかども、ふとうたがひおこりて、古学といふことは、むかしより聞えぬことなるを、近来つくりまうけたるみちなりと、おもひあきらめしより、「やまとだましひ」「まごゝろ」「からごゝろ」などいふ、おほやけならぬ名目のかたはらいたくなりて、私のみおほきその古学の道はふつにおもひをたちて、その後は、としひさしく、たゞ歌よむことと、風流をのみむねとたのしめり。（『陸奥日記』天保十一年）

つまり、当初は国学研鑽のために歌を詠み、紀行を綴っていたが、長ずるにおよんで国学に疑問を抱き、「かたくな」さに嫌気がさした。しかし久足の文事の柱である詠歌と紀行文執筆は継続し、その目的を風流へと変えたのである。もちろん『花鳥日記』以前も、詠歌・紀行という営みに風流を見出していたであろうし、〈古学離れ〉後も地名や式社を考察する姿に国学研鑽の残滓を読みとることができるため、古学と風流は年代によってグラデーションをなしつついずれの紀行文にも存在しているといえようが、〈古学離れ〉を明確に言表化した意味で、やはり『花鳥日記』を分水嶺と見なすことができる。

以降の紀行文、とくに浄書本で複数冊をなす長編紀行『煙霞日記』（天保八年）『ぬさぶくろ日記』（天保九年）『浜木綿日記』（天保十年）『陸奥日記』（天保十一年）『青葉日記』（天保十三年）『桜重日記』（天保十四年）『志比日記』（弘化元年）『海山日記』（嘉永六年）は、いずれも質量ともに充実した、近世紀行文学史における傑作である（板坂耀子『江戸の紀行文』中公新書、二〇一一）。

晩年に近づくにつれ、久足は祭礼や有職故実への興味が増す。新帝即位式を見物した『橘日記』（弘化四年）、内宮外宮遷宮の記である『八声の鶏』（嘉永二年）、一社奉幣の勅使について記した『花のぬさ』（安政二年）、新内裏にて御遷幸を見物した『敷島日記』（安政二年）などにそうした変化が見てとれる。しかし雪月花・山水をめぐって歌を詠む風流心や、冷徹な眼で物事を詳細に観察し、歯に衣着せぬ物言いで舌鋒鋭く見解をのべる批評精神も顕在である。詞を惜しんで余韻にゆだねることなく、情景・心情をあますことなく文字にからめとろうとする姿勢は、生涯を通じて変わることがなかったといえよう。

二章　御嶽の枝折

一　『御嶽の枝折』について

小津久足『御嶽の枝折』（『みたけのしをり』『御嶽日記』とも）は、文政十三年（天保元年、一八三〇）閏三月一日より一泊二日の旅程で、桜の名所として名高い伊勢国一志郡石名原駅に近い御嶽（密嶽・三多気とも、現三重県津市美杉町三多気）を旅した折の紀行である。

一行は、小津久足・本居有郷・久世安庭・野口茂安・坂田茂直の五人で、供の男二人をしたがえる。

本居有郷は、通称源之助。文化元年（一八〇四）生、嘉永五年（一八五二）没、四十九歳。本居春庭の長男であり、文政十一年（一八二八）に春庭が没すると、家督を相続した。その際、小津久足が後見人となっており、両者の関係は深い。

久世安庭は、通称弥一郎。文化三年（一八〇六）生、明治二十年（一八八七）没、八十二歳。『松阪市史』所収「久世家文書」の解説で次のように紹介する。

国学方面では、宣長の孫の本居有郷没後、四日市の高尾家から宣長の外曾孫に当る玖之助を第四代の松坂本居家の当主（信郷、のち健亭）として迎えるにあたり蔭の力となって奔走。万延元年には松坂国学所開設の世話人となり、〝諸生引立方〟に任ぜられている。また前記本居健亭の長女あきを長男・安重の嫁に迎え、本居家とは親類の仲となっている。鈴廼屋社中の幹事もつとめ、歌道では百人を越える門弟を擁した。

（『松阪市史　第十一巻　史料篇　近世（1）政治』一九八二）

有郷没後の松坂で重きをなした人物であるとわかる。

野口茂安・坂田茂直について詳細は不明だが、春庭の門人録（『国学者伝記集成』）に、小津久足・久世安庭とともに名を連ねる。以下、当該箇所をそれぞれ抄出する。

（＊文化十四年〈一八一七〉）

伊勢松坂　　小津安吉　久足

（＊文政八年〈一八二五〉）

同（＊伊勢国）松坂　野口彦三郎　茂安

伊勢松坂　　久世弥一郎　安庭

（＊文政十三年〈天保元年、一八三〇〉死後入門）

伊勢松坂　　坂田惣兵衛　茂直

野口茂安は久世安庭と同年に入門。坂田茂直は、『御嶽の枝折』の旅をした文政十三年、春庭に死後入門している。文政十三年は十二月十日に天保へと改元する。よって入門の日時はさほど絞り込めないが、春庭の後継者有郷、有郷の後見人久足との旅行に「したしき友どち」として同道していることと、春庭への死後入門とは無関係ではないだろう。

『御嶽の枝折』本文には、「われはかごのかたにのらんとするを、外の若人は」との記述があり、同年生れの小津久足と本居有郷を年長とし、両者より二歳年少の久世安庭、安庭と同年入門の野口茂安、そして坂田茂直の順で歳が若くなるかと推される。

なお、この五人の名は『伊勢人物志』（天保五年刊、松坂・深野屋利助）の「松坂部」（森銑三・中島理壽編『近世人名録集成』二、勉誠社、一九七六）にも記載がある。当該箇所をそれぞれ抜き出す。

茂直　〔筆〕　坂田常吉
久足　〔和歌／平家〕　〔百足町〕　小津新蔵
有郷　〔和歌／古学〕　〔魚町〕　本居健蔵
安庭　〔仝（＊和歌）〕　久世準介
茂安　〔和歌〕　野口彦三郎

本書の紳士録的性格（本居宣長記念館・吉田悦之氏御教示）から、これをもって野口茂安・坂田茂直の二人を著名人の列に連ねるわけにはいかないが、少なくとも風流文事に関心のある人物であったとは言えよう。なお、久足に「平家」とあるのは、天保二年（一八三一）に琵琶を習いはじめたからであり、同年には「平家物語百九十五首」を詠んでいる（『辛卯詠稿』）。

久足は商用のため京・江戸に赴くことも少なくない。また文政十三年までに『吉野の山裏』（文政五年）『江門日記』（文政七年）『石走日記』（同）『柳桜日記』（文政十一年）『月波日記』（文政十二年）の五点の紀行文を著している。旅慣れた久足が旅行を主導していることは、日程を一泊二日と定める経緯を記した冒頭の記述（「一夜やどりて二日のうちにかへらんこと、なでうことかあらんとて、その心がまへを友どちにもいひあはせつゝ」）からもうかがえる。

二　『御嶽の枝折』の書誌

『御嶽の枝折』は、天理大学附属天理図書館、日本大学図書館（以下「日大」）、慶応義塾大学文学部古文書室

（以下「慶応」）に所蔵される。管見におよんだ日大本・慶応本の書誌を記す。

日本大学図書館所蔵（081.8/0.99/9）。一冊。二四・六×一七・二糎。仮綴・袋綴。共表紙。外題「御嶽の枝折　記行九」と表紙左に打付書。内題「御嶽日記」。一〇行書。三〇丁。印記「日本大学図書館蔵」。胡粉による訂正あり。付箋あり（八丁ゥ）。奥書「小津久足」。

慶応義塾大学文学部古文書室所蔵（240/233/1）。一冊。二三・三×一六・四糎。袋綴。表紙は茶の横刷毛目模様に銀で鳥の意匠。外題「みたけのしをり　全」と左肩に単枠題簽。内題「御嶽日記」。一〇行書。三〇丁。印記「慶應義塾図書館蔵」。胡粉による訂正あり。付箋あり（二九丁ゥ）。奥書「小津久足」。

慶応が所蔵する小津久足の紀行文は、『御嶽の枝折』『陸奥日記』『青葉日記』『難波日記』の四点である。その写本の性格については、本書三部五章「陸奥日記」で詳しく触れるが、自筆稿本である天理本・日大本に対し、慶応本はそう断定するには慎重にならざるを得ないものの、慶応本の付箋も日大本と同じく久足の筆跡であるため、久足の管理下にあったと考えられる。

三　本居有郷『三多気の日記』・久世安庭『みたけ日記』について

じつは『御嶽の枝折』以外にも、文政十三年閏三月一・二日の御嶽への旅を記した紀行文が存在する。それは、旅に同道した本居有郷の『三多気の日記』（『密嶽日記』）と、久世安庭の『みたけ日記』である。すなわち同じ行程を旅した三つの異なる紀行文が残っていることになる。

旅に先立ち、久足らが当然閲読したであろう紀行として本居宣長『菅笠日記』が挙げられるが、この明和九年（一七七二）の吉野への旅に随行した稲掛茂穂（本居大平）も『餌袋日記』を残している（尾崎知光・木下泰典編『菅笠日記』和泉書院、一九八七）。また天保十二年（一八四一）、筑前国遠賀郡より伊勢・善光寺・日光への約五ヶ月の旅をした小田宅子《いえ》と桑原久子が、それぞれ『東路日記』『二荒詣日記』を著わし、師の国学者伊藤常足に添削を乞うている例もあり(1)、同じ国学の徒の営みとして注目される。

このような類例があるものの、今回のように同一行程を三者が書き残しているケースはやはり珍しい。また、久足は「おのれひがものなればにや、いまだ年わかけれど、世のさわがしきをこのまず、はた人とまじはることをもこのまず、たゞ山水をよろこぶと古をこのむとのくせあり。さればともなふ人もなく、たゞひとり旅におもむくことをり〳〵なるが」（『梅桜日記』天保四年）と述べるように、その後は供の男だけを連れた単独行が多くなる。そうした意味でも、これらの紀行は異なった視点を比較検討し、それぞれの個性をうかがうことのできる貴重な資料であるといえる。

本居宣長記念館は、二点の『三多気の日記』（『密嶽日記』）を所蔵しており、それぞれ草稿本と浄書本にあたる。まず書誌を記す。

草稿本。本居宣長記念館所蔵（典三四）。一冊。二五・六×一七・二糎。仮綴・袋綴。共表紙。外題「密嶽日記　有郷著」と表紙左に打付書。表紙右に「稿本　大平翁添削カ」と付箋。内題「密嶽日記」。一〇行書。一〇丁。印記「須受能／屋蔵書」（朱陽三・七×一・九糎）。付箋一〇九枚。奥書「本居有郷」。

浄書本。本居宣長記念館所蔵（典三五）。一冊。二五・五×一七・二糎。仮綴・袋綴。共表紙。外題「三多気の日記」と表紙左に打付書。表紙外題下に「修正本」と付箋。内題「密嶽日記」。一〇行書。一〇丁。印記「須受能／屋蔵書」（朱陽三・七×一・九糎）。奥書「本居有郷」。

両本ともに、昭和五十四年度に本居家から本居宣長記念館に寄贈されたものである。草稿本表紙に「稿本　大平翁添削カ」との付箋があるが、筆跡などからは大平である確証を得ない。その草稿本に付された多量の付箋は、語句の言いまわし等の修正がほとんどである。先の小田宅子と桑原久子が、師の伊藤常足に添削を乞うたように、久足・有郷・安庭が大平に紀行の添削を乞うたのであれば、春庭亡き後の松坂本居門の動向を知るうえでたいへん意義深いが、少なくとも久足の紀行文にはその形跡は見つからない。存疑のままにしておく。

久世安庭『みたけ日記』は、帝塚山学院大学図書館に収まる。

帝塚山学院大学図書館所蔵（915.5／クセ）。一冊。二三・六×一五・八糎。仮綴・袋綴。共表紙。外題「みたけ日記」と表紙左に打付書。内題「密嶽日記」。有界一〇行（版罫紙）。一一丁。印記「帝塚山学院大学図書館」。奥書「久世安庭／文政十三年閏三月」。

同じ一泊二日の旅程でありながら、有郷『三多気の日記』一〇丁、安庭『みたけ日記』一一丁に対して、久足『御嶽の枝折』は三〇丁と三倍の分量となっている。比較すると有郷・安庭の記述は淡泊に思えるが、久足の記しぶりが詳細をきわめるととらえた方がよいだろう。

差し引き約二〇丁分の余剰に久足が記すのは、詳しい地名と道程、古跡の由来およびそれに対する考察、より多くの短歌と長歌、同道の人々や村人たちとの会話、そしてときに辛辣にさえなる率直な心情の吐露である。いずれも久足紀行文の特徴であり、魅力でもある。

四　旅程と諸特徴

ここで『御嶽の枝折』にもとづきつつ、適宜、有郷『三多気の日記』・安庭『みたけ日記』を参照して、旅の概要と両者の紀行文の諸特徴を記す。

文政十三年三月、年来の願いである御嶽の花見に出発するべく旅の支度をする。御嶽への往還は山道なので二泊するのがよいとの助言にも、久足は「おのれ足よわからねば、一夜やどりて二日のうちにかへらんこと、なでうことかあらん」と主張して、一泊二日となる。三十日に出発するはずであったが、あいにくの雨で一日延期する。

閏三月一日、天気も回復し、未明に家を出る。五曲村・井村・深長村・伊勢寺村をとおり、堀坂峠の麓にいたる。登りは「つゝじ・すみれ・山吹」が目を喜ばせ、堀坂神社の考証をしつつ峠を越える。峠を越えると一志郡であるが、「かく郡のたがへるのみならず、時候さへかはりて、すぎこしかたよりこよなくさむき」と、気候の変化に日常空間からの越境を意識する。

与原・後山村を経て柚原村にいたり、ここで準備した弁当を食べる。柚原村を出て、途中蘭《あららぎ》神社に詣で、小川村にいたる。もっとも有郷は、小川村着後に蘭神社に詣でたとしているが、安庭の記述からも、有郷が誤って記していることがわかる。

小川村の「何がしといふ寺」（万福寺）から右折してしばらく行くと立派な一本の桜を見つける。ここで里人に道を問うと、寺を左折しなければならなかったことを知り、来た道を引き返す。「この道をたがへずは、かの一木のさくらは見まじきを、なか〱幸なり」と有郷がいうと、久足は「まけじだましひよとをかし」と述懐したうえで、旅行の際、人に道を聞く大切さを説く。安庭『みたけ日記』には、道に迷った経緯は記されない。

下多気村に入り、上多気村の北畠神社を詣でる。「おのが遠つ祖もこの君につかへ奉りし」（久足）、「おのが遠祖のつかへまつりし北畠の君」（有郷）、「おのが遠祖たちの世々経てつかふまつり給ひし」（安庭）と、三人の北畠具教への思慕の念は深い[2]。その城跡のある霧が峰を仰ぎ、御庭を散策する。安庭は「池のほとりに石ども数おほくあるが、いづれも〱かいなでならぬさまなり」、また有郷も「いろ〱ふるき石などあり。この石にいろ〱の名ありときけど、しられず」と細かい穿鑿はしないが、久足は「汀にたて石いとおほく、蛙石・琴石などいふ名ある石もありて、すべての石のさまも、よの常ならず」と名を挙げて記しており、記述態度の違いがよくあらわれている。

伊勢本街道に合流し、「このごろ阿波国・紀伊の国などに御影参てふことはじまりたりとて、その国人どもの菅笠と杓とをいづれもたづさへて、かずかぎりもなくゆきかよふは、ことにゝぎはゝし」と、御陰参りで混雑する様子を伝える。

ここで食事をとったのち、古来難所として名高い飼坂峠にいたる。久足は天保十一年（一八四〇）の『陸奥日記』に「われ馬にのりしことはいまだなし。こは乗馬は身におはぬことゝこゝろみず、旅にてはあやふきをゝそれてのことなり」と記すように、その年まで危険を避けて馬には乗らない。当然この旅でも馬を避けて駕籠に乗るが、「外の若人は、「馬もめづらし。かゝるをりならでは」などいひつゝ、俗にいふ「三方かうし」といふにあつらへて、かの坂路にかゝる」と、同行の若者は三方荒神（馬の背と左右に人・荷物を載せる枠を設けた鞍）をつけた馬に乗る。

馬のうへにのりたる人たちは、よそめもあやふく見えたるを、わか人たちはさもおもはぬにやあらん、馬の口とるをのこにそゝのかされて、もろごゑに「やあとこせ。よいやな」とかやいふ、をりにふれたる歌を、いと声だかにうたひつゝ、さゞめきのぼるを見るも、かつは興あり。

との描写は、「むつまじき人々」との愉快な旅の様子をよく伝える。

飼坂峠・桜峠を越え、奥津駅を経て石名原駅にいたる。御嶽もちかいため、ここで馬・駕籠を降りる。御嶽に向かう牛田山にのぼり、御嶽をながめると「ふもとより峰までたゞ一すぢに、数かぎりもなきさくらの今をさかりと咲ならびたるが、ひとめに見わたされたる」と噂どおりの眺望に感嘆する。

はやる心のままに御嶽をのぼると、花のなかを進むがごとき桜の多さに感じ入る。

いとも〳〵大きなるみきは三かゝへ四かゝへもありぬべく、高さは五六丈ばかりもあるべく見ゆる世には見なれぬ大きなる花の木どもおほくありて、げにたぐひなき花の所也。凡十町あまりのほどはおなじさまなる並木なれば、おほしとも、かぎりなしとも、めざましとも、めでたしともいはむはなか〳〵おろかにて、皆人もわれも、たゞめをおどろかしたるばかりにて、いかゞとも言葉にはいひがたく、こゝろはゑひたるがごとし。

やがて蔵王権現にいたる。その傍らの真福院について「この寺の庭、うちはれたる所なれど、まへなる木立にさへられて、桜はおもふばかりも見えず」と述べるが、有郷の紀行により、眺めがよければこの寺に宿りを乞う計画だったことが知れる。

もとの道を引き返して坂をくだる際、桜の数を数えることにする。有郷は「七百本ばかりもありて、大木は五十本計もあり」、安庭は「すべて六七百本もありとかや」「年ふりにたる大木どもは、五六十本にはすぎじと見ゆ」と記すが、久足は「よの常の大きさばかりなる木ども六百七八十本あまりもありて、その中によにまれなる三かゝへ四かゝへもあるべき大木五十本あまりあり」と記す。六百七八十本もの桜を数えるところに、一行の浮かれぶりがよくあらわれている。また、ここでも概数を記す有郷・安庭に対して、久足の詳細な記述ぶりが見てとれる。

ここで久足は、御嶽の桜は吉野に比べると数が少なく、嵐山に比べると景色が劣ると比較したうえで、「この五十本あまりの大木は、よしの・あらし山にもたぐひなければ、こればかりぞ、この山のよしの・嵐山にもまさりたる所なる」と批評を加える。こうした経験に裏打ちされた冷静な視点は、いかにも久足らしい。

さらに久足は、三十首の短歌と二首の長歌を記す。一首のみの有郷、二首の安庭とここでも対照をなす。

石名原にもどり、「中子何がし」の宿所に泊ろうとするものの、折からの御陰参りのせいでまったく空きがない。方々の宿所をたずねたあげく、村役人の力を借りて最初の「中子何がし」のもとにようやく泊ることができたものの、供の男を入れた七人が狭い一間に寝ることになる。

宿の主に話を聞くと、花見にくる人はさほど多くなく、地元の人は見慣れて珍しいとも思わないため、桜のしたで円居する人も少ないという。これを聞き久足は次のように述懐する。

まことや、かゝるめでたき花を、かく見る人のすくなきは、あかずくちをしきやうなれど、見るためにはうるさきことなく、心しづかにしていとたよりよく、かつは花をかごとに、その花はよそにして、酒のみ、ものくふことをむねとしつゝ、たはぶれくるふおこ人のなきは、中々に花のためにはきよらかにてよかるべくや。さればわがごとき、よにねぢけたるひがもの丶ためには、よにたぐひなきところなりけりと、かへすがへすもめでたくおぼゆるは、このみたけの花なりかし。されば、みやびやかにまことの花見をせまほしくおもふ人あらば、かならずおもひたつべき所にこそ。

閏三月二日、また牛田山に赴き、朝日に照らされた御嶽の姿をながめる。続いて御嶽にのぼり、あらためて絶景を堪能したのち帰途につく。

石名原にもどり、ここからは往路と別の道をゆく。老鹿村・八知村・竹原村・南家城を経て北家城にいたる。瀬戸ヶ淵の岩村のさまに三者ともに感じ入る。千方岩に対して有郷は「里人のいろ〳〵いひつたへもきゝつれど、わすれたり」とそっけなく、安庭は触れもしないが、久足は故事を引いて考察を加える。

川口の関跡を遠くに見て川口駅に入り、久世安庭のゆかりの家で食事をすると、雨が降りはじめる。柚生村を過ぎると雨がはげしくなる。初瀬街道に合流すると、ここでも御陰参りの人々が目につく。大仰駅で蕎麦切を食べ、ここから駕籠に乗る。谷戸・井関・八田駅をすぎると風雨がさらにはげしくなり、あとはどこを通ったかも分からぬまま、亥の刻過ぎにようやく帰宅する。

最後に「色香なき言葉の花もみたけ山わけ見む人の枝折とはなれ」と詠む。これが『御嶽の枝折』と題する所以である。

以上の概要によっても、饒舌な久足紀行文の魅力が感じられるかと思う。また有郷・安庭の要を得た記しざまも旅の趣をよく伝える。

五　松坂本居家

最後に、この旅に同道した面々からうかがえる松坂本居家の様相について述べる。

松坂在住の殿村安守（篠斎）と小津久足は、曲亭馬琴と作品の評答を交わす間柄で、書物の貸借を頻繁に行っていたことはよく知られる。足立巻一は、「安守の影響は殿村常久や小津久足におよび、松阪に独自の気風をつくった」として、平田篤胤が松坂を訪れた折、篠斎らが応対したことを挙げて、彼らの「排他的でも迎合的でもなく、いいものをいいとする批評を持」つ気風を高く評価する（『やちまた』河出書房新社、一九七四）。

今回の紀行では、小津久足・本居有郷・久世安庭の近しさが浮き彫りになった。本紀行の翌年、天保二年の小津久足『花染日記』には、

このところまで久世安庭・笠因清雄・関屋景之など、おくりきつ。この三人もおなじく花見にゆくべく、かねてはちぎりおきたりしかど、さはることありて、えゆかぬを、いと口をしきよしいへり。よりて、ともなふ人々は久世安庭の弟の久庭と坂田茂稲なり。

と、久世家との緊密な関係が見てとれる。

すなわち、いささか図式的に述べるならば、春庭を後見した殿村安守、春庭の息有郷を後見した小津久足、有郷の養子信郷を支えた久世安庭と、松坂本居家を下支えした安守・久足・安庭が、ある種の共同体を形成していることが見てとれる。もちろん、たとえば久足が『海山日記』（嘉永六年）で「昔の友なりし殿村安守は歌をよめりし人なりしが、見識いとせばく、田舎人のくせをのがれず」と述懐するように、共同体内部の人間関係を正しく見きわめる必要があるが、従来ほとんど顧みられなかった久足と安庭の関係を知り、春庭没後の松坂の様相を見定めるうえでも、今回の紀行群は貴重な情報を与える。

注

（1）前田淑「伊藤常足門下の女流とその作品——紀行文学を中心に——」『福岡女学院短期大学紀要』一、一九六五・三。『中間市史　中巻』一九九二。井上敏幸他「福岡女子大学附属図書館蔵『東路日記』翻刻・解題（上）（下）」『香椎潟』四〇〈一九九五・三〉・四一〈一九九六・三〉。田辺聖子『姥ざかり花の旅笠——小田宅子の「東路日記」』集英社文庫、二〇〇四。前田淑「吉野の花見と伊勢参り——小田宅子『東路日記』」『国文学　解釈と鑑賞』二〇〇六・八。

（2）有郷・久足の祖先と北畠家との関係については、それぞれ本居宣長「家のむかし物語」（『本居宣長全集　第二十巻』筑摩書房、一九九〇）、小津久足『家の昔かたり』（小泉祐次「小津久足自筆本『小津氏系図』と『家の昔かたり』について（二）」『鈴屋学会報』五、一九八八・七）に記載がある。

三章　花鳥日記

一　『花鳥日記』について

小津久足『花鳥日記』は、天保五年（一八三四）三月八日に松坂を出立し、京・大坂を遊覧して、同月二十七日に帰宅するまでの紀行である。

本作の冒頭で「春はことさら家にあるをたへかぬるさがなれば」と述べるように、久足は春に旅をすることが多い。それは彼がとりわけ桜花を愛するからであり、「おのがさがとして、京をふかくこのめれば」（『月波日記』文政十二年）と京びいきの久足は、都の花見を好む。『花鳥日記』以前にも、『柳桜日記』（文政十一年）、『花染日記』（天保二年）、『梅桜日記』（天保四年）に都の桜を観賞した記述が残る。

桜と都を愛する久足の嗜好は終生変わらなかったようで、天保五年以後も『班鳩日記』（天保七年）、『桜重日記』（天保十四年）、『志比日記』（天保十五年）、『春錦日記』（弘化三年）、『難波日記』（弘化四年）、『遅桜日記』（嘉永二年）と、桜咲く京を訪れて、紀行を残している。当然、くりかえし訪れる箇所が多くなるのだが、それも、「名所古跡のむかしみし所を、としへだてゝ又見る時は、かならず、むかしにかはるやうにおぼゆるもの也。そはその名所古跡のかはるにあらず、心のかはる也けり。さればゝ、名所古跡は、としぐ〳〵におなじところをみまほしきものぞかし」（『班鳩日記』）と述べるように、自己の成長を確認する意味合いもあることが知れる。

久足の京びいきは、大坂との比較にもあらわれる。「大坂は都にこよなくかはりて、見にものすべき所もすくなく、又古き都のあとに似げなく、地《トコロ》のさまも俗なれば」（『柳桜日記』）「大坂の地は俗にして、みるべき名所なく、たゞ海内にたぐひなきは芝居ばかり」（『浜木綿日記』天保十年）と、大坂は京にくらべて意に叶わぬことが多く、本作でも三月二十一日より三日間、大坂に赴いた際も、京におけるほど熱心に名所古跡をめぐることはない。

一冊七〇丁を超え、かつ複数冊にわたる紀行も少なくないなかで、一冊三一丁の本作は、久足の紀行文としては短い部類に属する。しかし、「桜」「都」と久足の愛した二つの対象が記録の中心となり、率直な心情の吐露や、出会った人々との印象深い語らいなど、久足紀行文を特徴づける記述も数多く見受けられる。さらに、詳しくは後述するが、久足紀行文の変遷を概観するとき、『花鳥日記』はその転換点をなす重要な作品だと位置づけることができる。

二　『花鳥日記』の書誌

『花鳥日記』は、三重県立図書館、天理大学附属天理図書館に所蔵される。天理図書館には草稿本・浄書本がともに揃っており、『小津久足紀行集（一）』（髙倉一紀・菱岡憲司・河村有也香編、皇學館大学神道研究所、二〇一三）に書誌と翻刻が備わる。よって、三重県立図書館所蔵本の書誌を記す。

三重県立図書館所蔵。武藤文庫（L980／オ／4）。一冊。二三・四×一六・四糎。袋綴。表紙は無地に鳳凰の型押し。外題「花鳥日記　全」と左肩に単枠題簽。内題「花鳥日記」。一〇行書。三一丁。印記「武藤蔵書之印」（朱陽）。奥書「天保五年といふ年のやよひ／小津久足」。

武藤文庫とは、元三重大学教授の武藤和夫氏の旧蔵書である。近世の三重県法制史関係のコレクションが大半を占めるが、そのなかに「小津久足自筆稿本」として十三冊を一帙に収めた書物群が存在する。その帙題簽を示す。

小津久足自筆稿本
神風の御恵　一冊　　柳桜日記　三冊
松陰日記　一冊　　丁未詠稿　一冊
班鳩日記　一冊　　丁酉詠稿　一冊
花鳥日記　一冊　　辛亥詠稿　一冊
石走日記　一冊　　癸丑詠稿　一冊
梅桜日記　一冊　　合計　拾三冊
西荘文庫旧蔵本

「小津久足自筆稿本」と銘打つが、右十一点のうち、『丁酉詠稿』は、奥書に「天保九年といふとしのやよひ／小津克孝」とあるように、久足の養子克孝《よしたか》の歌稿である。『丁未詠稿』『辛亥詠稿』『癸丑詠稿』の歌稿三点は久足の自筆本である（本書二部一章「小津久足の歌稿について」）。その歌稿の筆跡と比較すると、残る紀行文諸作は自筆との断定には慎重にならざるを得ない。しかし今回紹介する『花鳥日記』にはないものの、他の紀行文諸作には、胡粉・朱による訂正、頭書・付箋による注記が散見し、その筆跡は久足のものに近い。よって本書三部五章「陸奥日記」で後述するように、久足が管理下に置き、所々推敲を加えたものだと考えられる。

以上より、帙題簽の記述のまま、すべてを「小津久足自筆稿本」と認めることはできないが、久足の推敲のあとを示す朱や付箋の存在からも、久足の管理下にあったと考えられるため、「西荘文庫旧蔵本」であった可能性は高い。

三　旅程と諸特徴、その一（往路）

ここで、『花鳥日記』の旅の概要と諸特徴を記す。

天保五年三月八日の未明、久足は松坂の自宅を出立する。冒頭に、「旅をうきもの」というのは、やむを得ぬ事情で気が進まない旅のことであって、「野山のながめ、花鳥のあはれをむねと心ざす旅」ほど快適なものはなく、一年に一度は旅心に誘われ、とくに春は家でじっとしているのも耐えかねるほどだと久足は述べる。

三渡・津・久保田（窪田）をすぎ、豊久野にいたる。豊久野では、かたわらに「銭懸松」と標札のある松の枯木を見つける。銭懸松とは、枝に懸けた銭が蛇に変わったという伝承の残る松である。古跡の考証には厳密を期す久足であるが、「おのれらがごとくものしらぬものゝ心には、おもしろきつたへかな」と、伝承は伝承として享受する姿勢を示す。こうした態度は『柳桜日記』（文政十一年）等、文政期の久足紀行文には見受けられないものであり、後述の〈古学離れ〉と関係する。

長野の松原では、「ことしはよもの国、米価のたかき」と、天保の飢饉のため伊勢参宮の人が減ったことを指摘する。

椋本で食事をし、楠原・古馬屋（古厩）をすぎ、関にいたる。関では、一休が小便をかけて開眼供養したという地蔵堂に言及する。ここでも伝承に批判的な姿勢は見受けられない。

一の瀬にいたり、茶屋にて筆捨山を眺めつつ休息すると、折しも雨が降りはじめる。雨のなか坂下にいたり、日野屋に泊まる。その日は鈴鹿権現の祭にあたり、祭らしからぬ慎ましさをゆかしく思う。

九日。坂下を出立し、岩屋の観音・鈴鹿権現をすぎ、鈴鹿峠を越える。女夫坂をすぎ、蟹が坂にいたると、山崎闇斎の紀行に言及し（山崎闇斎『遠遊紀行』「鈴鹿川」の項、及び『再遊紀行』「蟹坂二首」に蟹が坂の記述がある）、蟹の塚の伝承や名物の飴について記す。世の中の道を横に進む「ひがもの」を自認する久足は、「あしがにの墓としきけばなつかしや横行くことをこのむわれゆゑ」と、地名にかこつけて自らを詠む。

土山・松尾・頓宮・前野・大野・水口をすぎ、八幡宮の桜を鑑賞して草津にいたり、柏屋に泊まる。

十日。未明に宿を出、野路・月輪をすぎて勢田の長橋をわたるころ、夜が明ける。

石山寺に赴き、まず本堂に参拝する。「おのれ常に観世音ぼさちをふかくねんじ奉れば」と、久足の観音信仰はにわかに起ったものではないが、『花鳥日記』以前にその思いを紀行文に記すことはなかった。しかし、それをこのたび書き記したのは「おのれやまとだましゐとかいふ無益のかたくな心は、さすがにはなれたれば」と、自身の〈古学離れ〉によることをあきらかにする（後述）。

石山寺本堂のかたわらには「源氏の間」がある。紫式部が『源氏物語』を執筆したという由来に対し、久足は「あなかたはらいたのことなるかな」と不審げにつぶやく。それを聞きとがめて、堂のなかから「そのかほにくさげに、心も一くせありげなる老僧」があらわれ、久足に説教をたれる。

「それなるおろか人よ。今つぶやかれたる「源氏の間」のことこそ心えね。さるは、『源氏物語』をうへなき書とおもひゝがめたるあやまりにこそ。もとより『源氏』は女のつくりたるつくりものがたりにて、詞づかひこそ優にはあれ、一部の趣向は、たゞ淫奔のことにふけりて、何のとるべきことなきいたづら書なれば、ゆめ〳〵男たるものゝ手にふるべきものにあらぬ無益の長物語なるを、その心をわきまへずして、古今豊賤上下ともにこの書にえひてめでよろこぶこと、いとかたはらいたきことになん。さるを、この人もそのつらにはもれぬおろか人なりけり。もしおろか人にあらずは、この「源氏の間」は、かの物語の無益の空言なるにはいとにつかはしきつくりごとにて、さのみいふべきことにあらねば、とるにもたらぬことゝよそにみすぐすべきものなるを」と声高にのゝしりつゝ、「へゝ」とあざわらひたる……

淫奔の書をあらわした罪により紫式部が地獄に堕ちたという紫式部堕地獄説は、仏教者にとって珍しいものではない。しかし、『源氏物語』自体が「無益の空言」なので、真偽の定かならぬ「源氏の間」は、『源氏物語』に「につかはしきつくりごと」であるとする僧の論理は意表を突く。詭弁に思える説明であるが、久足は「そのさとしごとのことわりなるには、げにとかんじられて、こたふべきことばもなく、いまだ時ならぬおもてのあせしとゞに、あへて足ばやにそこをにげさりつ」と、反駁するどころか、僧の意見を是として冷や汗を流し、その場を退く。僧の描写といい、久足の応対といい、どこか戯画化した書きぶりであり、この挿話を「まことにたふとき老僧のをしへごとなりけり。もしは観世音ぼさちの化身にやあらん」と結ぶところからも、久足が興にのって面白おかしく綴っているようでもある[1]。本書二部四章「小津久足の歌がたり」で言及した『桂窓一家言』における『源氏物語』評価との関連も注目される。

月見亭より琵琶湖を見わたし、折よく咲き誇る糸桜を観賞する。

石山寺を出、「幻住庵道」という標識にしたがい、幻住庵を目指す。国分村に入り、山上の八幡宮（近津尾神社）にいたる。その社のかたわらに「幻住庵跡」という石碑を見つける。景勝の地を想像して当地を訪ねたが、「おもひしにはやうかはりて、湖などはいさゝかも見えず、何の見るめなき山」であった。これを久足はよしとする。

かいなでの人也せば、湖なども見えていとけしきよきところにすむべきを、湖ちかき所ながら、そはすこしも見えず、かゝる所の庵にしもすみけむ翁の心たかさ、なか〳〵に凡慮のおよぶべきことにあらず。かねてはけしきよきところならむとおもひしこそ、わが心のいたらざりしなりけれと、今さらはづかしくおぼゆ。よの歌人の俳人といへば、おのがわざよりはひくきものと見くだして、いといやしきものゝやうにいふはひがごとにて、月雪花の風流は、歌人の俗なる魂のおよぶべきところにあらず。中にも、この芭蕉翁は、円位上人のふるき跡をしたひて、その風流なること、又はその道にたくみなること、一道の祖とたふとむは、うべなることにて、この翁よにいでて後、歌人にはかばかりの人をきかず。

当代において芭蕉を慕うのは珍しいことではないが、本居春庭の門人でありながら歌人をやり玉にあげて、芭蕉を称える背景には、やはり〈古学離れ〉がある。三首の詠歌ののち、「わざこそたかけれ、ひくき俳人のわざにはおとりたる心おそさはづかしくて、口かしこく十七文字にこそいはまほしけれ」と述べるところからも、韻文における雅俗を意識しつつも、俗なる俳諧に美的価値を見出していることが知れる。

勢田まで道を引き返し、粟津をすぎると、薄く霞わたる琵琶湖の水面は朝日に照りかがやき、遠景には鏡山がみえる。

膳所をすぎ、馬場村の義仲寺にいたる。寺中にある芭蕉の墓に言及し、「この墓などは、ちかきよに口かしこくいひたる歌人たちには、はるかにまさりて、千年ののちその名のくちせぬはかなるべし」と、ここでも歌人を引き合いに出して芭蕉を称える。

逢坂山・日野岡を越え、京に入る。まず、定宿にしている三条大橋詰めの目貫屋に立ち寄り、昼食を済ませたのち、花見にくり出す。

智恩院（知恩院）の桜をたのしみ、祇園社（八坂神社）を詣で、長楽寺・双林寺・西行庵・清水寺の桜を眺めると、雨が降りはじめた。清水寺では、謡曲「熊野《ゆや》」の花見を思いうかべる。

四　旅程と諸特徴、その二（京見物）

十一日。昨夜よりの雨が終日降りつづく。よって花見に出ること叶わず、知人を訪ねて日をすごす。

十二日。西山の桜を観るべく、早朝より宿を出る。太秦の広隆寺に参る。折よく当日は太子堂の御開扉にあたる。舞楽が催され、久足は昨年観た天王寺の舞楽を思い起こす。番組を記載するが、これはのちに「ある人のもとにて」見たものだという。記録に正確を期す久足の心づかいが知れる。

嵐山に赴く。桜は盛りであるが、見物人の多さに辟易する。久足は自身が下戸ということもあり、大騒ぎする酔客を「こぶしふりあげてうたまほしきまでおもはる」と、ことさらに忌み嫌う。

この日は天龍寺の川施餓鬼にあたり、川原では法師たちが経をよみ、川中には大きな卒塔婆が立つ。花には似つかわしくないが、これもひとつの風流であるとする。

雨がまた降りはじめ、天龍寺を詣でる。寺内の妙智院を訪ね、獅子岩のある庭および祖師堂をみて、策彦和尚に思いを馳せる。隣接する多宝院にある後醍醐天皇の御霊屋も、庭より眺めやる。

太秦をすぎると日も暮れ、雨も晴れる。菜の花畑が美しく、蘇軾「春夜」を踏まえて「菜の花の色にはあらでその価千々の金の春の夜の月」と歌を詠む。

十三日。長講堂に参詣する。当日は後白川（後白河）法皇の御忌日であり、法事の後、御影の厨子が開扉される。

十四日。北野社・平野社・等持院の花をめぐる。人知れぬ桜の名所が久足にはうれしい。龍安寺・泉谷・法蔵寺の桜をながめ、妙心寺を訪ねて帰路につく。宵より雨が降る。

十五日。今朝も降雨。巳の刻に雨は上がり、外出する。祇園社・智恩院・真葛原をすぎて、双林寺に入る。長喜庵に月峰を訪ねる。書斎にて歓談しつつ、桜散る庭の様をたのしみ、東漸寺の太山府君の桜を眺めやる。月峰については、田邉菜穂子「双林寺の画僧月峰のこと」(『語文研究』一〇三、二〇〇七・六)に詳しい。『花鳥日記』の記述からも、双林寺がこの時期、文化サロンとして機能していたことがうかがえ、久足も上洛の際はかならずといってよいほど双林寺を訪ねる。

大雅堂に向かう。久足は池大雅を慕っており、大雅堂の描写が当時の様子を伝える。

高台寺に参り、八坂の塔にいたる。『延喜式』の「八坂墓」の記述について考察したのち、清水寺に詣でる。

十六日。壬生寺に赴き、壬生狂言を観る。演目は「座頭の川渡」「熊坂」で、「こはいとたはれたるものなれど古雅にて、さるかたにあかぬ見ものなり」との感想を抱く。

十七日。この日は宇治へ赴く。稲荷御社(伏見稲荷)・藤森神社に立ち寄り、大亀谷にいたる。元御香宮にて由来を考察し、仏国寺に参る。

六地蔵・木幡をすぎ、黄檗山にいたる。「人を済度などいふおろかなるわざは、かけても聞えぬ宗旨にて、かたへには文華をことゝし、いとみやびたる宗旨なることは、この寺のたてざまにてもしられたり」と、開山の隠元をはじめ、黄檗を慕わしく思う。こうした黄檗への思いをありのままに記すのも、やはり〈古学離れ〉と関係する。

宇治にいたり、橋寺・恵心院・興聖寺に詣でる。川辺で休息をすると、名高き宇治の柴舟がとおりかかる。

宇治橋のほとりの通圓茶屋にて茶を飲み、平等院の合戦、宇治橋の三の間の由来に触れる。

平等院を詣でたのち、宇治橋詰めにて船に乗り、伏見にいたる。船中より雨が降りはじめ、伏見からは駕籠に乗り宿に帰る。

十八日・十九日と、天候のみ記す。商売に関する記述は紀行文に記さないのが常であるため、あるいは商用で各所に赴いたか。

二十日。「弘法大師の一千年忌の准御斎会」を観覧するため、夜明け前より裃を着て東寺に参る。行事の進行を時を追って記したのち、「この御行事のさまはいとことおほく、筆にはかきとりがたく、かつはその心おしはかりがたき行事もおほく、なか〳〵にあやまりをしるさむも心うければ、そのあらまし百が一を長歌にゆづり」と、長歌および短歌五首を詠む。

また、「けふの行事にあづかり給へる君だちの御名をかきたるもの」を参照して書き写し、さらに舞楽の番組も借覧し、こちらも写し置く。正確な記録を残そうとする久足の意識がここでもうかがえる。

五　旅程と諸特徴、その三（大坂見物と復路）

二十一日。大坂に赴く。伏見より船に乗ると眠りに誘われ、目を覚ますと江口の辺りである。暮れすぎに大坂にいたり、道頓堀の藤屋に宿りをとる。

二十二日。角の芝居を見物する。演目は「山門五三桐（金門五山桐）」「関取二代鑑」で、「めづらしき狂言ならねど、役者はいとよきかぎりにて、さるかたなる見もの也」との感想を抱く。

その夜、「大坂人なにがし」が訪ねてきて、天王寺で起きた心中未遂事件を語る。

阿波国で、若い男が娘のもとに通い、比翼連理を誓う仲となる。しかし妊娠により事が露見すると、二人はいずれの親からも勘当されてしまう。行くあてもないまま大坂にさまよい出、路用も尽き、二人は天王寺の塔より投身自殺する。

天王寺の塔のうへにのぼりて、かたみに手とり足とり、かはし帯にて身をしかとしばりて、その塔のうへより落て死きとぞ。しかるに男は下のかたになりて体ひしげてことなくいきゝれしかども、女はとかくするほどにいきふきかへしたれば、そのことおほやけにうたへたるに、おほやけより国所とひきゝつゝ、その故郷へたづねられしかども、その家はおひいだせしをり、宦《官》の帳をもけしたるよしにて、とりあへねば、その女は天王寺へみあづけとなりたるに、その女塔よりおちし時、ほねぐ〳〵はくだけたるよしにて、立居もかながたく、飯くふこともかなひがたければ、そも人をつけおきてくはするよし。天王寺にてはおもひがけぬわざはひにて、いとからきことにおもひわづらひたるがうへに、十日あまりすぎてはらなる子うまれいでて、これらはことにおもひわづらひたりしが、その子はやがて身まかりて、そはせめてものことなるを、その女は今に命つゝがなきよしにて、とてももとの身にはなりがたきよしなり。

二人で飛び降りたのち、女は一命を取りとめるも、身体には障碍が残り、生まれた赤子はすぐに死に、もはや身寄りはなく厄介者扱いされて生きつづけるという、心中の末の厳しい現実を久足は記す。石山寺における僧の説教とともに、印象に残る挿話であり、こうした挿話を積極的に書きとどめる聞き書きの魅力が感じられよう。

二十三日。難波の瑞龍寺に参拝して、開基の鉄眼禅師に言及する。帰路、難波新地で見せ物が催されているが、人混みを嫌って立ち寄らずに宿に帰り、夕方船に乗る。

二十四日。夜船にて京に向かい、橋本をすぎるころに夜が明ける。京に着くと、明日の帰郷を前に「日ごろたづねたる人々」のもとに挨拶に回る。

二十五日。雨のなか宿を立ち、三条大橋より東山を眺めて京を離れる。日野岡・四宮川原・十禅寺・逢坂をすぎ、大津より船に乗る。矢橋にて船を乗り換え、鞭崎八幡宮あたりで船を下りる。天神に詣で、草津・石部をすぎ、水口の「ますや」に宿る。

久足紀行文では、復路は、往路にくらべて簡略に記述するのが常である。無用なくりかえしが省かれるため、結果的に読み手を倦ませない。

二十六日。早朝に宿を出、土山・坂下をすぎ、鈴鹿を越える。松の木に宿った桜（桜松）が満開である。関・楠原・椋本・久保田（窪田）をすぎ、津の「ふきや」に泊まる。

二十七日。朝はやく宿を出、午の刻すぎに松坂の自宅に帰り着く。

六　久足紀行文における『花鳥日記』の位相

本居春庭の門人であり、春庭の息、有郷の後見人として後鈴屋門でも重きをなした久足の紀行文には、「廿あまりのほどは、かたはら古学にも志ふかゝりしかども、ふとうたがひおこりて、古学といふことは、むかしより聞えぬことなるを、近来つくりまうけたるみちなりと、おもひあきらめし」（『陸奥日記』天保十一年）との〈古学離れ〉が散見する。久足の筆致は、ただ〈古学離れ〉を示すに留まらず、「もとよりこの『やちまた』てふ書は、わが師なる人のあらはされたるなれど、おのれはかりにも信ずることなく、常にいみきらふことはなはだしく、ちかきころ本居風をたふとみおもはざるは、これらよりきざしたるなり」（『班鳩日記』天保七年）と、師春庭の著した『詞の八衢』を否定し、自らの学統を批判するまでに及ぶ。

その〈古学離れ〉は、書簡や仲間内での会話では知らず、少なくとも紀行文という様式においては、この『花鳥日記』にてはじめて言表化される。[2] 石山寺における、「おのれやまとだましゐとかいふ無益のかたくな心は、さすがにはなれたれば」との述懐がそうである。

「倭魂みがきしをりは、『式』の神名帳に注をせまほしくおもひしことありて、それにつきてはおほくいとまをつひやしたり」（『班鳩日記』）と述べるように、『花鳥日記』以前の『柳桜日記』（文政十一年）などでは、積極的に『延喜式』神名帳に載る式社を訪問する半面、仏寺や俳諧への言及には消極的であった。それは古学を学ぶ身として、久足なりの自主規制であり、仮に言及する場合も「この大神（＊三尾神社）は『式』にもみえたるたふとき神なるを、この寺（＊三井寺）につきたる鎮守などいふものゝやうに、こゝにしもいはひまつりたる法師のしわざこそいとにくけれ」（『石走日記』文政七年）、「さてこの御社（＊人丸神社）にまうづる道に、誹諧師芭蕉といふ、をぢのたてたる碑ありしは、いとうるさくぞ見えし」（『月波日記』文政十二年）と否定的な文脈で記すことが多い(3)。文政七年に義仲寺を訪ねた際（『石走日記』）も、『花鳥日記』で賞賛の言葉を連ねた芭蕉の墓にはいっさい触れない。

おなじく文政七年『石走日記』で「清水の観音はまうでゝをがむ人のおほければ、我もをがむ」と、清水寺参詣にわざわざ消極的な動機を書き記すのも、やはり古学を学ぶ身としての憚りである。その久足が『花鳥日記』石山寺のくだりで「おのれ常に観世音ぼさちをふかくねんじ奉れば、いとたふとくなむ」と観音信仰(4)を表白したのち、「さるは、おのれやまとだましゐとかいふ無益のかたくな心は、さすがにはなれたれば也」と理由を説明するのは、もはや古学への遠慮なく、仏教に関することであれ、俳諧に関することであれ、思うがままの感慨を書き記すことの表明でもある。

『花鳥日記』で「弘法大師の一千年忌の准御斎会」を見物して、その様子を長歌に詠み、さらに「真言《シンゴン》の祖師《ソシ》の光のたふとさをゆかりなしとてあふぎやはせぬ」「かばかりの祖師の光をあふがざるなまものしりの人やなになり」と、仏教を忌避する古学の徒を揶揄するような歌まで詠むのも、やはり〈古学離れ〉のあらわれである。

では、この〈古学離れ〉は何によってもたらされたのか。それは本書一部二章「馬琴と小津桂窓の交流」で述べた馬琴との交流に深く関係している。久足は殿村篠斎の紹介で、文政十一年（一八二八）十二月四日にはじめて馬琴宅を訪ねる。しかし、馬琴からすれば招かれざる客であり、しばらくは篠斎の顔を立てて、おざなりの対応を重ねるのみであった。

だが天保三年、久足が『御嶽の枝折』（文政十三年）の旅で得た見聞などをもとに、馬琴の読本『開巻驚奇俠客伝』における事実誤認を指摘したことを契機に、馬琴は久足を高く評価し、ついには「大才子」と評するまでにいたる。さらに、馬琴は久足の紀行文を読んで激賞し、架蔵用に写本を作成する。『延喜式』神名帳の注をなすべく諸所を歴訪するうち、宣長の著述における地名の記述が、まま事実と異なることを知って「うたがひ」を抱き（本書三部五章「陸奥日記」）、本居門の古道論と国語学を受け入れがたく思いはじめた久足にとって（本書二部四章「小津久足の歌がたり」）、当代第一の戯作者馬琴におのれの紀行文を認められたことは、「かたくな」なる古学を離れる理由としては充分すぎるものであった。

以上のように『花鳥日記』は、久足が紀行文中にはじめて〈古学離れ〉を表明した作品であり、この〈古学離れ〉により、和漢雅俗に関する自主規制を撤廃し、見たまま感じたままを書き記すという質的変化をもたらしたことを鑑みても、久足紀行文において画期をなすものだと位置づけられよう。

注

（1）この僧とのやりとりは、上田秋成の紀行文「秋山記」（『藤簍冊子』二、『上田秋成全集』一〇、中央公論社、一九九一）の次の箇所を想起させる。

齢のほど五そぢにたらぬ法師の、おなじ松陰にあるが、にらまへるやうのつらつきして、「この都人よ、さるあだしことを、まさなげに打ものがたりたまひそ。彼式部とかは、あとなしごとゆゑ〳〵しく作り出たるむくひに、おそろしき所に繋がれ、永劫の苦しみをうけたるぞかし。もろこしにても、かうやうのことかけるもの丶報ひなんいと罪深しかし。羅氏が三代まで唖子をうみしなども云。かまへて〳〵信ずまじき文ぞ」と聞ゆ。おもひかけず、めざましうこそ有けれ。

（2）天保元年（文政十三年、一八三〇）の『庚寅詠稿』には、「よの中にいにしへまなぶ人ばかりこちたきものはあらじとぞおもふ」と、すでに〈古学離れ〉の兆しが見える。

（3）もっとも、句碑を非難するものの、「これはをぢのしわざといふにもあらねば、なまじひに好事後人のしわざのあしきにやあらん」と、当時から芭蕉自身に対しては否定的ではない。また文政七年に宇治の万福寺を訪ねた折も、「こはよの常にかはりて中々にこちたくもみえず、めずらしくおぼゆ」とひかえめながら評価をしているため、久足の好みが決定的に変わったというよりも、『花鳥日記』以前から俳諧・黄檗のよさを感得していたものの、古学への憚りから書き記すことをひかえていたと考えられよう。

（4）久足の観音信仰は、「観世音ぼさちは、すべて奇景ある地にたゝせ給ひて、われらがこのみてふりはへゆくあたりには、かならずこの仏おはしませば、おもふどちなりとよろこびたまひもせんか」（『浜木綿日記』天保十年）と、名勝を好む久足らしい理由による。

四章　神風の御恵

一　『神風の御恵』について

小津久足『神風の御恵』は、天保九年（一八三八）三月十九日から二十四日の六日間にかけて、太々神楽を奉納するべく、「若人ども」を伴って神宮（伊勢神宮）に赴いた折の記録である。時に久足三十五歳。「そもこの太々神楽は、そこばくの金なくては執行しがたきによりて、おほくは講てふものをむすびて、多人の力もて執行するがおほきを、たゞみづからの力もてこたびのごとく執行せしは、ためしすくなきことなりとぞ」と述べるように、太々神楽は、伊勢講（太々講）を結成して旅費を積み立て、籤にあたったものが代参して執り行うのが一般的だが、久足は自己資金のみで奉納しており、その分限者ぶりが知れる。

久足の紀行文は、「道しるべのためとせるが主なれば、詞づかひは客なり」（『浜木綿日記』天保十年）との考えから、不必要な文飾を省き、行程をこと細かに記録するのが常である。本書でも、二見浦への往還、前山の遊歴等の道程が記されるものの、太々神楽奉納という目的から、御師を通じて太々神楽を執り行う段取りや、古市遊郭での遊興の様が記述の中心となっており、他の久足紀行文とは少々趣が異なる。天保九年時における伊勢の風俗を記し留めたものとして、『神宮参拝記大成』（増補大神宮叢書一二、吉川弘文館、二〇〇七）所収の諸紀行を補うに足る内容といえよう。また本書の特筆すべきは、太々神楽奉納や古市での遊興に際し、久足および「若人ども」の心情を丹念に綴っている点である。事務的な書きぶりに徹した記録では表現できない、晴れの場における人々の胸の昂ぶりや、当時の息づかいが伝わってくる。

二　『神風の御恵』の書誌

『神風の御恵』は、三重県立図書館、日本大学図書館、天理大学附属天理図書館に所蔵される。三重県立図書館所蔵本の書誌を記す。

三重県立図書館所蔵。武藤文庫（L980／オ／1）。一冊。二四・四×一六・八糎。袋綴。表紙は無地鳥の子色。外題「神風の御恵　全」と左肩に単枠題簽。内題「神風の御恵」。一〇行書。二四丁。印記「武藤蔵書之印」（朱陽）。胡粉による訂正あり。付箋あり（一八丁オ「御屋根ざくらの事、諸説紛々たり。まづ俗説によれり」）。奥書「天保九年といふ年のやよひ／小津久足」。

武藤文庫とは、元三重大学教授の武藤和夫氏の旧蔵書である（本書三部三章「花鳥日記」）。また、日本大学図書館所蔵本の書誌は、以下のとおり。

日本大学図書館所蔵（081.8/0.99/22）。一冊。二五・一×一七・四糎。仮綴・袋綴。共表紙。外題「神風の御恵　記行廿二　全」と表紙左に打付書。内題「神風の御恵」。一〇行書。二四丁。印記「日本大学図書館蔵」。胡粉による訂正あり。付箋あり（八丁ウ）。奥書「天保九年といふとしのやよひ／小津久足」。

三　旅程

天保九年三月十九日。小津新蔵（与右衛門）家と師檀関係にある御師「北御門なにがし(1)」との打ち合わせどおり、明け方に松坂の自宅を出立する。新茶屋の「秋田屋何がし」のもとにいたると、一行は丁重に迎えられる。『神風の御恵』における太々神楽および古市遊郭に関連する記述は、後にまとめて紹介する。

小俣を経て、宮川にいたる。宮川の渡船は無料であるが、混雑を避けて別途用意した船に乗る。宮川を渡った後、二見にて禊ぎを済ませて御師に入るのが通例であるが、雨であるため直接御師に向かう。

館にある北御門の家に着き、饗応を受ける。日も暮れ、迎えの男にしたがい古市の妓楼に向かう。尾上《オベ》坂を登り、長峰（古市）にいたり、備前屋にて一夜を明かす。

二十日。妓楼に迎えが来る。御師にて朝餉と湯浴みを済ませ、禊ぎのため二見に向かう。二本木をすぎ、二軒茶屋で休憩して黒瀬にいたる。汐合の渡より五十鈴川を渡り、二見村の角屋にて昼食を食べる。

浜辺づたいに立石（夫婦岩）にいたる。手水うがいし、立石の来歴を考察する。御塩殿の古雅な器物を見たいと思うが、「こたびはさるみやびにはあらぬつひでなれば」と自重する。

また汐合の渡にて渡船し、宇治の方へ向かう。小朝熊神社を遠くより拝す。桜咲く鹿海村をとおり、楠部村をすぎると、右には西山の桜、左には西行谷・菩提山の桜が一目に見える。

西行谷・菩提山に立ち寄りたく思うも、「こたびのごとく繁華をむねとせしついでには、こゝも、はた、いかゞなれば」と、立ち寄らない。久足は、桜の咲く季節に合わせて名勝旧跡を訪ねるのが常であり、満開の桜とあってはとりもなおさず訪れそうなものだが、太々神楽奉納を主目的とする今回の旅は、「みやびにはあらぬつひで」

「繁華をむねとせしついで」であるため、風流事は差し控えるという姿勢を示す。久足が目的を持って旅を行い、紀行を綴っていることがうかがえる。

宇治の町に入り、宇治橋より林崎文庫の桜を見る。「いにし文政十二年といふとし、この文庫の碑文、わがともがらはかりて、本居翁の文をゑりてたてたり」と述べるのは、現存する本居宣長撰・屋代弘賢書の碑文を指す。五十鈴川にて手水うがいをし、大宮に参詣する。半神楽を奉り、「同伴の人ども」は玉串御門前にて参拝するも、久足は「諸人の拝所」で拝す。これは『延喜大神宮式』に拠って、古くは皇族ですら参拝を制限されていたことを鑑み、「凡人のぬさ奉ることなどは、いとかしこきことにして、よの常の拝所にてふしをがみ奉るだに猶かしこければ、まして御垣のうちにてはさらなり」との考えからである。以前は、宇治山田の人々の拝所にて拝していたが、それは「大和魂みがきし心まどひ」であって、現在は「たゞ今の御代の御さだめにたがはざるこそよけれ」と「諸人の拝所」で拝するようになった経緯を記す。ここに、『花鳥日記』(天保五年)よりの〈古学離れ〉、また商人の分を守るという久足の姿勢が看取される。

荒祭宮・風宮を詣でた後、楠部にもどる。楠部川ほとりの「勘七といふ家」にて饗応を受け、夜はまた備前屋にてすごす。

二十一日。一番鬮にあたったと御師より迎えがあり、湯浴みして麻裃を着、御師の邸内で太々神楽を執り行う。次いで外宮に参拝し半神楽を奉ずる。

続けて末社めぐりをするも、「もる人ども」は社名を確かに告げることができずに「口よりいづるまゝなるそゞろごと」を述べて、社名を記した札を読ませまいと「札のまへに四手かけてかく」す者さえいる。「宮烏とて、人々のにくみきらふも、うべなること也」と久足は記す。

御師に帰り、饗応を受けると、夜も更ける。

二十二日。同伴の「若人」は通例にしたがい朝熊嶽に登るも、「われはもとより朝熊にのぼることをいかゞにおもへば」と、久足一人、別行動をとり、桜の名所として名高い前山に赴く。

豊宮崎文庫の「御屋根ざくら」を見て書院を見学し、世義寺の桜を横目に前山村にいたる。和泉式部社・氏神などをめぐりつつ散策するが、大木の切り株は多いものの、桜の木立はさほど見受けられない。理由を問うと、「桜おほくては、おのづからみる人もおほくて、畑におふる菜・麦などをわりなくふみあらしなどすれば、この村のためには、桜は、はなはださまたげとなることおほきとて、つぎ〱に里人どもがきりつくせしなり」という。しかし久足は、風流を解さぬ村人の行いを一方的に批判することはなく、「まことに花を賞するともがらは、田畑のものをむげにしかせんや。こは花をかごとに酒のみものくふ酔狂人どもがあしき也。その酔狂人とこの村人のしわざをくらべなば、なほ酔狂人のかたこそ罪ふかゝるべけれ」と、村人の行いに理解を示す。

道を引き返し、中山寺にいたる。開基の宝鑑国師は、当時閑寂であった古市近辺を勧められたものの、「こゝはとしへて後、繁華の地と変ずべし。なか〱に今の街道こそ、後に寂莫の地となるべけれ」と、先見の明を働かせてこの地に開山したと久足は記す。

世義寺・妙見山・常明寺の桜を遊覧し、その桜の多さを賞して「中々に神都とはいはずして、花の都とこそいはまほしけれ」との感懐を抱く。

二十三日。「けふは休足とて、一日とゞまるがならひ」と、古市の妓楼に滞留する。日中、遊女をともなって寂照寺・観音堂を経めぐる。

二十四日。妓楼より御師にもどり、「いでたちの本膳」を食して、駕籠にて新茶屋に向かう。堤世古にて妓女に送り出され、宮川を渡る。新茶屋にて堤重のもてなしを受け、松坂に帰着する。

四　太々神楽と御師

太々神楽について、多田義寛（南嶺）は、その著『蓴菜草紙《ぬなはの》』（寛保三年序。日本随筆大成新装版二期一四、一九九四）中の「伊勢太々神楽事並祓箱書付之事」において、次のように批判する。

神楽にて事たりぬべきに大神楽あり。是にても物を得るに飽がたく太々神楽あり。奪ずんば飽ずとは、是等の事にや。官幣使に太々神楽の古義有や。いつ勅裁有てはじまりたるにや。起原証文たしかなるまじ。その根をおすに、神楽といふ事の子細をしらぬゆゑか。物のほしきか。

多田義寛は『宮川日記』（『神社参拝記大成』前掲）でも、「太々神楽の事近世設出《ケ》せし事にて古風とも見へぬ」として、御師が檀家から金銭を得る手段として太々神楽をはじめたのではないかとの考えを示唆しつつ、「今師職の徒渡世の道なければ強ても論じがたき事也」と、その営みに一定の理解は示す。

久足も、太々神楽が古式ゆかしいものではないことは自覚していたようで、本書の冒頭、太々神楽を「こは今めきたるさまにて、いにしへのさまにはたがへり」と批判する「ものしり人」の見解を紹介したうえで、みずからを「ものしらぬわれら」と卑下して、「たゞ家内安全をこひねがふの外なければ、此御神楽をとりおこなふは、いともありがたき身の面目になむ」と、その由来はさておき、現今の制度化された太々神楽を享受する姿勢を示す。

太々神楽奉納という行為に、神宮への崇敬の念が根底にあることは疑いないが、古市遊郭での遊興を最たるものとして、行程にはパッケージツアーのように娯楽が盛り込まれる。「よの常のためしは、新茶屋より二見にものして御師に入、つぎの日内宮にまうでゝ、それより朝熊にのぼり、楠部にくだり、そのつぎの日御神楽あるがならひになん」と記すように、初日に二見浦で禊ぎを済ませてから御師の宿所にゆき、翌日、内宮参詣の後、朝熊嶽登山をし、三日目に神楽をあげるのが通例だという。今回は雨天のため、二見行きを二日目に回しており、状況に合わせて臨機応変に行程を変えるなど、イベントを滞りなく消化するべくスケジュールを管理し、要所要所で案内を差配する御師は、さながら添乗員の趣である。

その配慮は宿所のみならず、食事や休憩場所にも及ぶ。まず宮川以西の新茶屋にて「秋田屋何がしの家に、けふのまうけに幕張わたし、門にはむかひ札とてゆゐゆゐしく名をかきしるし、代官てふ人ども、ものくしく袴つけて、もてなしいとあつし」と歓待を受け、以後は「毛氈をまとひ、めさむるばかりの紅の蒲団」を敷いた太々駕籠にて移動する。御師の宿所でも「御師の門は竹をたてゝそれに注連縄をひき、玄関には幕はりわたし、左右には高張てふ挑灯をかけ、いといかめしきかまへなるが、これ、はた太々のしるし也」と迎えられ、二見村の角屋で昼食の折も「この家にも幕はりわたし、かのむかひ札をたてたり」、また内宮参詣後に立ち寄った楠部の「勘七といふ家」でも「こゝにも幕はりわたし、例のごときもてなしなり」と、行く先々で幕と「むかひ札」をあつらえた店で休憩し、豪勢な料理が饗される。その往還は太々駕籠であるので、食事・休憩・宿所・交通手段等、旅に関わる諸雑事は、すべて御師が一手に引き受け、久足一行はただイベントを楽しむだけでよい。古市の妓楼で夜を明かした後も、抜かりなく迎えを寄こす。

太々神楽は、三日目の二十一日に御師の邸内で執り行った。前夜は妓楼で明かしたが、朝早く迎えがきて準備を急がせる。それは「けふの御神楽一番の鬮にあたれるとて也。こは二番にあたれば、時刻おくるれば、一番にあたれるを幸とよろこぶ」との理由による。

久足と師檀関係にある御師、北御門津村太夫は、外宮近くの館という地に邸を構え、「この家は大宮司家の改所つとめらる」と格式も高い。入浴し、麻裃を着て席に赴くと、「御むろは則、御山といひて、榊もてひまなくかこひて、四隅にはたまをかけつらねたり。前には釜をおき、四隅の柱はうるはしき金钃にてまき、あたりにはひまなく白ゆふをかけわたし、いとも〳〵ゆゐありげなるかざりざまにて、神楽衆といふは、いと所せきまでゐならびたり」とすでに準備は整っている。

はじめには、先家内の穢をはらふ行事あり。それすみて主の拝あり。この拝はよの常の師職にてはなりがたく、家にゆゐよしなくてはなしがたきを、この家は大宮司家の改所つとめらるれば、則緑袍にて神拝の祝詞あり。これよりその神楽はじまりて、老女まひいづれば、鼓・笛・大鼓などうちならし、うたひものあり。このそのうたひものいかなることとも聞とりがたく、古雅ならず、今めかしからず、一種の拍子なり。このうたひものあり。大鼓のなる時々に、この席へ銭をまくがならひ也。つぎ〳〵に舞ありていとながく、半すみたるほど席をしぞきて、赤飯にてもてなしあり。かくて又もとのむろにいり、山舞・扇舞・四手の舞などいふ舞はてゝ、則「神拝せよ」とすゝむれば、御山ちかくをがみ奉る。この三つの舞は拍子もにぎはしくて、いと心もかきたつやうにあんなれば、ことさらにこの時銭をおほくまくなりけり。すべてのさまいとかたじけなく、にぎはしきもの也。

華やかな神楽の様がうかがえる。

ところで、伊勢は参宮客目当ての乞食も多い。紅色も鮮やかな太々駕籠や、宿所・休憩所の幕・むかひ札は、太々の客を見出すのに都合がよいようで、一行は折に触れて「それ太々さま。これ太々さま。銭まきたまへ」と蒔銭をせがまれる。本書で記録するだけでも、新茶屋、御師の宿所への出入り、黒瀬、二見の角屋、楠部、太々神楽奉納時、妓楼への出入りと、ひっきりなしに蒔銭をせがまれる。なかでも、右に引いた太々神楽奉納時は、「大鼓のなる時々に、この席へ銭をまくがならひ」であるため、大いに振舞う。蒔銭も太々神楽の一部として制度化されている感がある。また久足も、「なか〳〵にわれはがほにほこられて、ところ〴〵にて銭まきちらし、いと心ゆく」と、乞食をうるさがることなく、かえって蒔銭に誇らしさを感じているようである。こうした情景、および心情を記しとめるのも、久足らしさといえよう。

五　古市遊郭

島原・吉原に伍して三大遊里と呼ばれた古市は、寛政期（一七八九〜一八〇一）に全盛を迎える。享保期（一七一六〜一七三五）、徳川宗春の開放政策に活気づく名古屋に進出した古市の妓楼は、宗春の失脚とともに引きあげるものの、伊勢に都会の華やかさを持ちこんで活況を呈する。下って寛政六年（一七九四）、古市を襲った大火がかえって遊郭改築の好機となり、繁昌を極める。宇佐美屋・備前屋・中村屋・千歳屋など、名古屋進出した妓楼のうち、宇佐美屋は元文（一七三六〜一七四〇）ごろには料理茶屋に転じ、中村屋・千歳屋も杉本屋・油屋にその地位を奪われるものの、備前屋は明治にいたるまで古市を代表する妓楼であり続けた（野村可通『伊勢古市考』三重県郷土資料叢書四六、一九七一。同『伊勢の古市あれこれ』三重県郷土資料叢書七四、一九七六）。

本文中に「牛車楼」とあるため、久足一行が遊んだのはその備前屋だと知れる。「備前屋は牛車楼と号し、源氏車の紋所である。名古屋遊廓新設に同調して、出店を西小路へ出した際、ある日、高貴の人が牛車で来遊したのを面目とし、その記念にこの号を用いたということである。また備前屋が伊勢音頭を始めた歴史は、古市妓楼中もっとも古く、遠く寛延年間という」（『伊勢古市考』前掲）と、伊勢音頭の発祥ともいえる備前屋は、数多い古市妓楼のなかでも随一の格式を誇る。いま、『神風の御恵』の記述によって、天保九年時の備前屋における遊興の様をうかがってみる。

備前屋の久足一行へのもてなしは、御師との連携も密に、宮川以西の新茶屋からはじまる。

盃もあまたたびめぐるほど、うつくしく蒔絵したる文箱のながく大きなるに、紅綱の色あひ、えならずむすびたれたるを手にもちて、さだすぎたる女出来たり。こは七夕の文使にしては花なし、なにならむとおもへば、すなはち古市の牛車楼より饅頭てふものおくりこしたる使也。「こよひはかならず」など消息聞えたるには、若人どもの心は、はや時めきて、「御神楽の笛鼓のしらべより、先かの楼の三味線の声を」とおもふらんも、おの〱まごゝろにて、神の御心にはかなひつべし。

古市遊郭の接待は、文使にはじまり文使に終わる。[3] 遊女よりの情のこもった手紙は、立ち寄る前には期待を高め、別れの後には遊興の記憶を美しく彩る。「若き人どもは、山海の珍味もめにつかず、そゞろにけふの消息のかへりごとせまほしきけはひみゆる」と、同行の若人の気持ちの昂ぶりが伝わる。

御師に着いたのち、ひととおり接待が済むと、楼より迎えが来る。長峰（古市）にいたると、「家々にともし火つらね、楼どもには三の緒の声々かしましきも、げに不夜城の妙境にて、あらぬさかひに来たらんごとし」と一方ならぬ賑わいである。さらに太々神楽をあげる客は「うへなくよろこびもてはやすがならひ」であり、備前屋に着くと華やかな歓待を受ける。

先楼にのぼれば、やがてうかれ女どももむれいでたり。そのゐならぶさま三くさにわかれたるは、いとわかきかぎりと、人なみにもかずまへられたると、又人なみよりぬけいでたると也けり。燭台あでやかにともしつらねたるをそむけがほなるは、衣の色あひもうるはしからず、身もあたゝかならぬきはならん。こは「末の松山波こさじ」とちぎりし人のためにせしなるか、又はまくらにまめやかならで、かゝるさまなるか。わざとゝもし火のもとによりて、あたらしき衣ほこりかに瑇瑁の光かゞやかしがほなるは、めにつくかたもあれど、中々にあはれはすくなし。

歓待の様を克明に描写しながらも、灯火から顔を背けがちで衣装も整わない妓女に目をとめ、契った男がいるのか、あるいは房事に不熱心なためあえてそうしているのか、と事情を忖度する久足の観察がたのしい。

久足と交誼を結んだ馬琴は、久足の生まれる以前（久足は文化元年〈一八〇四〉生）、享和二年（一八〇二）に上方を旅行し、伊勢にも立ち寄った。その折の紀行文『羇旅漫録』に、古市遊郭の様子を書き記している。

古市はいづれも大楼なり。見せは暖簾二重にかけてあり。軒はつねののうれんの如し。奥行一間の土間ありて、そのあがり口に又長暖簾をかける。見せの隅にちひさき曲突《クド》にから茶がま一ツかけてあり。是は茶店の名目なればなり。
○古市にて容（客）あれば、家内のおやま残らず出て次第よくならぶ。大かた十五六人廿人ばかりなり。扨盃出て酒もりはじまれば、衆妓酒の相手になり、一人毎に客に盃をさす。その内二人三絃を鳴らし衆妓同音にうたふ。その内にて客の目にとまりし妓を定むれば、その妓つとたちて客の傍に居る。衆妓は猶席にありて興を添ふ。このうち追々客あれば妓五六人わかれてその客をもてなす。閨房に入るの時にいたりて衆妓はじめて散ず。それまではほしいまゝに貪り食ふてあそぶなり。

馬琴の旅した享和二年は、寛政の改革の後でもあり、古市の全盛期はすぎているものの、「古市はいづれも大楼なり」といまだ勢いは衰えていない。馬琴も珍しげに記す古市独特のシステムは、久足の遊んだ天保九年にも健在で、一行も居並んだ妓女のなかから一晩を伴にする相手を選ぶ。もっとも久足は「この楼には、はやくよりをり〳〵ものせしこともあ」るため、馴染みの遊女が隣に座る。一方、同行した若人は、真剣に相手を選ぶ。

今宵あらたに来たるわか人は、そのあまたの花の中にも、ことに心にかなふをえらまむとすめり。そのかほをひそかにみれば、さすがにまほにもみかねて、めをなゝめにしていとくるしげ也。こはもとより心すべきことにて、たゞおもざしのうるはしきをのみ心がくれば、よるのめたど〳〵して、もがさのあと、又は色あひくろきを、紅粉の色さしもて、たくみにつくろひえたるがありて、浦島の子が玉手匣ならねど、あけてくやしききぬ〴〵の床、いとものすさまじきためしもすくなからねば、たゞ笄の光と衣の色あひのあたらしきにめをつくれば、さばかりのたがひはなきものぞかし。

「さすがにまほにもみかねて、めをなゝめにしていとくるしげ」に妓女を選ぶ若人の様子を描きながら、「たゞ笄の光と衣の色あひのあたらしきにめをつくれば、さばかりのたがひはなき」と、品定めのコツを記す。結果、「えらみえたるもあり。いとつたなきえりかたなるもあり」となった。

初日の十九日の夜、続く二十日の夜、さらに二十二日の夜から二十四日の朝にかけて一行は備前屋ですごす。つまり妓楼に寄らなかったのは二十一日だけで、二十三日は終日、古市にとどまるなど、費やす時間の多さからしても、いかに古市での遊興が、このツアーで重きをなすか知れる。

先に触れたように備前屋は、伊勢音頭の発祥としても知られ、せりあげ舞台まで備えた「桜の間」はとりわけ有名である。久足は、その伊勢音頭の様子も克明に記録する。

こよひこの楼のをどりをみる。このさとにても、この家のをどりは、わきてそのさまえん也とかや。廻廊には紅の挑灯ともしつらね、わらはどもは提灯ともして、もうけの席の入口までしるべす。その席は、名だゝる桜の間にして、ひるのごとくともし火ともしつらね、幔幕をはれり。やがて拍子木うてば、地方《ヂカ(タ)》とて三の緒、又胡弓てふものする妓、左右より三人づゝ出来たりて、毛氈のうへに座をしむると、やがて百千の雷のごとき声して椽はゆらめき、いついかなることかとおどろけば、その椽に高欄いできて、又桜のかたをぬへる幕めくもの、その椽につきてあらはれいでつゝ、そのさまいとめざまし。かくて伊勢音頭といふもの、かの地方にてうたへば、拍子につれて一時に妓女どものをどりいづるさま、いとめでたく、首尾よくとゝのへり。この音頭をしばしのほどはむなしくうたひて、ほどよく一時に妓女のあらはれいづるさま、ことによし。「この伊勢音頭としもいふものは古風や」とて、なまさかしらにいひおとす人もあれど、こはわがいせの国にはおのづからよく具したるものにして、この国内にては、いかにたくみなる絃歌とても、この右にいづることあたはずとぞ。

出立の日になっても、若人は「雨いみじくふれかし。そをかごとに今一日を」と備前屋から離れたがらない。御師にて「いでたちの本膳」を食べる間も、「しぶ〳〵なるくひざま」である。これは若人を描きながらも、久足の心情を仮託したものでもあるだろう。

本書では、往路、新茶屋への使いを「七夕の文使」に喩えたのをはじめ、備前屋でも「このさとにものするは、はつか一年に一度ばかりのことなれば、心はあたかも七夕のごとし。さればけふの使の七夕の文使に似たるもゆかりなきにはあらず」と述べる。この七夕のアナロジーが久足は気に入ったようで、帰路、宮川まで送りに来た遊女と別れる際も、「なか〳〵に若人はうちしをれがちにて、宮川の船こぎいだすほどは、牽牛のこゝちして、天の川にもなずらへおもふなるべし」と、牽牛と織女の別れに重ねる。七夕は一年に一度、まして太々神楽奉納は、通常一生に一度あるかないかである。その晴れの旅行の高揚感が、本書には横溢している。

注

(1) 北御門津村太夫のこと。「すでに山田御師は、本家をはじめ、小津一統、出口信濃なれど、わが家は北御門津村太夫なり。これ中西氏の御師なれば也」(小泉祐次「小津久足自筆稿本『小津氏系図』と『家の昔かたり』について(二)」『鈴屋学会報』五、一九八八・七)。

(2) なお久足は、天保十一年に男体山に登った際にも、「かくたとしへなく、かしこき御山なるに、御社ちかく末社なみたちて、まうづる人に銭をむさぼりとらむとする人どもの居たるは、またく伊勢のごとし」(『陸奥日記』)と記している。

(3) 古市遊郭の一つ、可祝楼の楼主の家に生まれた野村可通は、明治後期にも残っていた文使の風習を次のように記す(『伊勢の古市あれこれ』前掲)。

一夜をともにした客が、翌朝宿へ帰ると、早速、天地を紅で染めた巻紙に、恋々の情を認めて、これを金蒔絵緋房の文箱に入れ、子飼、仲居、または男衆をして宿元に届けさした。これを受取った客は、全く心温まる思いで、大切に荷物の中へ仕舞い込み、いそいそと帰国の途についた。またこの深情けが忘れられず、帰国も忘れて、滞在の日数を重ねる客も多う（ママ）かったということである。

五章　陸奥日記

一　『陸奥日記』について

『陸奥日記』は、天保十一年（一八四〇）、生業の所用により深川の江戸店に滞在していた久足が、松島を目指して二月二十七日に出立し、三月二十七日に江戸店に帰着するまでの紀行である。松坂と江戸との往復は、それぞれ『関東日記』『帰郷日記』としてまとめられている。(1) この両書から、久足は一月二十八日に松坂を立ち、二月八日に江戸着、二月二十七日から三月二十七日までの『陸奥日記』の旅を経て、四月十四日に江戸を出て、同二十二日に松坂に帰宅したことが分かる。また、江戸滞在中に馬琴と三度面会していることも、馬琴の書簡から知れる。(2)

『陸奥日記』を著した天保十一年、久足は齢三十七。前年には熊野路より大坂・京を巡り、天橋立を遊覧した『浜木綿日記』を成すなど、天保年間末期には、商用で幾度も訪れ、その度に紀行文を残している京・大坂・江戸の旅から一歩足を踏み出し、意欲的に名所旧跡を巡っている。そうして生み出された紀行文諸作は、質・量ともに充実した、久足壮年の活気を感じさせる内容となっている。

この時期において、江戸店からとはいえ、松坂に住む久足が旅した生涯で最も遠い土地、松島への紀行を記した『陸奥日記』は、久足紀行文の代表作のひとつといえ、板坂耀子『江戸の紀行文』（中公新書、二〇一一）では、貝原益軒『木曾路記』、橘南谿『東西遊記』に伍して、久足の『陸奥日記』を「江戸時代の紀行の代表作」と評する。また青柳周一「天保期、松坂商人による浜街道の旅――小津久足『陸奥日記』をめぐって――」（平川新編『江戸時代の政治と地域社会』二、清文堂出版、二〇一五）は、『陸奥日記』に歴史学的手法でアプローチし、あらたな価値を見出している。

二　『陸奥日記』の書誌

『陸奥日記』は、天理大学附属天理図書館（以下「天理」）、日本大学図書館（以下「日大」）、慶応義塾大学文学部古文書室（以下「慶応」）に所蔵される。以下、諸本の書誌を記す。

天理大学附属天理図書館所蔵（081/イ　47/2（39））。一冊。二六・四×一八・五糎。袋綴。表紙は無地鳥の子色。外題「陸奥日記　草稿」と表紙左に打付書。内題「陸奥日記巻上」。有界一〇行（版罫紙）。一五二丁。印記「天理図書館蔵」。墨書訂正あり。付箋あり（二枚）。版罫紙一行分を切った短冊に一首ずつ歌を記す（二七枚）。奥書「天保十一年のやよひ／末の七日／小津久足」。「本居翁風をのみまもらずして／達磨宗をむねとなせり」。

日本大学図書館所蔵（081.8/0.99/30〜32）。三巻三冊。二四・九×一七・三糎。仮綴・袋綴。共表紙。外題「陸奥日記　記行三十（三十一・三十二）　上（中・下）」と表紙左に打付書。内題「陸奥日記巻上（中・下）」。一〇行書。上巻六八丁、中巻七七丁、下巻九二丁（本文八八丁、附録四丁）。印記「日本大学図書館蔵」。胡粉による訂正あり。付箋あり（上巻六四オ・六七ウ、中巻三ウ〈二枚〉・七ウ・三八ウ・五三オ、下巻一二オ・八四ウ〈三枚〉)。奥書「天保十一年といふとしの／やよひ末の七日／小津久足」「達磨宗の歌人雑学庵のあるじ／久足ふたゝびしるす」。

慶応義塾大学文学部古文書室所蔵(240/238/3)。三巻三冊。二四・三×一六・七糎。袋綴。表紙は白布目地に藍色の兎菱。外題「陸奥日記　上(中・下)」と左肩に単枠題簽。内題「陸奥日記巻上(中・下)」。一〇行書。上巻六八丁、中巻七七丁、下巻八八丁。印記「慶應義塾図書館蔵」。胡粉による訂正あり。付箋(上巻見返・九オ・二四ウ・三九オ・四八オ、中巻九オ・五三ウ・六七ウ、下巻六オ・一八オ・二七オ・四四ウ・五四オ・七オ・八四ウ)。奥書「天保十一年といふとしの／やよひ末の七日／小津久足」「達磨宗の歌人雑学庵のあるじ／久足ふたゝびしるす」。

天理本は草稿本、日大本は浄書本である。慶応本は、書き誤りがあること(中巻七丁ウの頭注に「巻十二　二首」とあるべきところが「巻十二　音」となっている)、また日大本の見消箇所まで正確に写していることなどから、日大本の転写本であると考えられるが、自筆か他筆かの判断は保留しておく。なお、日大本には、慶応本にはない附録が付されており、そこには松坂帰宅後に詠んだ五十首の歌が記されている。[3] この附録は慶応本を書写した後に付け加えられたのか、あるいは慶応本はあえて附録を書写しなかったのか現在のところ判断できない。草稿本である天理本は推敲の跡が甚しい。日大本も胡粉による訂正が多く、浄書後も手を加えたことがうかがえるが、慶応本にも、日大本ほど多くはないが、胡粉による訂正がある。この慶応本の訂正は日大本にも施されているため、おそらく日大本をもとに慶応本を写させた後、両本ともに訂正を加えたのではないかと推察される。また、両本にある貼紙はともに久足の筆跡と思われ、かつそれぞれ異なる箇所に、異なる内容のものを貼り付けているため、慶応本も久足の管理下にあったものだと考えられる。

三　旅程

ここで、『陸奥日記』の旅の概要を記す。

二月二十七日から三月三日までは、主に船旅である。「なりはひの家のまへより船にのりぬ」とあるように、深川の店の前から船に乗り、旅ははじまる。行徳から木下までは陸路だが、あとは銚子での「磯めぐり」を除き、霞ヶ浦西岸の土浦にいたるまですべて水の上で、香取・息栖・鹿島の「三社めぐり」への道程も船を用いる。船は「かりきり」にて利用するのだが、「木下よりのる船は、船人の食事などもこなたよりあがなふさだめなれば、なかなか日数おほくなるをよろこび、風水をかごとになし、日数のぶるやうにとなすよし也」と、当時の船旅の様子をよく伝える。

三月四日は、筑波山に登る。男体山の頂上にいたるも、「かくたとしへなく、かしこき御山なるに、御社ちかく末社なみたちて、まうづる人に銭をむさぼりとらむとする人どもの居たるは、またく伊勢のごとし。かゝる山の頂にもかゝるあしき風のうつれるは、かの孔方氏のしわざなるべし」と、金儲けのために俗に堕している姿を、故郷近き伊勢に重ねて憂う。

五日に水戸を目指し、六日は水戸、七日は太田周辺を遊歴する。いずれも西山公、すなわち徳川光圀ゆかりの地をしのぶためで、「つねに西山公の徳をしたひ奉りて、そのすぢの書は、めにおよぶばかりはあなぐり見て」とあるように、久足は光圀をことのほか慕っている。

八日から十三日まで、浜街道をひたすら北上する。この浜街道より、交通手段として馬をよく利用する。この年まで久足は「乗馬は身におはぬことゝこゝろみず、旅にてはあやふきをゝそれてのことなり」と、馬に乗ったことはなかったのだが、この街道では常に利用していた駕籠がなく、仕方なく馬に乗るしかなかった。しかし、いざ乗ってみると「おもひのほかこゝろよきものにて」と、そのよさを実感する。以後、落馬を経験しながらも、便利な足として馬を利用する。

十四日、仙台を出て、塩竈から船を借り、いよいよ松島にいたる。

船のゆくにしたがひて、ひとつの島もさまぐ〵にすがたかはり、ひとつをすぐれば又ひとつついで来たりなどして、めうつりいとまなく、たゞ造化の大機関を見るがごとし。その島々におひたる松どもは、さばかりの老木も見えず、木立おほかたおなじやうにおひそろひたるに、島のさまも猶おなじやうなる巌のさまにて、ちひさき島といへども、おほかたは松おひたるに、その松の枝ぶり尋常ならず。げに松島とよにいみじくもてはやすもうべなるかな。千島百島みなわれをむかへてわらふがごとくなれば、こなたよりもえみかたまけつゝ、ものもいはまほしくおぼゆ。

島をめぐり、五大堂に遊び、宿に着いても久足の興奮は冷めやらないが、そのような主人の姿を供の男は冷静に見ている。

楼にのぼり、なほそのなごりわすれがたくて、あかずも欄干によりて夜ふくるまでもみ居たるを、供のをのこが「あなむやくし」といはぬばかりなるおもゝちなれば、さきへねさせてひとりおき居たり。

翌十五日は瑞巌寺・五大堂に詣でて、富山に登る。富山から松島を一望した久足は、昨年訪れた天橋立と比較して次のように述べる。

こゝより松島をのぞむさま、画にかくとも筆もおよぶまじく、詞にもつくしがたく、天橋立をはたちあはせたらんがごとし。

久足の松島賞賛はとどまるところを知らない。「絶景とよにいふ景の俗にちかきたぐひにあらず、真の絶景とはこれらをやいふべき」とまで述べて、後ろ髪を引かれる思いで松島をあとにする。

十六日より二十日まで、末松山・奥細道・武隈の松・佐場野など、名所古跡を遊覧しつつ中街道（奥州街道）を南下し、白川の関にいたる。ここで一旦、旅を振り返り、「中街道は東海道のごとく、浜街道は中山道のごとし」と述べて、奥州諸国の国風や街道の様子を、久足がこれまで訪れた土地と比較しながら綴る。

二十一日より、最後の目的地、日光を目指し、翌二十二日に鉢石町に宿りを定める。「御神廟にまうづるには雨ふりてもさはりとならねど、中禅寺にゆくには天気よき時ならでは山みちのわづらひおほく、ながめもすくなければ、けふは先、中禅寺のかたに」という宿の主の助言を聞いて、二十三日にまず裏見滝や中禅寺湖等を遊覧し、翌二十四日、東照宮に参詣する。ここでは、

世に「日光をみずは結構といふな」といへるもしるく、宮殿すべてもるゝことなく善つくし美つくしていたりふかく、月もかゞやくばかりなるはいはんもさらなれど、つら〳〵おもへば、応仁以来、さしもみだれて武備のみにてはをさまりがたかりしを、御徳をもてしづめ給ひて、弐百余年が間、弓は袋にいり太刀はさやにをさまれる、四海太平の基をさだめたまへる御功にくらべては、めでたしといはんはなか〳〵なるべし。

と、日光および神祖家康を称えるが、それはこうして安全に諸国を遊歴できる久足の偽らざる気持ちであろう。

二十五日より江戸を目指し、二十七日に深川の店に帰着したときは、すでに桜の盛りもすぎていた。

四　『陸奥日記』の諸特徴

『陸奥日記』を読み、まず目に付くのは、その明け透けな心情の吐露である。深川の江戸店から行徳まで同伴

してきた人々に対し、久足は「いそぐ旅路をさまたげつゝ何のやくなき「おくり」てふことのあるも、あやなき世のならひ也」と述べる。

また商売上の付き合いのある人の家に泊まり、翌朝出立しようとした時、家の主に雨を理由に留められて久足は、「旅する人をとゞむるが礼儀のやうになれるもあやしきならひにて、俗に義理てふことは中々にことわりにたがへることおほきぞかし」といい、さらには「もしなりはひのためならぬ交なりせば、つとたちて席さけまほしきこゝちぞする」とまで記す。

だからといって相手に悪感情を抱いているわけでもないようで、餞別として縮と蒲団をもらった際には、先の不快の感情も忘れたかのように、「あつき心しらひなり」と感謝の意を表す。要するに久足は、自分の感情に忠実に記しているのである。「旅の一日は十里のたがひ」という旅人にとって、時間は何より貴重であり、それをあえて留めようとするのは、どんな真心から発した行為であっても、旅人久足にとっては実にかなっていない。逆に縮と蒲団は、これからの旅に大いに役立つので、実にかなっている。

実を貴ぶ久足は、感じたことを感じたまま記す。銚子から水戸まで同行した人に対し、「この人は真率愛すべき人ながら、はなしがたきにはなりがたかりし」といわずもがなの評言を加え、また仙台にて、知人から贈り物をもらったときも「わが心にはかなはざるおくりものなれど、かくとほきさかひにきたりたるに、名をしれる人ありて、かゝるものめぐまれし情はいとうれしくおぼゆ」と、ただ感謝の意だけを表せばよいものを、気に入らない品であったことを正直に記す。この素直すぎるほどの感情の吐露が、久足紀行文の特徴であり、魅力でもある。

こうした表現を可能にしているのも、「記行は雅文・漢文のめでたきよりは、俗にちかきが、みちしるべとなすには、たよりよく」と述べるように、文飾に凝るよりも事実を伝えることに重点を置いた文体があってこそであり、それはまた、実を重視する久足の姿勢から導かれた結論であった。

このように実を重んじる久足が、貝原益軒の紀行文をよく引用し、また高く評価しているのは注目に値する。もっとも近世の紀行文において、益軒の紀行文を引用するのはめずらしいことではなく、たとえば本居宣長の『菅笠日記』にも、益軒の『和州巡覧記』が引かれている。しかし、宣長と久足が益軒紀行文を用いる姿勢は、同じく和文で書かれた紀行文でありながら、根本的に異なる。

益軒の紀行文に関しては板坂耀子「貝原益軒と紀行文」(『江戸の旅と文学』ぺりかん社、一九九三)に詳しいが、益軒が紀行文をつづる際の「地誌的な記事を盛り込み、平易な文体で記述」するという姿勢、換言すれば「実用的」な姿勢(もっとも板坂が指摘するように、その実用性が益軒の文学観に支えられていることには留意が必要である)は、久足紀行文と重なる。それはある意味当然のことで、なぜなら久足は、「貝原翁が『諸州めぐり』のたぐひを記行の第一といふべし」と述べるように、益軒紀行文を範として紀行を記していたからである。そしてそれは宣長と久足との違いでもある。

板坂が「さまざまな文体」(『江戸を歩く』葦書房、一九九三)で指摘したように、宣長ら国学者の紀行文は、「見聞した事実の中から、どれを拾い上げて、統一した雰囲気を持った作品世界を築くか」を重視して、事実よりも「なめらかで優雅な流れを作り出そう」とすることに腐心しがちである。対して久足は、「体をつくり、ことをはぶきて、詞をかざれる世の歌人の日記は、うちみこそよけれ、みちしるべにはなりがたし」として、どこまでも事実、旅行する際の実用性を重んじる。これは益軒が紀行文をつづる姿勢と等しい。

久足は文政十一年(一八二八)に記した『柳桜日記』において、すでに益軒を評価している。[4] しかしそれは、数ある優れた紀行文のうちのひとつ、という程度であり、「記行の第一」とするほどのものではなかった。それが「貝原のをぢは、あまねく国々をへめぐりて記行などもおほく、そのしるしざま、いとねもごろにて、わがごとく山水をこのむくせあるものゝためには、いとたよりよきことおほかる」（『梅桜日記』天保四年）と信頼は年を経るごとに高まり、ついには「記行は貝原の翁が『諸州巡記《ママ》』ばかりたよりよきは世になし」（『浜木綿日記』天保十年）と、紀行文においては益軒のものこそ最上である、との認識にいたる。これは久足が数多の紀行文を手に旅を重ねるうちに、何が役に立ち、何が役に立たないかを、知識ではなく、経験として知ったうえでの結論であろう。

久足紀行文の特異性は、益軒紀行文を模範としながらも、それを綴るに、益軒ほど俗文に徹するわけではなく、かといって雅文にも偏しない、雅俗折衷の和文を用いたことである。この文体なくしては、あの率直な心情表現はなしえなかったであろう。そうした意味で久足の紀行文は、近世以前より続く和文紀行と、益軒より隆盛を見た事実を重視する紀行文の、二つの伝統を受け継ぎながら、情景と心情の細やかな描写を両立させるという、新しい風を紀行文に吹き込んだといえる。

五　〈古学離れ〉と紀行文

『陸奥日記』の末尾には、久足の紀行論とでもいうべき文章が付されており、それは次のようにはじまる。

> われをさなきよりして歌道にこゝろざしふかく、むげに心なき言葉どもいひちらしたるが、つひに種となりて、たゞ腰折にのみ月日をいたづらにくらしゝも、廿あまりのほどは、かたはら古学にも志ふかゝりしかども、ふとうたがひおこりて、古学といふことは、むかしより聞えぬことなるを、近来つくりまうけたるみちなりと、おもひあきらめしより、「やまとだましひ」「まごゝろ」「からごゝろ」などいふ、おほやけならぬ名目のかたはらいたくなりて、私のみおほきその古学の道はふつにおもひをたちて、その後は、としひさし

く、たゞ歌よむことと、風流をのみ、むねとたのしめり。

本居有郷の後見人でさえある久足の、かくも激しい古学批判を目にして驚かざるを得ないが、このような久足の態度は、一朝一夕に出来上がったものではなかった。そもそも久足は、松坂でも指折りの豪商であり、学問で身を立てようと刻苦勉励する必然性に乏しい。久足のように生活上の苦労のない人間が、あえて苦学する場合は、よほど好きな道でないと成就することは難しい。久足が古学を学ぶことには、このような地盤の危うさが当初から内包されていたのだが、ある「うたがひ」をきっかけとして、心は古学から離れてしまう。その「うたがひ」の内実をここでは明らかにしていないが、それは他でもない、毎年のように各地を旅し、紀行を綴るという行為と無関係ではない。先述した益軒紀行文に対する評価の高まりと、古学への関心の低下が、ちょうど反比例するかのように好対照をなしていることも示唆的である。

古学の研鑽に努めていた若き久足は、『延喜式』神名帳の注をなそうと各地の式社を意欲的に訪れていた（『班鳩日記』天保七年）のだが、その基礎資料として用いていた宣長の諸著作が、実際の地理とかけ離れていることに、徐々に気づかざるを得なかった。『柳桜日記』（文政十一年）の段階では、『古事記伝』に引いた『河内志』の説に疑問を抱く程度であったが、『花染日記』（天保二年）の頃には、ことさらあげつらうことはないが、宣長の説を明確に否定するようになる。こうした小さな「うたがひ」が積もり、古学への情熱が冷めると、その「かたくな」さが、久足にとって耐え難いものとなってきた。ついには天保五年の『花鳥日記』を境として、「おのれ、やまとだましゐとかいふ、無益のかたくな心はさすがにはなれたれば」と、古学と決別することは、本書三部三章「花鳥日記」で確認した。

『陸奥日記』ではこうもいう。

かの古学にこゝろざしふかゝりしほどは、つねに心は不平にて、身にあづからざる世のさまをうらみかこちなどして、楽てふことはかりにもしらず、明くれはらだゝしくのみくらせしも、今はそのなごりもなく、雪月花、山水のさかひにくらせば、心不平ならず、楽いとおほくて、俗臭ふかき本居門にはまれ人なりと、われからほこらしきまでにて、もし今までも古学をまもりなば、としぐ〱山水の勝をさぐらず、たゞ机の上にのみくるしみて、井蛙のたぐひとなりぬべきを、幸にして、よしのゝ花、すま・あかし・さらしなの月はいふにおよばず、かの、くまの・はし立をもみめぐりしかど、なほあきたらで、ことしは松島をもみつくしつ。

「俗臭ふかき本居門にはまれ人なり」と嘯いているが、世事に齷齪する必要もなく、各地を自由に旅する時間と財力を持つ久足にとって、「机の上にのみくるし」むのは耐え難く、またひとつの立場を貫いて「井蛙のたぐひ」となることも潔しとしなかった。

ところで、久足紀行文の作品としての完成度を考えるとき、このことは、ただ古学から離れたというだけにとどまらず、著述に質的な変化をきたしていることは見逃せない。古学との決別を公にした『花鳥日記』以降、たとえばそれまで憚ってきた黄檗寺を積極的に評価し、俗として遠ざけていた俳諧を認めるなど、古学の徒として律してきた和漢雅俗に関する自主規制が取り払われ、見たまま感じたままを素直に記す姿勢が前面に表れるようになった。益軒の評価の仕方も、それまでは「この翁は、国のためにようなきあだし国の儒者《モノシリヒト》にはあらで、国のためにようあるものしり人なり」（『柳桜日記』文政十一年）と、儒者であるが国の役に立つ人物である、などと断りを入れていたのだが、次第にそうした古学への配慮はなくなり、真正面から益軒を認めるようになる。以来、久足は、特定の立場にしばられず、目の前にあるものを見、あるがまま感じたままを記すようになる。

六　紀行家としての小津久足

しかしながら、十四歳で本居春庭に入門してより、一度は『延喜式』神名帳の注を成そうとするほど打ち込んだ古学である。多感な時期に思想形成のよりどころとして学んだ古学を否定するには、それに代わる何物かが必要となろう。その新たなアイデンティティが何であったのかは、すでにあきらかである。「私のみおほきその古学の道はふつにおもひをたちて、その後は、としひさしく、たゞ歌よむことゝ、風流をのみむねとたのしめり」と先に引いたように、詠歌と風流——換言すれば、「雪月花、山水」を求めて各地を旅し、歌を詠んでその様を記すことこそ、久足の自己表出の術となったのである。すなわち、大量に残されている紀行文は、偶然の産物などではなく、自らを紀行文作家と任じて精力的に執筆に励んだ結果なのである。

久足紀行文を読むと「地理のことばかりはその地をふまずしてはさだめがたきもの」との言葉をよく目にする。これも、久足が机上の学問だと感じた古学へのアンチテーゼであり、自らの目で確かめたことを記そうとする久足の意識の発露であるといえる。

日記をしるさむことはやすきに似てかたし。そのゆゑは、嚢銭たくはへなき人、暇なき人、足よわき人、船・駕籠きらふ人、酒食をこのむ人、ものゝたらはぬにたへぬ人、ものごとをものうがる人、飢をしのびかぬる人は、まづ家をいづることあたはず。風流なき人、ものしらぬ人、地理をわきまへぬ人は、名所古蹟をしることあたはず。文字にうとき人は、めにみることをしるすことあたはず。文字にうとからぬ人も、はたながきにうみ、つかれにうみて、たゞ晴雨ばかりの日記はしるせど、みちのついでなどはくはしくしるさず。これらによりて、旅する人はあれど、日記をしるすはすくなし。

（『浜木綿日記』天保十年）

右に紀行文を記す際に妨げとなる項目を種々挙げているが、要するに久足自身が、己は紀行文を書き記すのに必要なあらゆる条件を兼ね備えた存在だと主張しているのであり、行間からも紀行文作家としての自負が感じられるだろう。

また『陸奥日記』末尾の付記には、多くの奥州の紀行文を挙げた上で「いづれも道のほどのしるしやうあらければ、これかれを合せとらではしるべともなりがたし」と述べるなど、先行する多くの紀行文を参照していることがうかがえる。

このように、知識・経験を総動員して、紀行を綴ることに自己を見出した久足。その久足がもっとも精力的に旅し、紀行を残した時期に著された『陸奥日記』を読むとき、馬琴の友人という従属的な存在ではなく、一己の紀行家としての小津久足が、われわれの前に姿を現すのである。

注

(1) 「松島のことはべちに『陸奥日記』と名づけてしるしたる三巻あり。ゆくさのことは『関東日記』と名づけて一巻としたれば、かへさのことかいつけぬもいかゞと、ことにしるすべきふしもなきをしるして一巻とし、『帰郷日記』と名づけぬ」(『帰郷日記』)。

(2) 篠斎宛馬琴書簡(柴田光彦・神田正行編『馬琴書翰集成』五、八木書店、二〇〇三。以下の馬琴書簡はすべて本書に拠る)に「桂窓子、二月中両度再訪せられ、久々にて面談」(天保一一・四・一一)とあり、奥州へ旅立つ前に馬琴と二度面会したことが分かる。また奥州旅行より江戸に帰ってからは、帰着の便りと、おそらくは奥州土産を馬琴に送ったことが「先月廿七日、被成御帰店候よし御しらせ被下、且何寄之品被贈下、寔以御芳意不浅忝奉謝候」(桂窓宛馬琴書簡、天保一一・四・三)との記述から知れる。さらに「十日の未の中刻頃、……桂窓子来訪致され」(篠斎宛馬琴書簡追啓、天保一一・四・一一)とあるように、松坂に帰郷する四日前の四月十日に、三度目の面会をしており、その面談の内容を馬琴は次のように綴っている。

桂子奥行三十一日也。鹿嶋・香取・銚子の浜めぐりいたし、筑波山へ詣で、奥州松島、並ニ仙台辺処々遊歴、かへさに日光へも参詣のよし、尤うらやむべき事ニ御座候。（篠斎宛馬琴書簡追啓、天保十一・四・十一）

右の記述に水戸の遊歴を加えれば、そのまま『陸奥日記』の内容紹介となる。三度目の面談の折、二人が奥州旅行の土産話に花を咲かせた様が目に浮かぶ。

（3）「家にかへりて後、松島のけしきおもしろかりしこと、又みちすがらくるしかりしこと、をり〳〵ごとにおもひいづれば、そのをりよみしうたを、とみにわすれたるか、しるしおとしになれるがあり。又そこにてはかゝりき、かしこにてはさありき、とおもふにつきては、よみおとせることもありて、今さらうたよまほしくおもひつゝよめるもありて、そのうたども五十首のかずにみちしかば、かいやりすてんもさすがにをしくて、附録とはなせるものから、なほ蛇足とやいふべからむ」

（4）「貝原翁ばかりまめなる人はよにすくなく、国々をよくめぐりてしるされたる道の記よにおほければ、ふるきあとたづぬる為には、ようあることいとおほし」。

六章　難波日記

一　『難波日記』について

小津久足『難波日記』は、弘化四年（一八四七）三月十日から四月十六日にかけて、京・奈良・大坂を歴遊した紀行文である。時に久足四十四歳。天保年間（一八三〇〜一八四三）には『花染日記』『煙霞日記』『ぬさぶくろ日記』『浜木綿日記』『陸奥日記』『青葉日記』『桜重日記』と、いずれも複数冊にわたる質量ともに充実した紀行文を残した久足だが、弘化年間以降（一八四四〜）は、未踏の地に赴くことも減り、京・江戸・大坂と、商用において毎年のように訪れる土地を中心に名所旧跡を再訪し、祭礼行事を見物することが多くなる。一方で、久足紀行文の特徴をなす随想的記述は顕在で、一己の見識をもって人物・事物を裁断する小気味よい口吻はいよいよ冴える。『難波日記』では、立太后行事や東大寺開帳等の見物を目的として日程を立てており、興味の中心が、いまだ見ぬ土地の探訪から、祭礼行事の見物へとゆるやかに移行しつつあることが見てとれる。随想的記述においても、円熟味を増すこの時期の久足紀行文の諸特徴がうかがえる。

二　『難波日記』の書誌

『難波日記』は、天理大学附属天理図書館、日本大学図書館、慶応義塾大学文学部古文書室に所蔵される。天理本は草稿本、日大本は浄書本である。慶応本は、文意を無視した墨継ぎ等により、日大本をもとにした転写本と思しいが、筆写者は未詳。管見におよんだ日大本・慶応本の書誌を以下に記す。

日本大学図書館所蔵（081.8/0.99/49）。一冊。二四・一×一八・二糎。仮綴・袋綴。共表紙。外題「難波日記　記行四十九　全」と表紙左に打付書。内題「難波日記」。一〇行書。五七丁。印記「日本大学図書館蔵」。朱・胡粉による訂正あり。奥書「弘化四年といふとしのうつき／小津久足」。

慶應義塾大学文学部古文書室所蔵（240/234/1）。一冊。二三・七×一六・八糎。袋綴。表紙は茶の斜刷毛目模様。外題「難波日記　全」と左肩に単枠題簽。内題「難波日記」。一〇行書。五七丁。印記「慶応義塾図書館蔵」。朱による訂正あり。奥書「弘化四年といふとしのうつき／小津久足」。

三　旅程

弘化四年三月十日の暁、松坂の自宅を出立する。津・部田・久保田を経て椋本をすぎると、新たな築堤により街道が変わっている。

楠原をすぎ、関宿の鶴屋に宿る。按摩より、六十余歳の老人が疱瘡に罹った話を聞く。

十一日。筆捨山、鈴鹿峠をこえ、坂下をすぎ、松尾にて食事。前野を経て小里にいたると、ある家で仏事が行われている。六人の子をもつ四十がらみの男と二十未満の女性が河に身投げした相対死があり、その女性の追善仏事であった。

水口をすぎ、石部にて大黒屋に宿るも、饗応のまずさに辟易する。

十二日。草津にいたり、矢倉にて姥が餅を食う。往来はにぎわい、客足も多いが、家はさして豊かに見えないのは「心たゆみ」によるもので、生業が盛んでも富家は少ないものだと久足は評す。

修理で新しくなった瀬田の長橋をわたり、石山寺に詣でる。瀬田の長橋改修時に開帳するという光堂の阿弥陀如来を拝し、月見亭より湖をのぞむ。門前の茶屋で憩うが、開帳にかこつけ、いつにも増して価をむさぼられる。

大津にいたり、三井寺の観音に詣で、小関越をこえる。

京にいたると、鴨川は雨により水かさが増している。定宿である三条橋詰の目貫屋に宿る。

十三日。祇園御社・清水寺・六波羅蜜寺・方広寺・三十三間堂・長講堂を歴訪する。

十四日。藤原（鷹司）祺子《やすこ》（一八一一〜一八四七）の立太后の行事を見物するため、御所へ赴く。日御門（建春門）にて、皇太后宮大夫となった広幡基豊《もととよ》をはじめとした公卿の優美な装いと振る舞いを興味深く見守る。

十五日・十六日。遊歴の記述がないため、所用に費やしたか。

十七日。懇意の公卿、豊岡治資《はるすけ》（一七八九〜一八五四）を訪ね、病床の子随資《あやすけ》（一八一四〜一八八六）にも対面する。久足と豊岡家との関係は本書三部七章「松陰日記」で言及する。

十八日。北野天満宮に赴き、平野神社も参拝し、金閣寺の閣にのぼる。大徳寺・今宮神社・上加茂神社に参り、御菩薩池《みぞろがいけ》（深泥池）・松が崎を経て、下加茂神社に参詣して一旦宿に帰るも、夕刻、安井金比羅・清水寺に参る。

十九日。太秦広隆寺に詣で、嵐山を散策する。天龍寺を経て釈迦堂（清涼寺）に参ると、御身拭いでにぎわっている。帰路、妙心寺に詣でる。

二十日。因幡薬師・新玉津島神社に詣で、佛光寺・東本願寺を経て、東寺にいたる。大通寺では開帳があり、宝物を見物する。宝物のうえに「なげ銭無用」と書かれていることに感心しつつ「こはこの寺もとより富たるからのことなるべし。とにかく今の世は、寺社にまれ人家にまれ、とまねば見識もあらはしがたくこそ」と述懐する。御停止も今日まで、かつ明日は東寺の御影供にてにぎわうことを見越して参詣したが、思惑どおり人も少なく、心静かに宝物を見る。

朱雀の権現堂（権現寺）の開帳にも赴く。丹波屋で食事。鰻が名物だが、「目前にて命をたつは、たへがたく、好ましからぬことなれば、殺生をひたすらきらふにあらねど、あつらへつけずしてやみぬ」と控える。

島原をめぐり、西本願寺・本圀寺に詣でる。『近世畸人伝』巻二にある小野寺秀和妻の墓を訪ねたのだが、折悪しく主僧が不在で掃苔がかなわない。久足は、先の大通寺開帳でも『続近世畸人伝』巻四に載る僧南谷の筆跡に感銘を受けている。三年前の弘化元年（一八四四）には「畸人詠二百十四首（正百十六首／続九十四首／附四首）」（『甲辰詠稿』奥書）と歌を詠んでおり、『畸人伝』への思い入れは一入である。ここでも『畸人伝』ゆかりの事跡を好んで訪ねている様が知れる（本書一部三章「一匹狼の群れ」）。

『宇治拾遺物語』巻三に載る御繁昌御社（繁昌神社）に詣でる。

二十一日。某氏を訪問するも酒を強いられ、下戸の久足は迷惑して帰る。これも上戸が「不調法」「いさゝかのむ」などの謙辞を述べるせいで下戸にしわ寄せがくるのであり、「うへをかざる世の悪風」の弊害だという。そこから煎茶批判に筆がおよぶ。

ついでにいふ。ちかきころは煎茶流行すなるが、おのが心のまゝによき茶をのませ、うまき菓子をくはするは、さるかたなれど、小川可進といふ人の門人となれる人どもは、あやしき式をなし、茶味をむつかしくいふに似げなく、茶は碗の底にいさゝかつぎいるゝのみにて、味も鮮ならず、ぬるくてこゝろあしきに、茶味をそこなふとて、菓子をもみだりにはくはさゞるも、本意にたがへり。

表を飾ることを嫌い、実を尊ぶ久足からすれば、可進流の煎茶は耐えがたかったらしい。小川可進への批判は、さらにつづく。

この可進は、わがしる人のうちにも、師とし、たふとむ人あれば、はやく同席せしこともあなるに、野鄙文盲にて、礼儀にうとく、甚なめげなる人がらにて、同席をしばしするだに、けがらはしくおもふしれものにて、かりにもたふとむべき人ならざるに、いかにして門人となる人のあるにや、いぶかしきこと也。

野鄙文盲で無礼、同席さえ汚らわしいと侮言をつらねる。つづく文で、その理由を丙午生れに求めるあたり、理屈ではなく感情的な嫌悪感が先立っているようである。

二十二日。片山某家へ稽古能を見物に行く。久足は静かな能を好み、当日の番組では、「弱法師」「松風」が意にかなう。しかし一方で、武家の芸能ともいえる能を好むのは商人としては分をすぎており、角力・芝居・軽業・手妻を喜ぶのが本来だろうとの意識もある。

二十三日。大坂へ向かうため早朝、出立。東福寺の楓の青葉を賞し、伏見稲荷に詣でる。伏見にて食事して、船にのる。

山崎に船をとめ、離宮八幡宮に参詣する。再度船で下ると、「酒くらはんか、餅くらはんか」と不躾な言葉で物売りする小船がきて、嗟来《さらい》の食《し》を食べなかった『礼記』の故事を思う。

桜の宮を経て、天満天満宮（大坂天満宮）に詣で、道頓堀にて下船し、淡路屋に宿る。

二十四日。東大寺の開帳を見るため、奈良を目指して、早朝、大坂を立つ。

東小橋・中道を経て、くらがり街道（暗峠越奈良街道）をすすむ。本庄・今里・深江・高井田・御厨・新家・菱江をすぎ、松原で食事する。新家・豊浦を経て、暗峠《くらがり》の登り口にいたる。峠をこえ、西畑・藤尾・萩原をすぎ、小瀬にいたる。小瀬川をわたり、室の木（椣木）峠をこえ、追分・砂茶屋・はりつけ・はた村を経て、宝萊《来》山（菅原伏見東陵・垂仁天皇陵）のほとりをすぎる。

尼辻の本陣、松本に宿をとり、唐招提寺に詣でる。戒壇堂の額に打ちつけた跡を見つけ、『平家物語』「額打論」および『徒然草』一六〇段を思う。住僧の懇意で手鑑・董其昌『天馬賦』を見る。

二十五日。車新田を経て奈良にいたる。猿沢池のほとり采女宮にて一首詠む。

混雑を避けるべく、案内者を雇ってはやい時間に東大寺の開帳をめぐる。戒壇院にて鳥仏師の四天王像を拝し、勧進所にて種々の宝物を見る。ここでも『続近世畸人伝』巻四「僧卍山」に載る公慶上人ゆかりの品をなつかしく思う。大仏殿に登壇する。この登壇は、行基菩薩千百年忌により、六十年ぶりに許されるという。しかし、金を払わぬ者には見えないよう幕を張り、かつ俗人をよろこばせる縁起を説いて賽銭を取ろうとする様子に興醒めする。

真言院・二月堂・手向山八幡宮でもそれぞれ開帳を拝し、三笠山のふもとをすぎる。御本社（春日大社）・若宮・氷室社に参り、興福寺に参拝する。何度か泊まったことのある、猿沢池ほとりの釜屋にて食事をする。

極楽院（元興寺極楽坊）の開帳にも赴き、種々の宝物を見るも、やはり絵解きの僧をうるさく思う。元興寺にもいたる。

遊里の木辻をすぎると、折しも紋日で遊女が多く、にぎわっている。

大安寺・郡山・小南・池内・小泉を経て、法隆寺にいたる。かせ屋某に宿を定め、法隆寺に参詣する。

二十六日。早朝出立し、立田明神（龍田神社）に詣で、立田川（竜田川）をわたる。東勢野・西勢野を経て龍野にいたり、龍田大社に詣でる。高山・亀瀬峠をすぎ、青谷の渡をわたり、国分にいたる。片山をとおり、石川の渡をわたり、道明寺にて道明寺天満宮に参拝する。誉田八幡宮に参り、恵我藻伏崗陵（応神天皇陵）を拝す。龍泉寺の出開帳の宝物を見る。

藤井寺（葛井寺）にいたり、本尊開帳を拝す。長野神社（辛國神社）に詣でる。岡・小山・津堂・若林・大堀をすぎ、川辺・ながら・しみず・平野を経て河堀口にいたり、若松屋で憩う。天王寺に参り、日暮れ前に道頓堀につく。

二十七日。多田の開帳を見るべく、早朝出立する。三番・光立寺・新家・十三・こほり・今里・三屋をすぎ、神崎の渡をわたる。小中島・瓦宮・食満・清水・猪名寺を経て伊丹にいたる。辻村・北村・久代・加茂・栄根を経て池田にいたり、茶屋で食事をする。川沿いをすすみ、出在家・滝山を経て多田にいたる。

多田院に参詣し、宝物を拝すが、期待したほどではない。

帰路は対岸をとおり、池田をすぎて、尊鉢・新家・井口堂・石橋・刀根山・新免・岡村・福井・服部・穂積・長島を経て三国の渡をわたり、野中をすぎ、十三の渡にて、往路にもどる。多田へ行くには、往路・帰路、いずれも近いと勧める者がいるが、久足は帰路を近いと感じる。

二十八・二十九日。天気のみ記す。

三十日。寺町の大連寺にて、京泉涌寺内、善能寺の観世音の出開帳があり、種々の宝物を拝む。

四月一日。船にて住吉大社に赴き、神宮寺・大海神社へも参拝する。高灯籠より淡路島をのぞむ。

二日。遊歴の記述なし。

三日。生玉神社（生國魂神社）・高津仁徳天皇御社（高津宮）・産湯稲荷に詣でる。

円珠庵にいたり契沖をしのぶ。契沖を称えるに、賀茂真淵・本居宣長を引き合いに出し、真淵・宣長の「英雄人をあざむくの説」にくらべ、契沖の実証的な方法論に敬慕の念を覚えている。

　それより餌指町なる円珠庵にいたりて、契沖阿闍梨の墓にまうづ。このあざりの功は世にまたぐひなきを、そのゝち加茂《（ママ）》真淵・本居宣長の両翁出て、そのいさをなかばかくれたれど、われは両翁よりは、このあざりをこよなくたふとめば、はやくよりこのはかにもたび〳〵まうでし也。そのゆゑは、両翁は英雄人をあざむくの説ありて、おしつけたることゞもばかりにて、ふかくそのみなもとをきはむれば、うけがたきがおほし。このあざりのみは、おしつけたることなく、その説にもこと〴〵く証拠たゞしく出所ありて、うけがたきことなし。このあざりの説のくはしきにすぐるは仏者なり、との批判あるは、わが新説の奇をいひはらんとの妄言也。かゝる尊徳のあざりは、実によにまれなるべし。


四日。船にて天保山に赴き、繁華の様に感慨を覚える。

五日。新町をとおり某所へ。

六日。天気のみ記す。

七日。遊歴の記述なし。三月二十四日の善光寺大地震の報が伝わる。善光寺大地震については後述。

八日。天気のみ記す。

九日。京にもどるため、雨を押して出立する。伏見で船を下り、竹田街道をとおり、三条の目貫屋につく。

十日。大雨による水害の報が入ってくる。安井金比羅・双林寺長喜庵・知恩院を訪ねる。善光寺大地震についての述懐を記す（後述）。

十一日。大雨で三条の仮橋が落ち、修復の音が騒がしい。午後、豊岡大蔵卿を訪問する。

十二日。天気のみ記す。

十三日。竹内に能を見物に行く。番組は「絵馬」「弱法師」「道成寺」「邯鄲」「船弁慶」であるが、「船弁慶」

および狂言は好みに合わない。

能役者の話題から、江戸・大坂とくらべての都人の気質、優劣を論じ、人形芝居・力持から、当世の士農工商の差異におよぶ。

十四日。朝、京を出立して帰路につく。大津・石場を経て矢橋船にのる。草津・梅木を経て石部にいたるが、土佐藩の宿泊で混雑しており、辛くも宿を定める。

十五日。水口・大野を経て土山へ。土山では、「明ぼの」茶を求める。田村明神を拝んで田村川をわたり、坂下を経て関の鶴屋に宿る。

十六日。楠原・椋本・久保田・部田を経て、松坂に帰りつく。

四　久足紀行文における随想的記述

久足は、訪れた土地、出会った人などを連想の種として、様々な述懐を記す。その逸脱は、ときに紀行文としての体裁を忘れさせるほど長文におよぶ。久足紀行文の魅力の一つは、日次の旅の記録としては脱線的にすぎるほどの、この随想的記述にある。

多くの史料や伝承を駆使し、その土地の特色を記しとどめようとする地誌とは異なり、紀行文とは、特定の個人が、特定の日時に、特定の場所を旅したことを記録するという、限定された一回性の営みである。その意味で、紀行文とは「個」の営為といえ、平安以来の紀行文が自照性を帯びるのは、個の視座から必然的に導かれたものである。久足紀行文の随想的記述も、紀行文のもつ自照性の発露である。一方、江戸の紀行文は、貝原益軒の実用本意の筆致が強い影響力をもち（板坂耀子『江戸の紀行文』中公新書、二〇一一）、その益軒紀行文を範と仰ぐ久足紀行文は、旅程や訪問地の実用的な記録も詳細である（本書三部五章「陸奥日記」）。こうした紀行文としてのゆるぎない実用性は、一見、自照性と相反するかに思えるが、その実、脱線を許容する骨太の枠組みとなっている。

久足の記す地名や寺社の由来に関する考察には、あるいは誤りもあろうし、人物評や述懐には、偏った思考が投影されることも多いだろう。しかし、その日その場所を久足が旅したことだけは、疑いようのない事実である。たとえ当地の人に、誤った土地の名称を聞き、久足がそれを記しとどめたとしても、誤った名称を正確に記しとどめたという事実は残る。実用的な記述に担保された紀行文という枠組みは、江戸後期の一商人が一地方を旅をしたという極めて個人的な営みに、少なくとも実用的な存在意義を認めてくれる。その土台のうえに立つことではじめて、個人的な述懐、自由闊達な随想的記述を恣にできるのであり、紀行文から逸脱するかのような久足の随想は、逆説的に、紀行文だからこそ記し得たといえる。

現存する久足紀行文はすべて写本である。自筆・転写の違いはあれ、多くは久足の管理下にあったと思しく、読者の範囲は極めてかぎられている。つまり、久足紀行文の後世への影響は皆無といってよい。影響力の有無をもって史的価値とするならば、久足紀行文の評価は無いに等しい。しかし、「時代に即す」というとき、当代に広く受けいれられたことのみを評価軸とするのは早計であろう。あえて出版しないという姿勢も、写本が一つの確固とした世界を形成していた江戸時代には珍しいことでもなく、『近世畸人伝』を愛読し、狂者に心ひかれて隠遁を志向し、また商人の分をこえぬよう心掛ける久足にとっては、著書を刊行して不特定多数の「読者」を獲得することに、特段の価値を見出せなかったと考えられる。髙倉一紀は、江戸の出版状況および久足の財力を鑑みれば、自身の紀行を梓に上すのは容易であったが、それでは「個」の楽しみを外れるため、あえて行わなかったと指摘した（「小津久足の商いと遊び——自筆稿本『非なるべし』の紹介を兼ねて——」鈴屋学会口頭発表、二〇一四・四）。馬琴の日記・書簡をひもとくと、鈴木牧之が『北越雪譜』出版を馬琴に懇願したのに対し、久足にはそのような欲がないことが確認できる。当の馬琴は、久足紀行文を絶賛し、「御日記ハ印本にして、世に公にせまくほしき物ニ御座候」（桂窓宛馬琴書簡、天保五・五・一一、『馬琴書翰集成』八木書店）といい、写本を作り、木村黙老に閲覧させている（本書一部二章「馬琴と小津桂窓の交流」）。また、懇意の公卿にも披閲のうえ高評価を得ていることも確認でき（本書三部七章「松陰日記」）、甚だ限定的ながら、好意的な同時代評を獲得して、当代においても高い評価を得ていることが知れる。

翻って現代の読者として久足紀行文を読むとき、「個」の営みに徹したその筆致に魅了され、生きた人間の息づかいを感じる。地方の一商人が、出版する意図もなく、くり返し推敲を重ねて文章を彫琢し、いずれも草稿・浄書を備えた四十六点もの紀行文を残したことに、感嘆の念を禁じ得ない。当代における影響力を基準として史的価値を見定めるのも、文学研究の重要な責務だが、公にしないという選択も、江戸の文芸の一形態としてあり得るとの前提に立って久足紀行文を見るとき、公にしなかったからこその自由闊達な記述に、近世後期和文紀行における、一つの文学的達成を見出せるだろう。

五　『難波日記』の随想的記述

三月三十日、大坂寺町の大蓮寺にて、京善能寺の出開帳が行われた際、縁起を説く談義僧の振る舞いに、「だんぎぼはみずにはなす」（談義坊主は書を見ずに話す／小魚だんぎぼは水に放す）との諺を思う。真偽定かならぬ縁起を説く僧を「売僧《まいす》」として嫌う久足は、学者と比較して考察する。

この談義僧のみならず、今世の僧は、おほかた不学文盲にて知識がほするがおほし。これ学者とことなるところにして、学者は文盲にては人もしらず、人なみにすぐれたる力なくては学者といはれがたし。僧は力なくても人にたふとまるゝものから、さすがうしろめたければ、うへこそあれ、心はへりくだりて、世才をみがき、わが寺をとまし、人しらぬ醜事のたすけとせんがため、まよひをはらしてさるかたにみちびくにはあらで、世人の煩悩をまさし、中々にまよはすがつねなれど、まよはさるゝはおもしろく、さまさるゝはおもしろからぬ人情なれば、世人もしたしみ安きぞかし。学者は人に名をしらるゝばかりなりては、かならずその人に見識ありて、世人の意にそむくことおほく、われはとおもひゆるす心おごりに人をみくだして、へつらふことなければ、人にうとまれがちなり。まよはさんとする僧は、たゞ人の心にかなはんことを心がけ、さまさんとする学者は、人の心にかなふことを心とせず。これ僧と学者のこよなきたがひなるうへ、僧はかたちをもて人にたふとまれ、学者はわざをもて人にたふとまるゝのわかちさへあり。僧には志操なければことひろく、学者は志操にひかれてことせばきことあり。されば、僧は勢あり、学者は勢なきも、そのいはれなきにあらず。学者の講釈のやうに、この縁起をとかば、たれか賽物をなげうつべき。されば、俗僧の佞弁にも仏威をまし、学者の見識に聖人の徳をそこなふこともあるべし。是非はいかにともさだめがたしと、心のうちにおもひつゞけられて。

「まよはさんとする僧は、たゞ人の心にかなはんことを心がけ、さまさんとする学者は、人の心にかなふことを心とせず」と、俗受けをねらう僧侶を非難し、理をとおす学者の肩をもつようであるが、一方で「まよはさるゝはおもしろく、さまさるゝはおもしろからぬ人情なれば、世人もしたしみ安きぞかし」と、学者より僧侶が世に入れられ、勢いをもつことに一定の理解も示し、「俗僧の佞弁にも仏威をまし、学者の見識に聖人の徳をそこなふこともあるべし」と、現実的な勢力拡張においては、教条主義だけではままならぬことを見定めるあたり、商人としての合理的・現実的な行動様式を生き方の根本にすえる久足の面目躍如といえる。

若き頃の研鑽時代を経て、国学、とくに本居門の古道論と国語学の頑なさに嫌気を覚えて〈古学離れ〉をした久足の思考は、徹底して帰納的である。信奉する学問・思想を基準に現実を論断する姿勢は、すでに本居学とともに捨てた。いまあるのは、目にした現実に対し、商人・読書人としての等身大の生活実感から自ずと導かれた、真率な感情的反応の集積である。当然それは論としてのまとまりを欠き、体系化もされないため、公へ訴える力は限定的となる。しかし、自らを「心すねたるひがもの」と位置づけて私を貫く久足の言葉には、自分の頭で考えた者だけが発することのできる、現実に即した重い手応えがある。

旅行中、久足は善光寺大地震の報に接する。弘化四年三月二十四日、信州善光寺平を震源とするマグニチュード七・四の直下型地震が発生した（青木美智男『善光寺大地震を生き抜く』日本経済評論社、二〇一一）。まず、四月七日、大坂にて地震を知った。

このほど、信濃国善光寺開帳なるに、やよひ廿四日、大地震ゆりて、あたりの村々、家くづれ、参詣の人々死亡のかずしらずと風のたよりに聞えて、大坂よりまうでし人々の生死のさかひしれがたく、まうでたる人々の家々はくつがへりさわぐよし聞ゆるは心ぐるし。いにし廿四日の夜は、尼が辻にやどりし夜也けり。亥の刻に地震ゆりたるよしなるを、おのれさばかりにおそれぬゆゑにや、うまいしてしらざりしを、つとめて聞たりしが、おそれずとも大地震ならば目さむべきを、いさゝかの事ゆゑめもさめざりし也。かの国のあたりは、いみじかりしなるべし。

当の三月二十四日には尼辻に宿っていたが、その折は気づくことはなかった。京にもどった後の四月十日、大地震の詳報が伝わってくる。

信濃の地震のこと耳かしましきまでさまぐ\の風説ありて、主は死、供のみからくにげかへりて、かのかたのたより聞えたるもありといふ。

話を聞くにつけ、久足は仏者の説く因縁について疑問を呈する。

これによりてつく〴〵おもふに、善光寺はかの地にては私に仏都としもとなへて、仏者は最上のところといふめり。さるからに、信者はみちのとほきをもいとはず、まうづることなるに、かゝるあやしきめにあへるは、ことわりにたがへり。仏にこびたる人にいはせなば、わがゝたにたよりよくいひなして、さりがたき因縁としもいふべけれど、因縁てふことは、ことわりの外なることのある時の仏者のゝがれ詞にて、うべなひがたし。されど仏都といふは、やがて仏の浄土なれば、そこにて身まかりなば、来世はかならずよきところにうまるともいひなすべけれど、現世の横死の汚名をいかにしてかそゝぐべき。横死すともよきところにむまれなば幸といはゞ、邪宗門の法にちかゝるべし。よの常、口かしこくいふ仏者の鼻も、こたびはひしげぬべしと、かたはらいたし。

因縁などは理外の屁理屈で、仏者の遁辞にすぎない。仏都善光寺で死ねば来世が保証されるというが、現世の横死の汚名は雪ぎようがなく、こうした物言いは邪宗門に近い、となじる。批判のなかにも、現世肯定の姿勢が透けて見える。久足はつづける。

一説には、「善光寺あたりの旅籠屋、こたび開帳につきて、ことの外、宿料をむさぼりたるによりて、その仏罰にてかゝることありし也」といへど、さてはむさぼられたる旅人は、何の罰によりておなじ難にあへるにや、ことわりに猶あはず。「御堂にこもれる人ばかりつゝがなかりしは、たふとし」といへど、旅居にやどれるも同じ参詣人なるに、そをすくはざるは仏に私あるに似て、人をすくふにはあらず、わが家のそこねんことをゝしむに似たり。

宿泊料を貪った旅籠屋のせいで仏罰が起きたという者もいるが、貪られた旅人に何の咎があるのか。善光寺の堂内の者は無事だったことを尊ぶ者もいるが、旅籠屋に宿った者も同じく参詣人であり、それを救わないとは、仏に私ありではないのか、と批判はとどまらない。

こたびの事につきても、天地のことの一己の僻見もてはかりがたきをしりて、口かしこくはいふまじきこと也。一理をもて万物はおさるとも、一事をもて万事はおしがたしとおもふべし。しかしながら、仏者のさしもいみじくいふ善光寺如来の霊験も不思議も、こたびはあらはし給はぬは、諺に「正法にふしぎなし」といふごとくにて、なか〳〵善光寺如来の善光寺如来たるところともいふべきか。

「一事をもて万事はおしがたし」と、この大地震をもって、一事が万事とする仏者流の見解を戒めている。また「一理をもて万物はおさる」と特定の思想をもとに演繹的推理が成り立つこととは認めるも、久足自身はその一理につかず、不可知論的姿勢を基本として、一事ならぬ複数事でもって帰納的・経験的に判断を下す。「正法にふしぎなし」との諺をもち出し、霊験のなさをして、かえって善光寺如来をかばうのも、久足の器量であろう。

四月十三日には、能見物の感想からはじまり、都人の気質に筆がおよぶ。

けふのごとく、能の意味しらずに酒食にいざなはれてつどひ、茶席にいれば茶人がほをしながら、みづから家に釜をかくるにもあらず。書画器財などをみては、鑑定の力なくして、みだりに批判をなしながら、おのれは金銀をなげうちてもとむるほどの執心もなく、花紅葉のをりは、いちはやく遊行しながら、発句一文字つゞることとあたはず。書画かく人に交を結びて好事がほしながら、おのがものとしてかゝするほどの風流もなく、何ごとの席に出ても口かしこげに、たがへることのみいひて、傍人のかたはらいたくおもふをもかへりみず。人のもとをとぶらひては、むねといふべきことをいはず、先すゞろごとをながくいひつゞくるは、『つれ〴〵草』に「よの人あひあふ時、しばらくも黙止することなし」といましめたるによくあたりて、その事の甚しき也。俗人とおもへば俗人ならず、雅人かとおもへば俗人にて、無益の人おほき也けり。されば、ひろき都にも、さすが都人也けりとおもふ人はいとまれなり。

毎年のように訪れて、京を愛すること人後に落ちない久足だからこそ、似非風流たる人心には我慢がならないようである。とはいえ、「土地は何となくおだやかにて、風流に富たることは、江戸・大坂もおよびがたし。金銀おほきは大坂人、心すみやかにたのもしく、要をとりて無益のことすくなきは江戸なるべし」と、三都それぞれの長所を述べつつ、京の優位は揺らがない。ただ今回の旅では、妻子と思しい「女ふたり」をつれて遊覧したのだが、彼女らの評判は「京はおほかた寺ばかりにて、ことなるところもなく」、大坂の芝居にはおよばない、というものであった。「心すねたるひがものこそあれ、大かたの人は京より大坂をよしといへば、かくいふもことわりなきにあらず。芝居はおもしろからず、京の山川よしといはゞ、中々にかたわにこそあるべけれ」と、自らの僻者ぶりを強調するが、これは畸人をよしとする久足の韜晦と読むべきであろう。つづけて役者・義太夫・三味線弾き・力持ちを論じるに、「おのが身の病をもかへり見ず、身命をなげうちておのが業に力をつくすことは、かんにたへたり」と、各々、本分をつくすことに感銘を受ける。これも、「今世の農商どもがわが業をわすれがちなる」ことへのアンチテーゼである。

かくいふは、士は心こそたゞしからね、つとむべきおのがつとめは日々にかくことなし。工は難ずるかぎりにあらず。農商のふたつは、家とむにしたがひておのが業をわすれ、鋤鍬斤にかへて刀を手にとるなど、にくむべきの甚しきものにて、その身いやしきかのものどもにも、なか〳〵におよばざるをあざける也。

商人としての分を重んじる久足は、政商となることを嫌う（高倉一紀『小津久足紀行集（一）』解題、皇學館大学神道研究所、二〇一三）。諸所を遊歴し、蒐書に耽ることができるのも、商売の安定があってこそであり、生業あっての風流であることを痛感する久足は、士農工商がそれぞれ本分をつくすことにこだわる。幾たびも推敲を重ねて、浄書本まで作成しながらも、紀行文を刊行しなかったのは、それは商人の分をすぎ、個としての風流をこえた営みだとの自省が働いたといえる。

七章　松陰日記

一　『松陰日記』について

小津久足『松陰日記』は、嘉永三年（一八五〇）五月二十四日に松坂を出立し、同二十六日に京着。それより六月八日まで滞在し、十一日に自宅に帰りつくまでの紀行である。

嘉永三年時、久足は四十七歳。安政三年（一八五六）に五十三歳で亡くなるため、晩年の作品といえる。このとき、すでに三十九点の紀行を残し、そのうち約半数は、目的地にせよ経由地にせよ、京に滞在する。これは商用を兼ねて京に赴くためであるが（もっとも商売上のことは紀行に書き記さない）、ことさらに都を愛するためでもあり、とくに桜の時期をうかがって春に訪れることが多い（本書三部三章「花鳥日記」）。しかし本書では、五月二十六日から六月八日までの夏の盛りに滞在する。これは久足としては例のないことで、過去、京の青葉を鑑賞するべく夏場に滞在したこともあるが（『青葉日記』天保十三年）、それでも五月二十二日には暑さを避けて帰路についている。

冒頭「ことし又、例の都にものすべきことありて」と記すばかりで、目的を明確には示さないものの、祇園会を見物することも目的のひとつであったと考えられる。もっとも今回は紀州家の御停止により日程が七日ずつ延期されており、御輿洗と稚児社参のみ見物し、山鉾巡行等は見ずじまいである。

本書は、同じく京に滞在した従来の久足紀行文と比較して、いささか趣の異なるものとなっている。他の作品では、「名所古跡は、としぐ〳〵におなじところをみまほしきものぞかし」（『班鳩日記』天保七年）「いつきてもあかぬは都也」（『青葉日記』天保十三年）と、何度見た場所でも厭うことなく、くりかえし洛中を遊覧するのが常である。本書でも北野天満宮などはめぐるものの、往年にくらべて観覧する場所は圧倒的に少なく、またその記述も「けふは安井金比羅・清水観音などにまうづ」とある程度で詳細は知れない。

これは暑中の遊覧を避けたこともあろうが、内宮・外宮の遷宮を記す『八声の鶏』（嘉永二年）、一社奉幣の模様を記録した『花のぬさ』（安政二年）、新内裏への遷幸を見物した『敷島日記』（安政二年）など、晩年に近づくにつれて祭礼行事等、有職故実への関心が高まっており、『松陰日記』頃から、京の名勝遊覧への意欲がようやく衰えて、興味の中心が有職故実に移りつつあることがうかがえる。

一方、本書で印象に残るのは、出会った人々との会話の記録である。公家の豊岡治資《はるすけ》・同随資《あやすけ》、また鈴木星海・岸岱・土佐光文など名の通った人はもとより、旅宿の按摩や植木屋、駕籠かきなど、名もなき人との会話も多く載録する。こうした記述は、他の久足紀行文にも見受けられるものの、本書では際立って多く、幾度も訪れ新鮮さを失った名所よりも、はじめて見る行事の模様、そしてはじめて聞く珍しい話を積極的に記しとどめようとする姿勢が感じられる。有職故実への関心の高まりも含めて、久足晩年の興味のありどころがうかがえる。

二　『松陰日記』の書誌

『松陰日記』は、三重県立図書館、日本大学図書館、天理大学附属天理図書館に所蔵される。管見におよんだ三重県立図書館所蔵本と日本大学図書館所蔵本の書誌を記す。

三重県立図書館所蔵。武藤文庫（L980／オ／2）。一冊。二四・四×一六・八糎。袋綴。表紙は横刷毛目模様に浮線綾散らしの型押し。外題「松陰日記　全」と左肩に単枠題簽。内題「松陰日記」。一〇行書。二六丁。印記「武藤蔵書之印」（朱陽）。奥書「嘉永三年の六月／小津久足」。

日本大学図書館所蔵（081.8/0.99/55）。一冊。二五・〇×一八・〇糎。仮綴・袋綴。共表紙。外題「松陰日記行五十五　全」と表紙左に打付書。内題「松陰日記」。一〇行書。二六丁。印記「日本大学図書館蔵」。胡粉による訂正あり。奥書「嘉永三年の六月／小津久足」。

三　旅程

嘉永三年五月二十四日、京を目指して松坂の自宅を出立する。津・久保田（窪田）をへて、「中の山」または「みわたし」と呼ばれる松原をのぞんで一首詠む。

みわたしは緑の外に色もなく松陰とほきみちのひとすぢ

「松陰」の語は他に見受けられないため、『松陰日記』という書名はこの歌による。例のない夏場に旅をし、松の木陰を慕わしく思う心情が託される。

椋本・楠原・関をすぎ、筆捨山の麓で憩い、坂下にて定宿の和泉屋に泊まる。道中、この宿の下男に会い、宿泊を告げていたため、準備がよい。

二十五日。鈴鹿峠を越え、土山・大野・水口をすぎ、水仕掛けの人形と心太で有名な夏見村に差しかかる。石部をすぎ、野洲川沿いの眺望が開ける。近年の洪水で堤が決壊したため、塩田かと見まごう景色である。草津にいたり柏屋に宿る。

二十六日。矢橋・大津をすぎ、逢坂を越え、日岡にいたる。

道すがら名号・題目を彫りつけた石標を目にする。

はた名号・題目などの石標たちたるは、いづかたにもあなるが、これらもことわりいかゞなることにて、摂取不捨の本願にはかなへることとなるべけれど、罪人までもすくふやうのことになりては、罪人はなか〳〵よにおほくなりて、あしきことゝする人たへざることわり也。かくいはゞ、せばきに似たれど、公の罪人となる人どもは来世も永くあしきにおつ、といふやうのへだてこそあらまほしけれ。自他平等といひて、よきこともあなれど、人倫のみちをみだることも、はたおほく、これらの弊は浄土宗よりはじまれり。「念仏は亡国の声たるがゆゑに承久の乱出来て王法衰たり」といふも、そのいはれなきにあらず。

久足の家は曹洞宗であり、天保十五年（弘化元年、一八四四）には総本山の越前永平寺を訪ね、大施餓鬼を執り行っている（『志比日記』）。また〈古学離れ〉以降、たとえば『陸奥日記』（天保十一年）に「達磨宗の歌人雑学庵のあるじ／久足ふたゝびしるす」との奥書を記すほか、紀行中に黄檗寺の唐風を賞賛することも多く、禅に親炙する久足の倫理観がうかがえる。「もとより禅宗には、売主坊主すくなく、俗人に法をすゝむることなければ、浄土宗は売主坊主世上におほく、みだりに法をうり、やゝもすれば、つてをもとめて、「御先祖念仏信心の徳により、家門繁昌はすなり。浄土宗の本尊安置せるも因縁ふかし」など、さま〴〵の妖言いふがあれば、ゆめ〳〵まよはさるべからず」（傍点引用者）と、『家の昔かたり』（弘化三年。小泉祐次「小津久足自筆本『小津氏系図』と『家の昔かたり』について（二）」『鈴屋学会報』五、一九八八・七）にも書き残すため、この姿勢は生涯にわたってつづく。

粟田口、禁裏御領の松山は日中でも鬱蒼とした山だったが、「法師のかしら」のごとき禿山になっている。

昼ごろ京に着き、いつもの三条大橋詰の目貫屋に泊まる。
二十七日。天気のみ記す。商用で諸所に赴いたか。
二十八日。土御門家に仕える鈴木某を訪ねる。土御門家は安倍晴明を家祖とする安倍氏嫡流であり、陰陽道をよくする。土御門家に仕えた鈴木氏として、鈴木星海・百年親子が該当する。

鈴木星海は易学者。天明二年（一七八二）生、文久二年（一八六二）没、八十一歳。名は世孝、字は子養、通称は俊平・図書、星海・南山と号す。

鈴木百年は画家。文政八年（一八二五）生、明治二十四年（一八九一）没、六十七歳。名は世寿、字は子孝、通称は図書、百年と号す。

両者ともに『平安人物誌』に名をつらね、嘉永五年（一八五二）版では、星海は「儒家」「算数玄機」「易学」、百年は「画」に分類される。嘉永三年当時、星海は六十九歳、百年は二十六歳であり、陰陽に関する久足の質問に易々と答えていることからも、ここでは鈴木星海と考えられる。

続いて画家の岸岱を訪ねる。岸岱は岸派の祖岸駒の長男。天明二年（一七八二）生、元治二年（一八六五）没、八十四歳。名は昌岱、字は君鎮、通称は筑前介。当時六十九歳。

久足は、「この人は、画はさのみ妙手にもあらねど、古老といひ、ものずきある人にて、学力も今のよの画工にはすぎたるほどなれば、ものがたりをかしく、世上のこともわがこゝろひとつにさだめがほなる人也」と評する。岸岱所持の古屋《（ママ）》谷石（古谷石）を見る。

二十九日。豊岡大蔵卿を訪ねる。豊岡家は日野家の庶流。寛文六年（一六六六）、日野弘資の三男有尚が一家を立てる（橋本政宣編『公家事典』吉川弘文館、二〇一〇。以下も同書参照）。

本書の豊岡大蔵卿とは、豊岡治資のこと。寛政元年（一七八九）生、嘉永七年（一八五四）没、六十六歳。正三位にいたる。大蔵卿には、文政四年（一八二一）に任じられる。

久足の応接には、その息随資も同席する。随資は、文化十一年（一八一四）生、明治十九年（一八八六）没、七十三歳。正三位にいたる。

当時、治資六十二歳、随資三十七歳。久足は、京に赴く度に豊岡家を訪ねるのが通例である。

その場に「御弟君」の町尻量輔《かずすけ》が来訪する。町尻量輔は、享和二年（一八〇二）生、明治七年（一八七四）没、七十三歳。従二位にいたる。嘉永三年時、四十九歳。

その後、土佐光文を訪ねる。土佐光文は画家。文化九年（一八一二）生、明治十二年（一八七九）没、六十八歳。名は光文、字は子炳、通称は左近将監、韓水と号す。当時三十九歳。

久足は、「としのほど三十あまりなるに、古き図どものことにつきては、とふことをことぐ〳〵くこたへ、さだかにておぼろげならず。さればとて此人、学力はあらねど、画にて一目見るは、書をよみあきらめたるには、はるかにまさりて、こも千聞一見のたぐひといふべく、筆にしるし口にいふことのわかりがたさも、画にてはわかり安きものなれば、おのづからたど〳〵しからぬにもあるべけれど、家の徳にもよるべし」と評する。

六月一日。祇園社に参詣する。例年ならば昨夜は御輿洗、今日は稚児社参のはずだが、尾州家の御停止により延期される。

縄手通りの骨董店に行き、昨日、岸岱の家で見た古谷石を見つけ、買い求める。

二日。北野天満宮に参詣する。往路、孝明天皇生母正親町雅子の新待賢門院号宣下にともなう御殿修復を見る。内裏は道に草が生えるなど整備の行き届かないことが目につくが、「これらはふかくゆゑあることなるべし」と、皇威の衰えを否定する。

参詣後、七本松あたりの植木屋に寄る。

三日。安井金比羅宮・清水寺等に参詣する。

四日。堀川東、丸太町の植木屋に赴き、石菖を購入する。「この石菖に歌人のめでしためしをきかねど、から人は文房の具にそへてもてあそぶめり。書斎におくには、げにもみやびたるものなり。すべて書斎の風流は、から人こそよく趣を得たれ」との文言に、久足の趣味がうかがえる。この植木屋にて、古谷石の産地、紀州古屋谷のことを聞き知る。

五日。暑中、外出する。途次、熊谷山法然寺の鎮守の天満宮に「火除天満宮」との提灯がかかるが、「こは住僧のわるだくみにて、この御社のふしぎにのこれるより、かゝるちようちんをかけたるにて、その証は、ちようちんのあたらしきにてもしるく、そのたくみしれる人は、住僧をにくむ」との同行人の言葉を聞く。

さては、よの常の人は奇をこのむがおほければ、おもひはかりなくあざむかるゝがおほかるべし。霊験などいふには、かゝるたぐひおほかり。心すべし。僧は人のまよひをさますべきものなるに、まよひをさましては世わたりのたつきをうしなへば、なか〱に人をまよはす妖僧おほきが今世のならひ也。さきにもいふごとく、この弊おほく浄土宗よりはじまりて、その後ひらけたる宗にことに多し。にくむべきことならずや。

利殖に走る僧侶に対する久足の不信感は強い。僧侶は人々の迷いを晴らすどころか煩悩を増させ、かえって人を迷わせる、しかし「まよはさるゝはおもしろく、さまさるゝはおもしろからぬ人情」なので世に栄えているとの発言（『難波日記』弘化四年）もある。

六日。豊岡家を再訪し、先日買い求めた古谷石への命名を乞い、「九天」との銘を得る。

七日。三条大橋より、御輿洗を見物する。御輿洗が今日になった理由が「日かずちゞまりては、ぬさ代のたがひこよなき」からだと知り、嘆息する。見物の後、祇園社に参詣して宿に帰る。

八日。稚児社参を見物する。華やかな行列の様子を見守った後、祇園社に詣でる。後の日程は十四日・二十一日に順延されたことを知るが、「かねては祇園会みまほしくおもひしかど、おのれ暑気を甚おそるれば、そのころまではとゞまるべくもおもはず、こたびむねとしてまうのぼれることは、はやくとゝのひしかば、明日はいでたつべくおもひさだめて」と、京を離れることを思い立つ。暑さを避けて今夜のうちに駕籠に乗り、京を出る。石場にさしかかり、夜が明ける。

九日。石場より矢橋まで渡船する。曇り空を頼りに草津・目川・多川・石部・夏見をすぎ、水口の升屋に宿をとる。供の男を宿に残して駕籠に乗り、石の軽重で吉凶を占うことで知れる山村天神を参詣する。水口の宿に帰り、按摩に落雷の話を聞き、殿村安守（篠斎）の話を思い出す。昨夜と同じく、夜のうちに宿を立つ。土山をすぎ鈴鹿山あたりで夜が明ける。

十日。猪鼻にて落雷の現場を確認する。坂下・関・楠原・椋本・久保田をすぎ、津で知人のもとに宿る。

十一日。遅く津を出立し、午後、松坂の自宅に帰りつく。

四　豊岡卿との語らい

本書に登場する人物のなかで、まず挙げるべきは豊岡治資であろう。久足が「中丸太町の寺町西へ入ところ」にある豊岡家をはじめて訪ねたのは、天保九年十月十五日（『ぬさぶくろ日記』）。以前からいささかの面識はあったが、初訪問のこのとき以降、京に出るごとに豊岡家を訪ねるようになる。その度に、多くは豊岡随資も交えて、菓子や夕餉の饗応を受けながら会話を重ねる。「風流のみちばかりをかしきものはなし。風流のみちならずは、いかで雲の上人にへだてなくものがたりを聞えたてまつらむ。いとありがたきことになむ」（『ぬさぶくろ日記』）とあるため、おそらくは歌を通じて知り合ったと考えられる。

面談の折は、宮中での有職故実について久足が質問し、それに豊岡卿が答えるのが常である。「まゐれる度々に今世の有識のことのわかりがたきことなどうかゞひ奉るに、いと安らかにこたへ給ひ、そのすぢよくわかりて、うたがひのとみにうちとくることおほし。俗に有職家とゝなふる学者もあれど、こはよにいふ「をか水練」のたぐひにて、たゞ書籍のうへをさぐりてきはめたるにて、真物をしらざれば、たがひがちなり。有職のことは、この君などにとひ奉るがあきらかなり」（『青葉日記』天保十三年）と、地下の立場からはうかがい知れない宮中のことを、豊岡卿は体験に即して伝える。

本書でも二度の訪問の際、御撫物のこと、御停止の通例、大徳寺・妙心寺の僧のこと、陽明家（近衛家）虫払いの様子などを拝聴する。

去年の夏、陽明家御虫払拝見あそばされし御ものがたりありて、その品々の目録、ふところがみにしるされたるをみせたまへり。かきうつさまほしきよしをねがひてかり奉る。その品々の中には、世にめづらしきものおほく、「小松殿御消息」などみえたるは、ことにめづらし。こは、平家の人々の筆跡おほき安芸国厳島にすらなきよし、かねてきけるに、いみじきこと也。予楽院殿は、かゝるすぢに御ものずき、よにたぐひなかりし公なれば、御函書付の品おほきよし。『槐記』にいでたる品々も、その中におほくみえたり。「そのほか茶器なども、よにいみじき御伝来の品おほかれど、そはいまだみず」とのたまへり。

富豪とはいえ、身分としては一介の商人にすぎない久足にこれほど親しく接するのは、その才能を愛する気持ちが豊岡卿にあったと思われる。天保十五年（弘化元年、一八四四）に面談した折は、「今月の御兼題いとよみにくし。こゝろみによみてみよ」と「八重桜」「簾外恋」「庭上竹」の題を示し、久足はその場で各二首を詠む。また豊岡卿は、久足の『煙霞日記』（天保八年）を披閲しており、堀河康親にも同書を回覧する。

はやく、わが『煙霞日記』を見せ奉りしに、「あまりに耳めづらしきこと多ければ、とめおかまほし」との給へりしが、そを堀川三位康親卿に見せ給へるに、「評をなし給へり」とて、おなじ卿のみづからかき給へるを、そのまゝに給へり。

（『志比日記』天保十五年）

続けて「こはかたじけなさ身にあまれることなれば、こゝにかいつけつ」と、堀河康親による『煙霞日記』評を記す。馬琴も久足の紀行文を激賞してより親密なつきあいをはじめたことを思うと（本書一部二章「馬琴と小津桂窓の交流」）、久足の文才を高く評価する人が同時代に確かに存在したことが確認できる。

久足は、地理のことは現地に赴いて確認することを信条とする。それが「さしもの翁の考も、わが今実景をみるにはおよばず、たゞ机上の学にてものを論ずる人には、かゝるあやまりおほし」（『浜木綿日記』天保十年）と宣長批判のよりどころにもなる。そして旅先で道を問うことの重要性を説いて「こは旅のうへのみならず、すべて学の道にもあることにて、人にとふこそ肝要なれ。まけじ魂をいだして人にとふことをきらふ人は、道にふみたがへおほく、とみにはすゝむことあたはざるものぞかし」（『浜木綿日記』）と述べる。その考えのとおり、有職故実のことは豊岡卿に、そして易学のことは鈴木星海に尋ねる。

五　聞き書きの魅力

鈴木星海のもとでは、ペリーの浦賀来港（嘉永六年）も近いこのごろ、しばしば出没するようになった異国船の話題になる。久足は「異国船のはなしは俗人のよろこびいひしらふものにて、聞もうるさく、われはさのみこのまざれ」との態度をとるが、星海の見解は記しとどめる。

「近来のさま舶来のものよくひらけて、玩弄のもの皇国人の心にかなふものおほく、甚便利なることのみにて、しかも皇国にて製せるものよりは、価なか〳〵に安きは、交易によるものなるべし。こは皇国のものを彼土にもちわたりては、こよなき徳をうるによれるなるべし。さるからに、かの国人は、としぐ〵にたくみをめぐらし、皇国人の心にかなふものをもちわたるなるべし。されば万国ともに皇国に交易をのぞむが本意にて、おそふにはあらざるべけれど、万国に交易はゆるしがたきゆゑあるによりて、時々異国船のうれへあるなるべし。美人に心かくる人おほくて、災のおこるたぐひなるべく、さのみおそるゝにはたらぬことならん」などかたらひぬ。

商人として、いささかの共感を感じるからこそ書きとどめたのではないだろうか。

かねて不審の易学・占卜に関する質問をすると、星海はいとも易々と回答する。もっとも占いについては、「われはしんずるにあらず、はたすつるにあらず。吉といふはしんじがたけれど、凶といふはすてがたくおもへり。これ毒薬には必しるしあるたぐひなれば也」と久足らしい一家言を持っている。

ところで久足は円山応挙の蔵幅家としても著名で（沖森直三郎「西荘文庫のことども」『馬琴評答集』月報、八木書店、一九七三・三。また本書二部五章に「久足筆応挙書簡」を紹介）、そのためか当代の画家とのつながりも持っている。今回も、画家の岸岱と土佐光文のもとを訪れる。

岸岱の父岸駒は、岸派の祖で虎の絵をよくした。岸駒が唐人から虎の頭蓋骨を譲り受け、描画の助けとした挿話は有名で、その頭蓋骨を久足は見せてもらう。また岸岱は鶴を飼っており、一般に知れない鶴の生態を聞き、久足は珍しげに書き記す。

「俗説に『鶴はつがふことなし』といふはいつはりにて、なかく〵によのつねのとりよりは情ふかく、めどりにせまりて、めどりが足をあやまちせしこともあり。『千年をへざれば頂あかきにいたらず』といへるも、はた俗説にて、丹頂の雛はひなよりして頂あかし。こはおのれ証をえて、よ人のまよひをさませり。これかりは鼻うごめかすもくるしからじ」などものがたりあり。こはかの耳目のおよぶところを信じて、耳目の外を信ぜざるをなげきし何がしの詞のごとし。心すべきこと也。

土佐光文のもとでは。近松の浄瑠璃「傾城反魂香」の「吃又」のモデルとされる岩佐又兵衛のことを尋ねる。

岩佐又兵衛といふ人の伝さだかならぬをきくに、この家にてもさだかにはわかりがたきよし也。近松門左衛門は先代としる人にて、ふと「画工のことをつゞらん」といひて、「どもの又平」の浄るりはつくりてみせたりとのいひつたへあるのみ也とぞ。

真偽は定かではないが、疑わしいことも含めて、興味を惹いたことがらを記しとどめる聞き書きの魅力が感じられよう。

六　巷談の楽しさ

著名人との面談とともに、本書に彩りを添えているのは市井の人びととのやりとりである。とくに宿の主人や按摩は貴重な情報源であるようで、他の久足紀行でも宿屋で得たゴシップを積極的に採録する。往路の坂下宿における、窮乏ゆえ自殺した旅人の話は印象的であり、草津宿にて切腹した家老の話を聞いての述懐には、商人の分を守ろうとする久足の価値観がよくあらわれる。

かゝる例をおもへば、武士ほどうらやましからぬものはなきを、今の世のくせとして、武士は町人をまね、町人は武士のまねするがならひ也。武士が町人をまねぶは、猶さりがたきゆゑもあなるを、町人が武士をまねぶは、家を亡すもとひにて、何の益かあらむ。もしあやまちあらばあやまりて、すみやかにこととゝのふが町人の徳なるを、町人はひぢをはり、武士はなか〳〵人にあやまるも、あやしきこと也。なさでかなはぬことはなさず、なさでもよきことに心つくすたぐひ、よにおほし。

岸岱が小刀を持つことを「この人は世上のことをよくあきらめがほなるに、小刀をかたはらにおきたるは心得がたし」と批判するのも、同じ理由による。

また古谷石をめぐって岸岱・骨董屋・豊岡卿が関係するが、最終的には植木屋がもっとも詳しく、「この石のこと雅人はしらず、俗人のしれるもをかし」とふりかえるように、雅俗になく一連のやりとりを記録する久足の姿勢が、本書の魅力を増しているといえよう。

帰路の水口宿では按摩より、旅行中の神主が鈴鹿山麓の猪鼻にて雷にうたれたと聞く。

「この二日に、すゞか山のあたりいみじき雷にて、椋本宿あたり雲林院村の神主なにがしが猪鼻にいこひて、はしなく雷にうたれて死せるが、ともなへるその人の子もおなじく気を失ひしが、こはやう〳〵に心つきて、もとにかへれゝど、ことの外なるさわぎなりきと風説あり。かゝるためしはをり〳〵あなることにて、この宿にも三十年あまりのむかし、なにがしてふ茶屋にて、その家の少女ゆくりなくうたれて死せることあり」

とかたる。

この話を聞いて久足は思い出す。久足を馬琴に紹介した殿村安守（篠斎）は、三年前の弘化四年（一八四七）に亡くなっているが、その安守が若かりしころ、水口宿にて雨宿りしていると、「いこへる茶屋の背戸に雷おち、はつか一間ばかりのたがひにて少女のうたれたるをみ」たという。まさにその話を按摩はしていたのである。

件の猪鼻をとおりかかると、駕籠かきが落雷の話をする。

かごかくをのこが、「いにし日、この家のこゝに雷おち、かしこにこしうちかけたる雲林院村の神主なにがしをたよりとして、けぶりぬきの穴より天上せり。その跡はかしこ」と指さすをみれば、あらたにはつかなる穴あきたり。されば「その人は惣身くろくこげて、きずさへもつきたり」といふは、よべきゝたるにあへり。この家はおほかたの旅人のかならずいこふ家にもあらぬに、こゝにしもいこひてゆくりなく災にあへるは、のがれがたきすくせのちぎりなりけんかし。
前もって話を聞いていたので、落雷の現場を見て驚きもひとしおであった。

七　紀行という器

こうした聞き書き・巷談の魅力は、その未分類性にあるともいえる。面談・会話の折の話題を、興味の赴くままに記しとどめる。そこには当然、意図した話を引出そうとする久足の質問もあろうし、筆録に際して取捨選択する久足の主観も混じっていよう。それでも全体として体系立った話は存在せず、共通するのはただ「久足による見聞」ということのみである。ここからも、紀行という体裁が、いかに許容範囲の広い器であるかわかる（板坂耀子『江戸の紀行文』〈中公新書、二〇一一〉「はじめに」の「多様な形式、雑多な内容」参照）。久足はその紀行のなかで、名所古跡を遊覧し、歌を詠み、詩を録し、奇談を盛り込み、芝居の評判を記し、式社を考察し、人物を評判する。古今和漢雅俗の雑然とした話柄も、旅行の折の見聞・述懐ということで成立する。換言すれば、久足が旅し、久足が見聞し、久足が考えるという、本書全体に、久足という自我がすみずみまで満ちているともいうことができる。そこに自己表出の器として紀行文を選択した久足の意識も垣間見えよう。

あとがき

小津久足との出会いは、恩師、板坂耀子先生によりもたらされた。

もともとは曲亭馬琴を研究しており、それはいまでも変わらない。しかし、九州大学の博士課程に進学した折、すでに中野三敏先生は退官されていたけれど、諸先輩を介して中野先生の薫陶が伝わってくる。その一つに、「俗文学をやるならば、雅文学もやらなければならない」というものがあった。馬琴を専攻する身としては、他人事ではない。では、何をやればよいだろうか、と考えているときに、板坂先生にお目にかかる機会があった。例のごとく、連想ゲームのように話題は広がるも、最後は隠れたテーマが現れてその深甚たる意図を知る、という縦横無尽の話術に舌を巻いていたところ、ふとしたことで、小津久足の話になった。

「小津久足は、紀行文界の馬琴だよ」

馬琴を研究する者で、年少の友人である小津桂窓の名を知らない者はいない。しかしその桂窓が、小津久足として、複数の長編を含む、数多くの、しかも傑作といえる内容を備えた紀行文を書いていたことは、まったく知らなかった。しかし先生によれば、その作品の質といい量といい、ちょうど読本における馬琴と同じ位置を、久足は紀行文において占めているという。近世紀行文学がご専門で、すでに久足紀行文の可能なかぎりの複写を手に入れ、読破されている板坂先生にしか、発することのできない言葉であった。かくして「俗文学をやるならば、雅文学もやらなければならない」は、私のなかで「馬琴読本をやるならば、久足紀行文もやらなければならない」と置き換えられた。

さっそく研究にとりかかった。当初は、どれだけの数の紀行文が残っているかすら定かではなかったが、足に任せて各機関を訪ねるうちに、徐々に全貌があきらかになる。そして、その途方もない分量に圧倒される。しかし、作品の長さと数の多さは、馬琴読本で鍛えられている。望むところだ、とひとまずは全紀行文の通読を試みる。板坂先生から学んだことは数多いが、とりあえず全部読む、というのも、その一つ。所蔵機関によっては、貴重書あつかいのため複写が許されないところもあったが、なに、昔はコピー機などなかったのだ、と先人の苦労を追体験しながら、鉛筆片手にメモをとりつつ、読みすすめた。しかし、いうほどの苦労ではない。なにしろ、内容が抜群におもしろいのだ。

それにしても、草稿のみならず、通し番号をふった浄書を作成するなど、あきらかに作品としての完成度を高める努力をし、それが成功していると思えるのに、どうしてこれほど知られていないのだろうか。そんな疑問がわき起こる。また同時に、久足を「馬琴の友人」としてあつかうのは、あまりにも過小評価ではないか、従来の「小津桂窓」像はいったん脇に置いて、小津久足そのものを、真正面から取りあげる必要があるのではないか、と考えるようになる。

そうであるならば、現在の評価ではなく、久足自身が何を重視しているのかを見つめる必要がある。そうして見えてきたのが、紀行・詠歌・蔵書・小説受容という、久足文事における四つの柱である。うち、蔵書・小説受容については、従来もやや注目されてきた事柄ゆえ、まずは紀行・詠歌に光をあてることに、使命感にも似た思いを抱くようになった。

「文学研究というのはありがたいもので、ふつうは一人分の人生しか生きられないけれども、本気で研究すれば、自分以外の、別の人生を生きることができる」

これは、九州大学での指導教官である上野洋三先生が、ある演習の折、ふと漏らされた言葉である（なお上野先生には、「演習というのは軍事演習と同じなので、気を抜いたら殺されると思いなさい」との言もある）。演習では、三条西実教の『和歌聞書』と『去来抄』を対象とした。なにしろ読本から出発した人間であるので苦労はしたが、まさか後に小津久足の歌論『桂窓一家言』が出現し、演習の経験が活きてくるとは夢にも思わなかった。久足がくり返し引用する「諸道一致」「乞食袋のごとく学問せよ」を実感する。そして「本気で研究すれば、自分以外の、別の人生を生きることができる」との言葉が、久足に関連する資料を集め、読み込んでいく過程で、幾度も頭に去来した。

以来、試行錯誤を重ね、先生方のご指導と心にとどまる箴言に支えられて、小津久足に関する拙稿も着実に積み重なり、一書にまとめることと相成った。なぜ久足はこれほどまで知られていないのか、との疑問も、私なりの見解を示せたのではないかと思う。結局のところ、商人としての「分」の自覚と、それに基づいた美意識が根底にあると思うが、詳しくは本編をお読みいただきたい。そして、小津久足そのものに向きあう必要があると、あえて従来の関心から外れたところを中心に研究を進めてきたいま、かえって、その「従来の関心」を掘りすすめる必要性も感じている。振り返れば私も、「馬琴の友人」からはじまった。心底惚れ込んだ小津久足をもっと世に知らしめるには、世間的に関心の高い事柄を紹介することも、その豊饒なる世界の入り口として意義がある。その意味で、映画監督小津安二郎のルーツ、という捉え方も、現代的な価値評価としては大切なのではないかと思う。

ところで、研究に本格的に取り組みはじめたときから、いつか本を上梓し、あとがきを書くことを心待ちにしてきた。いささか私に流れることも許されるあとがきにかこつけて、普段、なかなか申し上げることのできない感謝の言葉を、堂々と記すことができるからだ。なにより小津久足の魅力の一つは、その脱線的な私の述懐にある。その顰みに倣い、これまで蒙ってきた学恩を振り返ってみたい。

進学したとき、九州大学はいろいろな意味で過渡期であった。院生の実践的な訓練の場としての役割を果たしてきた大型の調査もすでに終わり、活躍華々しいＯＢの方々も、活躍ゆえの多忙で研究会に顔を出す暇がない。九大近世で発行していた雑誌『雅俗』は十号ですでに終わっており（二〇一二年に復刊）、研究会「手紙の会」は、月二回から一回開催へと変わった。はじめからそういうものだとわかっていたら気にもならないが、直前の先輩方の学問環境を聞くにつけ、羨望を禁じ得なかった。そんななか、新たな調査を開拓し、多くの後輩に声をかけて、勉強の場を用意してくださったのが、大庭卓也さんである。書誌のいろはは、大庭さんに学んだといって過言ではない。折からの就職難のため、あれほどの実力と実績を持ちながら、当時はいまだ非常勤の身であったが、それでいて後輩のことを思い、学問のよき伝統を伝えようとしてくださる姿勢、本当にありがたかった。

往年の勢いはないかもしれないけれど、それでも手紙の会はつづいていた。ときに四人しか集まらないときもあったものの、高橋昌彦さんと川平敏文さんは、それぞれ忙しい時間を割いて、変わらずに顔を出してくれていた。日常的に学ぶ場というものが、いかに大切であるかを痛切に感じるいま、厳しい時代に研究会を支えて存続させてくださったお二人に、深く感謝したい。とくに川平さんは、その後、九州大学に移り、文字どおり九大近世の柱として活躍されている。そのお人柄、お心遣いから、どれだけの恩恵を受けたかわからない。

井上敏幸先生と若木太一先生も、折に触れて研究会に顔を出し、後進にさまざまなことを教えてくださった。井上先生は佐賀、若木先生は長崎についてなんでもご存じで、どれだけ調べても皆目見当がつかないことも、両先生にお聞きすれば、「ああ、それは有名ですよ」とこともなげに教えてくださる。もとより両先生の知識は佐賀・長崎にとどまるものではないけれども、地域に根ざした研究とはいかなるものかを目の当たりにする思いだった。

研究人生において、もっとも幸福な出会いは、木越俊介さんと知り合えたことではないだろうか。研究会ではじめてお目にかかり、音楽と読書の話題で意気投合。以後、頻繁にメールのやりとりをして、ついには半年に一度のペースで「読始会」なる研究会を開くことになる。とはいえ参加者は我々二人のみ。校務でお忙しいなか、よく院生にお付き合いいただいたと、感謝にたえない。名前の由来は、ひとつには、新井白石『読史余論』を担当を割り振り、レジュメを作りつつ読み進めたため。いまひとつは、古典の長編作品――といっても両者の興味から西洋小説が中心になるが――の第一巻だけをノルマとして読み始めたことから、この名となった。埴谷雄高『死霊』を皮切りとして、パール・バック『大地』、ルソー『告白』、セルバンテス『ドン・キホーテ』、ディケンズ『デイヴィット・コパーフィールド』、サッカリー『虚栄の市』、フリーデル『近代文化史』、いずれも気後れして手を出しにくい長編だが、とりあえず一巻だけ読む、という姿勢が、いかに有益かを知った。一巻だけでも、文体や作風は実感できるため、まったく読んだことがないのとでは天と地の差がある。それに一冊読めば内容に魅了されて、結局大概のものは全冊読了して会に臨んだ。論文や業績に直結しない勉強というのは、ほんとうにたのしい。懇親会での音楽談義や読んだ本の情報交換など、大げさにいえば、この道を志したのはこういう話がしたかったからであって、毎回、充実した豊かな時間を過ごすことができた。院生のときのみならず、就職後も読始会はつづいた。木越さんは、苦しいときに、いつも細やかな心遣いで支えてくださった。この出会いがなければ、どこかの段階で、間違いなく研究をやめていた。

　木越さんとの出会いも、もとをたどれば、大高洋司先生が、読本に関するプロジェクトに声をかけてくださったのがきっかけであった。大高先生とは、上野先生のご仲介により、馬琴に関する修士論文を読んでいただいてよりのご縁だが、以来、拙稿をお送りするたびに、厳しくも温かいご返事をしたためてくださった。そしてお声掛けいただいたプロジェクトでは、多くの研究者と知り合うことができた。とくに木越さんをはじめ、菊池庸介さん、大屋多詠子さん、天野聡一さんなど、若手研究者と相識ることができたのは大きく、志を同じくする同世代の存在を身近に感じられたことは、すなおにうれしいものだった。これも大高先生が、学閥・地縁を無視して、全国の若手に声をかけてくださったおかげで、これは学問のあるべき姿と分かっていながら、じっさいにはなかなかできないことである。とくに、地方で迷いながら研究を続けている者にとって、どれほどありがたいことであったか。先生のつなげてくださった関係は、いま、田中則雄・藤沢毅両先生を中心に、西日本近世小説研究会（よみほんの会）として受け継がれ、半年に一度、もっとも心待ちにしている研究会を開催することとなっている。

久保田啓一先生は、九大そして勤務校の先輩として、ひとかたならぬ慕わしさを感じていた。小津久足の和歌に本格的に向き合わねばならぬとわかったとき、まず近世和歌がご専門の久保田先生のことが頭に浮かんだ。恐る恐る発表前の拙稿のご批正をお願いすると、快く引き受けてくださった。そして貴重な時間を割いて精読し、不審点を指摘したうえで、好意的な評を添えて、発表に背中を押していただいた。もともとは散文を専門とする身であるので、韻文に対しては、どこか畏怖に似た感情がある。自分では大丈夫と思っていても、基本的なところで、とんでもない間違いをしているのではないか、との不安がつきまとう。もちろん、ご批正いただいたところで、文責はすべて私にあるのはいうまでもないことだが、それでも、少なくとも久保田先生がおもしろがってくれる箇所がある、ということがわかっただけで、公にする勇気を得た。その後も、直接に、あるいはご著書やご論文をとおして、近世和歌や学芸の何たるかを教えていただいている。

そして、田中道雄先生。井上先生や若木先生とともに、九大の大先輩として、後進にあたたかいご指導をいただいていたが、あえて別に言及させていただくのは、二〇一五年六月六日に拝聴した九州大学国語国文学会におけるご講演が、あまりにも印象深く、いま現在の私の学問への情熱を支える源になっているからだ。「蕪村と蝶夢――日本近代詩歌の一源流」と題したそのご講演では、俳諧において徐々に個の自己表出が重視されていく過程を、先生が生涯追求された蕪村と蝶夢の実例に則して語られた。そして余談と謙遜されながら、「日本詩歌史」

「世界詩歌史」という構想、人類にとって文学とは何か、「人は、各時代に、何を悦びとして詩歌を創ってきたか」という根源的な問い、「文学は人類にとっての普遍的な価値」だと文学に携わる我々が確信することの大切さ、を述べられた。さらに、中村幸彦先生が九州大学に赴任して間もないころ、当時、院生であった田中先生に、「学、西す。」と言われるように、と言葉を贈ったことを紹介された。学問の盛んなどこかへ行って、お土産のように身につけてくるのではなく、自分たちが、いまここから歴史を作っていくのだ、自分たちのいるところが学の中心になるのだ、という志を問われた中村先生の言葉を受け、田中先生をはじめとした諸先輩方は、まさに「学、西す。」と言われる歴史を作ってこられた。いま、国文学をめぐる状況は厳しい。しかし、理想的な環境を求めて迷走するのではなく、自分の足下を見つめ、「いま、ここ」で、文学の普遍的価値を確信し、「文学生活」を送ることの大切さを教えてくださった。田中先生の講演をお聞きして、はじめて私は後進を意識した。先生から受け取った学問のよき伝統を、魂のバトンを、かならず次世代に伝えなければならない。「人間が生み出した気高い文化としての学問」に携わるよろこびをかみしめ、文学の価値を確信し、次世代へ学問と文学の魅力を伝えていきたい。

貴重な小津久足関連資料の調査・紹介をお許しいただいた小津陽一様。いつでも貴重な資料と情報を惜しげもなくご紹介くださった吉田悦之先生――誰にでも分け隔てなく接してくださる吉田先生が本居宣長記念館にいらっしゃらなかったら、鈴屋をめぐる学問状況はまったくちがった姿になっただろうと、けっして大げさではなく思う――。『小津久足紀行集』への参加を呼びかけてくださったことをはじめ、種々のご高配をたまわった髙倉一紀先生。公私にわたって研究する環境を支えてくださった同僚の焼山廣志先生。教養あふれる博覧強記の先輩矢毛達之さん。院生のころ「カノン」を読む勉強会を開き、ともに学んできた、いつも誠実な後輩生住昌大君。非常勤先で部屋におじゃまして、生き方と学問との関わりに有益な示唆を与えてくださった大島明秀さん。資料の閲覧について、さまざまな便宜を図ってくださった各機関の司書の方々。そして院生時代に苦楽をともにした亀井さん、田邉さん、勝野さん、琴さん、吉良君をはじめとした先輩・後輩。まだまだとてもいい尽くせないが、直接間接に助けてくださった皆様に、心から感謝申し上げたい。

最後に重ねて、板坂耀子先生に感謝申し上げたい。外国小説ばかりを読みあさっていた私が、よりによって日本近世文学を志したのは、板坂先生の影響に他ならない。まったく先生は天性の紹介者であって、その講義において、古今東西あらゆる文学作品を織り交ぜて、じつに魅力的に文学を語っておられた。先生が話題にすれば、どんな作品でも手にとってみたくなる。プロレタリア文学をあまりに魅力的に語るので、じっさいに読んでみたけれど、ちっともおもしろくなかった、という類の「被害報告」もしばしば聞いたが、それも作品の魅力を極限まで引き出す先生の語り口あってのもの。それに、先生の紹介によって読んでみた江戸文学は、ほんとうにおもしろかった。長ずるにつれて西洋小説に興味は移っていったものの、幼少より『三国志』『水滸伝』を愛読していた身としては、馬琴読本と出会えたことは、このうえなく大きかった。

いま振り返ってみると、江戸文学を世界文学のひとつととらえて研究をはじめることができたのは、まったくもって幸いであった。いや、そもそもそのような視点がなければ、研究の道に進むこともなく、一読書人として、好きな小説を気ままに読むことで自足していただろう。学部・修士と先生の謦咳に接するうちに、論理的思考の何たるか、映画・演劇など隣接する芸術を享受する必要性、人間一人一人に真摯に向き合う姿勢など、様々なことを学んだ。この時代に師匠を持つことができた幸せを実感する。

最近も、文学研究への姿勢について、自らの至らなさを痛感することがあった。本書一部一章「若き日の小津久足」に収めた拙稿の感想をうかがっていた折のこと、父の再婚に久足が反対した箇所について、「ところで、このとき久足はどう思っていたの」と何気なく聞かれた。私にとっては、まったく予期せぬ問いであり、そして予期していないことを恥じた。文献学的実証主義にもとづくかぎりにおいて、父の再婚に久足が反対していた事実を文字資料で裏づければ、一応はこと足りる。しかし、じっさいに書くか書かないかに関わらず、いや、書かないからこそ、そのとき久足はどう思っていたのかを言表化できるレベルまで突き詰める必要がある。どんなに即物的な作業をしていようと、こうした人間心理への慮りは、いっときたりとも欠かしてはならない。文学研究にのぞむ基本的な姿勢を糺された思いであった。

私に限らず、先生のもとで学んだ者は、それぞれに濃密で豊かな文学と学問の時間を過ごすことができた。地方の小さな国立大学では、このようなことが可能だったのだ、といまこそ、つよく訴えたい。選択と集中という実学の論理で、つい数年前まで確実に存在していた美しい学問の場が、急速に失われつつあるように思えてならないからだ。

以上、いささか逸脱的に書き記してきたが、小津久足を研究してきた背後には、いつもこのような忘れ得ぬ交流があった。それは当然、論文において言表化されない。しかし、論文という成果は氷山の一角であり、水面下には、こうした「文事」がつねに隠れている。論文を書き残し、研究成果を伝達・残存することで、人類知を一歩すすめる営みは尊い。しかし、かならずしも成果に結びつかずとも、ときにたのしく、ときに厳しく、文学に対して真摯に向き合い、人々とやりとりを交わすのも、等しく尊い。裕福な商人であった久足とくらべ、経済的・時間的余裕を欠き、「分」としての明確な帰属意識を持たない身としては、結局のところ、久足のように無名を志向することはできない。それでも、名誉・地位・自己顕示欲を「痩せ我慢」して、性急な成果主義に走らず、文学にまつわる営み自体をたのしむ姿勢は失わずにいたい。そして、私が享受してきたすばらしい学問の場は、自ずからに存在したのではなく、学問を愛する諸先達のあたたかな心遣いによって維持されてきたことが、文系基礎学へ厳しい目の注がれるいま、ことさらに実感される。これまで蒙ってきた学恩を思い、私は後進のために何ができるのか、真剣に考えつづけている。
だが、じたばたしてもはじまらない。よき学問の伝統を守るため、目の前に横たわる現実的な諸問題に真摯に向き合うのは当然のこと。しかし、それより先に、文学の価値を信じ、あるいは面と向かって、あるいは文字をとおして、文学の魅力を語るところからはじめよう。それがまた、あらたな文事を生むはずだ。

二〇一六年秋　不惑を前に　菱岡憲司

本書はＪＳＰＳ科研費「小津久足の文事」（15K16692）による研究成果の一部である。

初出一覧

序章――小津久足の文事――
『小津久足紀行集（二）』（髙倉一紀・菱岡憲司・龍泉寺由佳編、皇學館大学研究開発推進センター神道研究所、二〇一五）解題の一節、および「若き日の小津久足」（『雅俗』一一、二〇一二・六）一節をもとに加筆修正。

一部　小津久足の人物

一章　若き日の小津久足
一節は「小津久足出生時の家族構成」（『有明工業高等専門学校紀要』四八、二〇一二・一〇）、以降は「若き日の小津久足」（『雅俗』一一、二〇一二・六）二節以降。

二章　馬琴と小津桂窓の交流
同題。『近世文藝』九〇、二〇〇九・七。

三章　一匹狼の群れ
「一匹狼の群れ――『畸人伝』というカテゴリー――」、井上泰至・田中康二編『江戸の文学史と思想史』ぺりかん社、二〇一一。

二部　歌業

一章　小津久足の歌稿について
同題。『文献探究』五〇、二〇一二・三。

二章　後鈴屋社中の歌会
同題。『語文研究』一一三、二〇一二・六。

三章　小津久足の歌人評
「小津久足「丁未詠稿」翻刻と解題（下）」『有明工業高等専門学校紀要』四七、二〇一一・一〇。

四章　小津久足の歌がたり
「小津久足の歌がたり――『桂窓一家言』に即して――」『国語国文』九八四、

五章　翻刻『桂窓一家言』

二〇一六・八。

「翻刻・小津久足「桂窓一家言」（上・下）」『雅俗』一四（二〇一五・七）・一五（二〇一六・七）。

三部　紀行文点描

一章　小津久足の紀行文

『小津久足紀行集（二）』（髙倉一紀・菱岡憲司・龍泉寺由佳編、皇學館大学研究開発推進センター神道研究所、二〇一五）解題の二・三節。

二章　御嶽の枝折

「小津久足「みたけのしをり」について――付翻刻　小津久足「みたけのしをり」・本居有郷「三多気の日記」――」『文献探究』四六、二〇〇八・三。

三章　花鳥日記

「小津久足「花鳥日記」について・付翻刻」『文献探究』四七、二〇〇九・三。

四章　神風の御恵

「小津久足「神風の御恵」について・付翻刻」『文献探究』四八、二〇一〇・三。

五章　陸奥日記

「小津久足「陸奥日記」について」『語文研究』九八、二〇〇四・一二。

六章　難波日記

「小津久足「難波日記」について・付翻刻（上）」『文献探究』五四、二〇一六・三。

七章　松陰日記

「小津久足「松陰日記」について・付翻刻」『文献探究』四九、二〇一一・三。

人名索引

さ

た

な

は

ま

書名索引

さ

た

な

は

ま

や

ら

わ

著者略歴

菱岡 憲司（ひしおか けんじ）

1976年生。福岡県出身。福岡教育大学教育学部卒業。九州大学大学院人文科学府博士後期課程単位修得退学。博士（文学）九州大学。現在、有明工業高等専門学校准教授。

主著に「傀儡子から魁蕾子へ――馬琴異称にみる執筆意識の変化――」（『近世文芸』93号、2011年１月）『小津久足紀行集』（共編、皇學館大学神道研究所、2013年～）ほか。

装訂――高麗隆彦

小津久足《おづひさたり》の文事《ぶんじ》

2016年 11 月 20 日　初版第 1 刷発行

著　者　菱岡 憲司

発行者　廣嶋 武人

発行所　株式会社 ぺりかん社

〒113-0033　東京都文京区本郷1-28-36

TEL 03(3814)8515

http://www.perikansha.co.jp/

印刷・製本　モリモト印刷

Printed in Japan

ISBN 978-4-8315-1450-9

本居宣長の思考法　田中康二著　四八〇〇円

本居宣長の大東亜戦争　田中康二著　四八〇〇円

本居宣長の国文学　田中康二著　六八〇〇円

江戸の文学史と思想史　井上泰至・田中康二編　二八〇〇円

本居宣長〔改訂版〕＊言葉と雅び　菅野覚明著　三二〇〇円

宣長神学の構造　＊仮構された「神代」　東より子著　二八〇〇円

◆表示価格は税別です。